KB242958

양주사
凉州詞

맛좋은 포도주 야광 술잔에 담아
마시려는데 비파가 말 위에서 떠나기를 재촉하네
술 취하여 사막에 누웠다고 그대 웃지 말지니
예로부터 전쟁에 나가 몇이나 돌아왔던가

葡萄美酒夜光杯
欲飲琵琶馬上催
醉臥沙場君莫笑
古來征戰幾人回

Fantastic Oriental Heroes
노병귀환
老 兵 歸 還

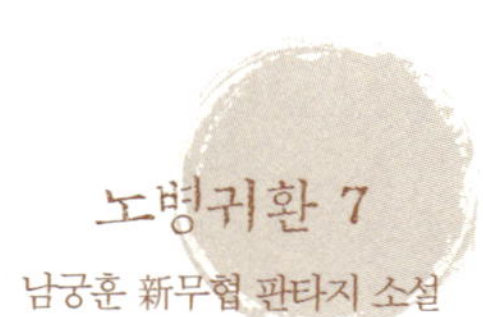

노병귀환 7

남궁훈 新무협 판타지 소설

초판 1쇄 찍은 날 § 2005년 6월 10일
초판 1쇄 펴낸 날 § 2005년 6월 20일

지은이 § 남궁훈
펴낸이 § 서경석

편집장 § 문혜영
편집책임 § 김민정

펴낸곳 § 도서출판 청어람
등록번호 § 제1081-1-89호
등록일자 § 1999. 5. 31
어람번호 § 제2-0615호

주소 § 경기도 부천시 원미구 심곡1동 350-1 남성B/D 3F (우) 420-011
전화 § 032-656-4452 팩스 § 032-656-4453
http://www.chungeoram.com
E-mail § eoram99@chollian.net

ⓒ 남궁훈, 2004

ISBN 89-5831-576-8 04810
ISBN 89-5831-324-2 (SET)

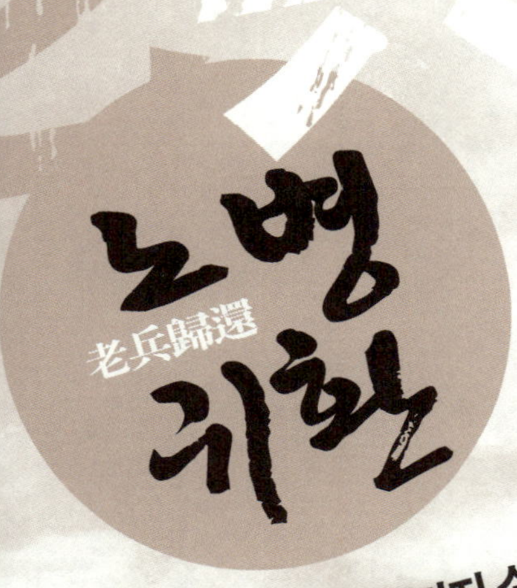

노병귀환
老兵歸還

남궁훈 新무협 판타지 소설
Fantastic Oriental Heroes

7 난세도래(亂世到來)

도서출판
청어람

第六十一章
신의(信義)

信義

종남산은 섬서 서안 남부에 있는 진령산맥에 자리하고 있다. 동으로 이어진 산맥을 따라가다 보면 매화로 유명한 화산과도 만나지만, 진령 산맥으로 이어진 인연보다는 같은 도문으로서의 인연이 훨씬 깊다 말할 수 있었다. 하나 누구도 종남을 일컬어 도가 문파라 부르지 않는다. 무당과 화산, 청성으로 대표되는 도가 계열 문파에 응당 전진교의 진전을 이은 종남의 이름이 올라야 하지만, 스스로 도사라 칭하지도 않는 그들이기에 그저 구대문파의 일좌라고만 부르는 것이 무림의 상례였다.

섬서라는 고기를 놓고 화산과 종남이라는 두 맹수가 은연중 서로를 견제하는 것은 어쩔 수 없는 일이었다. 물론 지금은 화산이 조금 득세를 하고 있는 형편이지만, 종남 역시 화산과 같은 전진교에 뿌리를 두고 있는 문파. 빛바랜 도교 일문의 이름과는 달리 그 무학의 깊이는 화산이나 무당과 겨루어도 고하를 논하기 어려울 만큼 강해, 쉽사리 서로를 어쩌지 못하고 있을 뿐이었다.

그런 종남의 장로인 '현우단' 이 화산을 찾은 것은 참으로 이례적인 일이라 할 수 있었다.

"무량수불. 어서 오십시오, 현 장로."

"오랜만입니다. 목현 진인."

상청궁의 접견실에서 만난 현우단과 목현자가 서로를 알아보며 수인사했다. 종남과 화산이 아무리 서로 견제하는 사이라 해도, 각 파 장로들의 얼굴조차 모른 채 지낼 만큼 꽉 막힌 사이도 아니었다. 목현 진인과 현우단 역시 사적인 자리에서 서너 번 만난 적이 있었기에 제법 반갑게 서로를 맞이할 수 있었다. 같은 장로라는 신분도 그렇고, 연배도 비슷했기에 서로의 존재를 잊지 않고 있었는지도 모르지만. 자리에 앉은 두 사람의 뒤에는 각기 두 명의 청년이 서 있었다.

"제 제자들입니다. 어서 인사드리거라."

"강호말학, 단우금입니다."

"강연이라 하옵니다."

현우단과 함께 찾아온 두 청년이 목현 진인을 향해 포권을 올렸다. 두 청년의 모습을 바라보며 미소 짓던 목현 진인이 고개를 끄덕이며 말했다.

"과연 종남의 후기지수들입니다. 헌앙한 기도와 몸가짐을 보니 종남의 미래가 참으로 밝은 것 같습니다."

"과찬이십니다. 화산의 매화검수들에 비한다면 아직 일천한 아이들입니다.”

현우단의 말에 목현 진인이 눈에 이채를 띠었다. 아무리 서로의 제자들에 대한 칭찬을 늘어놓는 분위기라지만, 현우단의 말은 조금 지나친 감이 있었다. 내심 짐작 가는 바가 있었지만 모르는 척하며 말을 잇는 목현 진인이었다.

“그래, 화산에는 어인 걸음이십니까?”

“허허, 그게…….”

잠시 뜸을 들이던 현우단이 조심스레 입을 열었다.

“혹시… 개방에서 보낸 소식을 들으셨습니까?”

“역시 그 일 때문에 오신 것이군요.”

목현 진인의 안색이 조금 안 좋아졌다. 며칠 전 개방으로부터 사자가 왔었다. 화산 역시 그 정보로 인해 의견이 분분한 상태였다.

“저희도 그 소식을 듣기는 하였지만…….”

“무언가 대책을 논해야 하지 않을까 싶어서 이렇게 찾아왔습니다. 화산파 장문인께서는 어떤 고견을 가지고 계신지…….”

목현 진인은 속으로 웃었다. 정보에 어둡기로 소문난 종남이었다. 개방에서 사자가 가지 않았다면, 마교가 발호하고 나서야 이 사실을 알게 되었으리라.

“마교와 관련한 일이라면 저희 역시 간과할 수 없지요. 저희도 여러 가지 방법으로 진위를 수소문 중입니다.”

목현 진인의 답에 현우단이 고개를 끄덕였다. 개방에서 온 사자의 서찰 한 통으로 화산이라는 거대 방파가 움직일 수는 없었다. 각 문파 나름대로 정보력을 동원해 진상을 파악한 후에야 그 무거운 엉덩이를 들게 될 것이다. 물론 이렇다 할 정보력이 없는 종남이었기에 아쉬운 대로 화산을 찾아온 것이었을 테고.

"다른 문파들 역시 나름대로 준비 중이겠지요?"

현우단의 물음에 목현 진인이 고개를 끄덕였다.

"그렇겠지요. 하나 다른 문파라고 해봐야 구파일방이 전부일 겁니다. 사안이 사안이니만큼, 꼭 알아야 할 곳에만 서신을 보냈겠지요."

목현 진인의 말에 현우단은 당연히 그럴 줄 알았다는 듯한 눈빛으로 고개를 끄덕였다. 하나 각 파에서 어떤 준비를 하는지를 모르니 쉽게 고개만 끄덕일 수는 없는 일이었다.

"소림에서 무림첩을 돌릴 때가 된 것 같은데……."

현우단의 은근한 물음에 목현 진인은 쓴웃음을 지었다.

'후후, 이 일에 소림이 깊이 관여되어 있는 것을 안다면 어떤 표정을 지을지 궁금하구나.'

고산덕이나 하건의 걱정과는 달리 개방의 용두방주 '협의개 나천 풍'은 구대문파에 보낸 서찰에 소림의 이름을 적지 않았다. 소림의 의중이 확실치도 않았을뿐더러, 아직은 소림과 불편한 관계를 만들 때가 아니라는 판단 때문이었다. 물론 평소 소림과의 관계가 원만했던 개방이 소림의 입장을 최대한 배려한 것이 분명했지만.

"일단은… 소림에 사람을 보내볼 작정입니다. 각 파도 나름대로 준비는 하고 있겠지만, 저희도 만일의 사태를 대비해 제자들을 불러 모으고 있는 중입니다. 소림의 입이 열릴 때만 기다리기엔, 사안이 너무 중대하니."

현우단은 목현 진인의 말을 들으며 다른 문파의 움직임이 자신들과 별반 다르지 않음에 안도하고 있었다. 물론 자신들도 소림에 사자를 보내야 한다 생각했고 나름대로 제자들을 준비시키고는 있었지만, 정보에 어두운 종남이다 보니 내심 다행스럽게 여기고 있었다.

"그래, 소림에는 누구를 보내실 예정이십니까?"

현우단의 말에 목현 진인은 잠시 뜸을 들이고 있었다. 현우단의 말을 듣자 하니 은근히 함께 움직이고픈 모양이었다.

"사안이 사안인 만큼, 장로 두어 명과 제자 십여 명을 보낼 생각입니다. 강호의 경험이 풍부한 무현 진인과 소림과 교분이 두터운 상현 진인을 생각 중입니다."

목현 진인의 말에 현우단이 넌지시 물어왔다.

"괜찮으시다면 함께 가는 것이 어떠신지. 저희도 소림에 사람을 보낼까 생각했었는데, 기왕이면 함께 움직이는 것이……"

역시나 현우단이 동행에 의중을 물어왔다. 목현 진인은 이미 짐작하고 있었기에 쉽게 고개를 끄덕였다.

"그렇게 하시지요. 저희는 모레 정도에 출발할 예정이었는데… 종남에서는 어느 분을……?"

"저와 제 사제인 왕평 장로. 그리고 제자 십여 명 정도를 추려볼 생각입니다."

현우단의 말에 목현 진인이 속으로 가벼운 비웃음을 날렸다. 아마 모르긴 몰라도 지금 화산을 찾아온 그와 두 제자만이 소림으로 향할 생각이었을 것이다. 그것도 한 사나흘은 더 늦게. 다급히 구색을 맞추려 했다는 것은 뒤에 서 있던 제자들의 표정이 말해 주고 있었다.

'천생 무골들. 종남의 무공은 인정하지만… 종남파가 섬서를 독식

할 일은 앞으로 백 년 안에는 없을 것이다.'

목현 진인의 심중을 모르는 현우단이 사람 좋은 미소로 목현 진인을 바라보고 있었다. 목현 진인 역시 그와 비슷한 미소로 자신의 속내를 감추고 있었고.

접견을 마친 목현 진인이 걸음을 옮긴 곳은 장문인의 거처였다. 두 명의 매화검수가 그를 보곤 인사했다.

"장문인은 안에 계시느냐?"

"예."

목현 진인의 말에 답한 매화검수가 내실 안으로 기별을 넣었다. 잠시 후 내실로 들어선 목현 진인의 눈에 그가 보였다.

"어서 오시게. 그들은 만나보고 왔는가?"

"예, 장문인."

태상노군을 등에 업은 옥현 진인이 눈을 반개한 채 자리에 앉아 있었다. 오랜 폐관 수련 덕에 조금은 쇄약해진 듯도 보였으나 투명한 두 눈에 어린 신광은 마주 보기가 힘들 정도였다. 그의 앞으로 다가간 목현 진인이 자리에 앉으며 입을 열었다.

"역시나 종남은 아무것도 모르고 있었습니다. 그저 소림으로 함께 가고 싶어하기에 그렇게 하라 답해줬습니다."

"무량수불. 알아도 별 상관 없지. 어차피 차후에는 모두 알게 될 일."

옥현 진인의 말에 목현 진인이 가볍게 미소 지었다. 옥현 진인의 시선이 그런 목현 진인에게 향했다.

"아직 북평으로 간 사람들의 소식은 없는가?"

“예. 아직은⋯⋯.”

섬서와 하북은 결코 가까운 거리가 아니었다. 개방의 방주가 보내준 서찰을 받자마자 북평으로 인편을 보냈지만, 상황을 정리해 전서구를 띄우려면 아직 시간이 일렀다. 그가 보낸 소식을 받기 전에 소림으로 출발하게 될 것이다.

“제자들은 어떠한가?”

옥현 진인의 물음에 목현 진인은 자신있다는 투로 대답했다.

“이대로라면 닷새 안에 모든 준비가 끝납니다. 출전을 위해 선별한 매화검수만 오십입니다. 다른 제자들까지 모두 합해 이백. 화산의 거의 전 전력이라 해도 무리가 아닙니다. 마교가 다시금 발호한다 하여도, 걱정할 것이 없습니다. 게다가 장문사형께서 자하신공을 대성하신 이상⋯⋯.”

목현 진인의 추켜세움에 만족스러움을 나타낸 옥현 진인이었다.

“그래⋯ 자하신공이 화산파로 돌아온 것은 정녕 다행한 일이지. 어쩌면 이번 마교 소탕전이야말로 화산을 도가제일문으로 자리매김시킬 분수령이 될지도 모르겠네. 허허.”

“지당하신 말씀입니다. 하나 제자들의 사기를 생각한다면, 오히려 장문사형이 나서실 틈이 없을까 걱정입니다. 허허.”

옥현 진인과 목현 진인의 웃음소리가 내실에 울려 퍼졌다. 마교라는 이름의 위압감만으론 자하신공을 되찾은 그들을 어쩌지 못하고 있었다. 그들은 오히려 마교의 발호를 반기고 있었다. 난세는 언제나 새로운 영웅을 만들어내기 마련이었고, 그들은 그 난세의 영웅이 자신이 될 것임을 믿어 의심치 않았다. 다른 구파일방의 인물들만큼이나.

*   *   *

"굳이 구대문파에 이 정보를 보내줄 필요가 있었을까요?"

"그럼, 보내지 말았어야 했느냐?"

하천을 따라 두 노소가 걷고 있었다. 황혼을 받으며 걷는 모습이 다정한 조손처럼 보였지만, 그들이 나누던 이야기는 실로 살벌하기 그지없었다.

"차라리 저희가 선수를 쳐서……."

"뭐? 선수? 하하하하."

젊은 청년의 이야기를 듣던 노인이 큰 소리로 웃었다. 허연 수염이 덥수룩하게 자리한 노인의 얼굴은 박장대소로 일그러지고 있었다. 황혼을 받아서였는지 붉은 기운이 뚜렷하게 보이던 노인의 눈가에 미미한 경련이 일었다. 아무래도 이 혈기 왕성한 젊은 청년에게 필요한 것은, 정신이 번쩍 들 차가운 물 한 동이일 듯싶었다.

"정천아, 너는 네 대에서 개방을 요절내고 싶은 것이냐?"

"설마요……."

노인의 말에 청년이 웃으며 고개를 숙였다. 그러자 노인의 허리에 묶여 있던 아홉 줄의 매듭이 자연스레 청년의 시야에 잡혔다. 그러나 이내 불경스럽다는 듯 시선을 강가로 옮겼다.

"정천아, 마교는… 말 그대로 두려운 곳이다. 하나 정작 두려운 것은 그들의 마공이나 계책이 아니다."

"……."

"그들은 분명한 목표를 가지고 있다. 그리고 그 목표를 위해서라면 웃으며 목에 칼을 꽂을 수 있는 자들이 그들이다. 세상에… 무언가에 미쳐 있는 자들보다 두려운 것은 없다."

노인의 말에 청년이 고개를 끄덕였다. 절반쯤은 수긍한 표정이었고, 나머지 절반쯤은 굽혀지지 않은 오기를 숨기기 위한 행동이었다. 노인은 그런 청년의 반발을 짐작이라도 한 듯 말을 이었다.

"우리 개방은 가장 낮은 자들이 모인 곳이다. 천대받는 자들. 무시당하는 자들. 헐벗고 굶주림이 무엇인지 알고 있는 자들. 그것이 생활인 자들. 개방은 그런 거지들이 모인 곳이다. 하지만 우리는 결코 우리와 어울릴 것 같지 않은 대의와 협의라는 크나큰 이상을 좇는다. 너는 그 이유를 아느냐?"

"…힘없어 고통을 받았기에, 역으로 진정 힘을 사용하여야 할 때를 알고 있기 때문입니다."

"우리 개방에 힘이 있느냐?"

"십만 개방도가 개방의 힘입니다."

청년의 이야기에 노인이 너털웃음을 지었다. 청년의 얼굴은 그 차림과는 어울리지 않게 제법 귀티가 났다. 얼굴에 묻은 때를 좀 닦고, 어깨에 걸친 누더기를 갈아입힌다면, 평범하다고 부르기 힘들 만큼 단정한 외모였다. 그런 청년을 바라보던 노인이 입을 열었다.

"그래… 개방은 힘이 있다. 누구도 함부로 무시할 수 없는 힘이 있다. 강호 최강의 방파라는 구대문파와 어깨를 나란히 할 수 있을 만큼의 힘이 있다. 하나… 만일 우리가 정도와 협의를 따르지 않는다면… 머지않아 사라져 버릴 힘이다."

"……?!"

"개방의 힘은 단결력이다. 구성원 개개인들은 보잘것없지만, 그 작은 힘들이 모여 큰 힘을 이루는 것이다. 한데 만약 우리가 정도를 걷지 않고 사마외도의 길을 걷게 된다면 어떻게 되겠느냐? 천하에 누가 있어 우리에게 정을 나누어줄 것이냐? 우리는 태생이 거지다. 거지는 남에게 의지해 살아가는 존재다. 개방이라는 이름이 제아무리 대단하더라도 근본이 바뀌진 않는다. 우리가 가진 힘은 정도를 걸을 때에만 존재하는 힘이다. 그 근본을 잊게 된다면 누구도 우리에게 정을 주지 않는다. 어쩌면… 천하는 우리가 협의의 길을 걷는 조건으로 정을 나누어 주는 것일지도 모른다. 그리고… 강호를 위협하는 자들의 정보를 천하에 알리는 것이야말로, 지금 우리가 정과 협을 위해 할 수 있는 최선의 선택일 것이다."

노인, 개방의 방주 '협의개 나천풍'의 시선은 강물 위로 일그러진 태양을 향하고 있었다.

"우리는 개방도의 본분을 잊어선 안 된다. 천하의 안녕이 우리의 안녕이다. 거지가 쌀 한 톨이라도 더 빌어먹고 살려면, 사람들 마음에 근심이 없어야 하지 않겠느냐? 허허."

허허로운 웃음을 지으며 앞서 가는 노인의 뒷등에 청년의 시선이 꽂혔다.

'협의의 길을 가는 조건으로 정을 나누어 준다… 하나 정을 구걸하기 위해 협의를 구하시는 것이 아님을 알고 있습니다.'

개방의 동량. 후개 정천의 두 눈에, 개방의 방주이자 사부인 나천풍의 뒷등이 그렇게 넓고 든든해 보일 수가 없었다.

＊　　　＊　　　＊

"어디로 가는 거예요?"

창밖을 바라보던 적유의 시선이 귓가를 간질이는 목소리를 따라 움직였다. 무표정했던 적유의 얼굴에는 어느새 엷은 미소가 그려져 있었다.

"노부가 사는 곳으로 가는 중이란다."

"…그럼… 아저씨는……."

소소의 얼굴이 어두워졌다. 소소도 어림짐작은 하고 있었다, 자신이 어떤 처지인지. 자신이 이 노인과 함께하게 된 이유는 알 수 없었지만, 자신이 자유롭지 못하다는 것은 본능적으로 알 수 있었다. 그런 소소의 변화에 적유가 말을 이었다.

"사실… 얼마 전 네 아저씨를 만났었다."

적유의 말에 소소의 눈이 동그랗게 떠졌다. 소소의 눈에는 수많은 질문들이 떠오르고 있었지만, 적유는 소소에게 필요한 답만을 말하고 있었다.

"네 아저씨가 노부의 부탁을 하나 들어주기로 했다. 그리고 그 부탁을 들어줄 때까지… 너를 노부에게 맡기기로 했다."

소소의 고개가 다시 다소곳이 모아진 발치를 향했다. 지인과 떨어져 있다는 것. 마음으로 깊이 의지하던 사람과 떨어져 있게 된다는 것이 얼마나 큰 두려움인지 적유도 알고 있었다. 그리고 그런 소소를 위로

해 줄 수 없다는 것이 못내 답답했다. 하나 소소는 여릴지언정 둔감한 아이는 아니었다. 울며 고집을 피워 될 일이 아님은 오래전부터 깨닫고 있었다.

"…그 부탁, 언제쯤이면 아저씨가 들어줄 수 있나요?"

적유를 바라보던 소소의 눈에는 옅은 수막이 어려 있었다. 이 여린 아이가 애써 눈물방울을 떨구지 않는 것이 더 안타까웠다. 적유는 차마 사실을 말할 수가 없었다.

"그리 오래 걸리지 않을 거다. 그때까지… 조금만 참거라."

물론 적유의 예감대로, 소소는 입을 닫아버렸다. 자신의 대답에서 철웅의 위험을 감지했을지도 모른다. 어쩌면 소소 자신 때문에 철웅이 위험한 일을 하게 되었다 생각할지도 모를 일이었다. 하나 적유는 아무런 말도 하지 못했다. 지금은 자신이 할 수 있는 일이 없었다. 그저 흐느끼는 작은 어깨를 말없이 바라볼 뿐.

천하에 두려울 것이 없는 적유이건만, 굳게 닫힌 소소의 입을 열 방법은 없었다. 적유는 마차를 서둘러 몰 것을 전음으로 명했다. 총단에 도착만 한다면 어떻게든 이 무거운 침묵을 벗어날 수 있을 것 같았기에.

*　　　*　　　*

"뭐? 떠나?"

연왕이 아연실색한 표정으로 철웅을 다그쳤다. 철웅은 짐작했다는

듯한 표정이었지만, 다시 한 번 천천히 자신의 선택을 말하기 시작했
다.

"전하, 일전에도 말씀드렸듯… 신은 장철웅으로 살아가려 합니다.
장철웅은… 연왕부와는 인연이 없는 사람이옵니다."

"무슨 소리! 절대 불가하네!"

연왕은 얼굴까지 벌게지며 언성을 높였다. 그가 연왕부에 머문 보름
동안 연왕은 지극 정성이다 싶을 정도로 그를 곁에 두었다. 정사를 보
는 시간을 제외한다면, 하루 온종일 그와 함께 시간을 보냈다 하더라도
과언이 아니었다. 사정을 모르는 연왕부의 인물들은 연왕이 새로운 첩
실이라도 들인 줄 알고 고개를 내밀었지만, 연왕의 명으로 막아선 병사
들의 서슬에 놀라 꽁무니를 내빼야만 했다.

이미 고산덕과 하건 등의 소림 측 사람들은 물론 냉한상, 두주개마
저 소리 소문 없이 연왕부를 떠난 것이 열흘 전이었다. 이미 연왕의 명
으로 사면되었던 자들이다. 연왕은 자신의 말처럼 그들에 대한 의심을
지워 버린 듯했다. 자신의 장자를 암습한 발칙한 자들과 무관치 않을
지도 모르는 자들이었지만, 연왕은 그들이 연왕부를 떠남에 일언반구
도 하지 않았다. 그리고 그 모든 것이 자신의 앞에 있던 한 사내 때문
이라는 것은 철웅 자신이 가장 잘 알고 있었다. 하지만 자신은 떠나야
만 했다.

"전하……."

"그만 하게. 자네가 장철웅으로 살고 싶다면 그렇게 하게. 나 역시
자네를 그렇게 대하겠네. 하나 또다시 나의 곁을 떠나겠다는 말은 하
지 말게. 그것은… 결코 허락지 못하네."

"전하, 제가 장철웅으로 살아가기 위해 이곳을 떠나려는 것입니다. 장철웅이 있어야 할 곳은 왕부가 아니라… 강호이옵니다."

철웅의 말에 연왕이 흠칫했다. 그가 강호에 몸담게 되었다는 것을 모르는 연왕이 아니었다. 하나 그의 신분이 무엇이 중요할 것인가. 연왕 자신도 적지 않은 강호인들과 교분을 나누고 있었고, 심지어 연왕부에 식객으로 기거하는 강호인들도 있었다. 그로서는 인정할 수 없었다. 하지만 연왕의 눈빛은 흔들리고 있었다. 자신의 친우는… 자신의 신분이 아닌, 자신이 있어야 할 곳을 말하고 있었다.

"…마교의 발호가 가까워지고 있습니다. 그들의 실체를 백분지 일이나마 직접 눈으로 목격한 저로서는, 이대로 앉아 보고만 있을 수는 없사옵니다. 또한… 그들과 저는 풀어야 할 은원이 있습니다. 피할 수도 없고, 피해서도 아니 되는 일이옵니다."

철웅의 눈가에 단호한 의지가 어리고 있었다. 철웅의 망막에 떠오르던 소소의 모습을 볼 수는 없었지만, 연왕은 그가 진정 해결해야만 하는 일이 남아 있음을 느낄 수 있었다. 그리고 자신의 고집으로 잡힐 사람이 아니라는 것 역시 기억해 낼 수 있었다.

"…왕명으로도 해내지 못할 일인가?"

연왕의 목소리가 한풀 꺾였다. 연왕 자신이 나서 해결할 수 있다면 무슨 수를 써서라도 해주고 싶은 마음이었다. 그를 자신의 곁에 붙잡아둘 수만 있다면. 하지만 철웅의 고개가 가로저어지며 연왕의 눈가에 짙은 아쉬움을 그려 넣었다.

"소신의 일이옵니다. 그리고 강호의 일이옵니다."

철웅은 단호했다. 고개 숙인 그를 바라보던 연왕이 말없이 몸을 돌렸다. 철웅을 뒤로하고 걸음을 옮기던 연왕의 손끝이 닫혀 있던 창을 밀었다.

"…돌아올 텐가?"

연왕의 가라앉은 목소리에 철웅의 눈가가 좁혀졌다. 연왕의 아쉬움 가득한 마음이 철웅에게 전해져 오고 있었다.

"…어려울 것입니다. 모든 일이 끝나더라도… 돌아오지 않을 생각입니다."

연왕의 눈꼬리가 파르르 떨렸다. 하나 그도 잠시. 이내 작은 한숨을 쉬며 고개를 저었다.

"자네는 예나 지금이나 변한 것이 하나도 없구먼. 빈말이라도 오겠노라고 해준다면 누가 뭐라 한다고……."

투덜거리며 되돌아서던 연왕의 얼굴에는 작은 미소마저 어려 있었다. 하나 철웅은 그 미소가 반갑지 않았다. 마지막 추파마저도 냉정하게 뿌리친 자신을 위해 보여준 억지스러움이었기에, 오히려 더욱 세차게 그의 마음을 꼬집고 있었다. 연왕은 그가 떠나야 한다는 것을 인정했다. 그리고 다시 돌아오지 않을 것이라는 것 역시.

"힘든 일인가? 자네가 해야 할 일이."

"그럴 것이옵니다."

"좋아. 떠나게."

철웅의 입에서 들릴 듯 말 듯한 한숨이 새어 나왔다. 차라리 가지 말라는 호통을 듣는 것이 편했다. 고집을 꺾은 연왕의 떠나라는 허락이 그로서는 더욱 받잡기 힘들었다. 하지만 연왕 역시 그를 고이 보내줄 마음은 없었다.

“단, 지금부터 내가 하는 말은 무조건 따르게. 만약 따르지 못한다면 절대 허락지 않겠네.”

“하교하십시오.”

철웅은 내심 다행이다 싶어 침착히 답했다. 차라리 그런 조건이라도 지워진다면 자신이나 연왕 모두 어느 정도 마음의 진정이 쉬울 것이라 생각했다. 하나 마냥 쉽게만 생각할 일도 아니었다. 그렇게 곁에 두고 싶어한 자신을 떠나보냄에, 얼마나 어려운 조건을 내걸지 짐작키 어려웠기 때문이다. 하나 연왕은 그 조건을 말하지 않았다.

“내가 내걸 조건을 무조건 받아들이겠노라 약조하게. 그것이 조건일세.”

철웅은 고민하였지만, 다른 도리가 없음을 깨닫기까지 많은 시간이 걸리진 않았다.

“알겠습니다. 그렇게 하겠습니다.”

“좋아. 하면… 언제 떠날 것인가?”

연왕의 물음에 철웅은 쉽게 답했다. 연왕의 고집만큼이나 철웅의 마음도 이미 굳어진 지 오래. 이별은 빠를수록 좋았다.

“내일 떠나도록 하겠습니다.”

“흠… 알겠네.”

연왕은 의외다 싶을 정도로 쉽게 고개를 끄덕여 주었다. 하나 마음은 표정만큼 편하지 못했는지, 잠시 철웅을 일별하곤 조용히 전각을 빠져나갔다. 연왕의 뒷모습을 바라보던 철웅이 고개를 내저었다. 연왕의 마음을 헤아리지 못한 채 너무 단호하게 결정한 것이 아닌가 하는 것이 못내 마음에 걸렸다.

하나 철웅은 그런 걱정을 할 필요가 없었다. 전각을 빠져나가던 연왕은 그 쓸쓸한 뒷모습과는 달리 조용히 미소 짓고 있었다. 연왕은 애초에 철웅과의 인연을 끊을 마음이 없었다. 그리고 그 인연을 잇기 위해, 새로운 인연을 만들기 위해 걸음을 옮기고 있었다.

*   *   *

연왕은 열 살 되던 해에 친왕으로 책봉되었다. 그가 영지로 하사받은 곳은 북평. 과거 원의 대도였고, 태조에 의해 대도가 함락된 지 불과 이 년밖에 지나지 않았기에, 아직 북평은 전란의 신음을 떨쳐 내지 못하고 있었다. 그런 곳을 영지로 받은 연왕이었다. 평소 연왕을 아끼던 태조였기에 남경에 버금가는 옛 원 제국의 수도 자리를 영지로 하사한 것이었지만, 열 살 어린 나이로 영지에 부임하기에는 위험스럽다 하지 않을 수 없었다. 하나 연왕은 사람들의 만류를 뿌리치고 북평으로 향했다. 태조 역시 그의 선택을 만류하였으나 어린 친왕의 당돌한 부탁을 듣고는 껄껄 웃으며 임지로의 부임을 허락하였다.

연왕이 북평으로 처음 부임하던 날. 근 일만에 달하는 병사들이 연왕과 함께 북평성의 해자를 넘었다. 북평의 백성들은 그 모습에 놀랐다. 아니, 북평에 살고 있던 한족들은 두 눈에 눈물을 흘렸고, 그들 속에 숨어 있던 몽고의 잔당들은 이를 갈았다. 일만이 아니라 십만의 병사 속에서도 그들은 빛났을 것이다.

열한 살의 나이라는 것이 믿기지 않을 정도로 당당한 모습의 연왕이,

손수 말고삐를 잡고 전마에 올라 북평성으로 들어서고 있었다. 그 모습에 골목골목 숨어 있던 원의 잔당들은 코웃음을 쳤다. 명이 건국되었다고는 하나 아직 곳곳에 원의 잔당이 활개 치고 있던 북평이다. 이 위험천만한 곳에 갑주조차 걸치지 않고 마상에 모습을 드러낸 것이 얼마나 어리석은 짓인가? 그 어리석음의 대가를 알려주기 위해 그들은 활을 잡았다. 하나 시위를 걸려던 그들의 손은 이내 굳어져 버렸다. 연왕의 좌측. 그 검은 갑주를 어찌 잊을 수 있단 말인가? 저 무자비한 전신의 갑주를 어찌 잊을 수 있단 말인가? 그들은 잡았던 활을 놓을 수밖에 없었다.

연왕의 선택. 모든 것을 뿌리치고 태조에게 원했던 단 한 사람, 그가 연왕의 옆에 있었다. 그 저주받을 검은 갑주와 공포로 기억되는 붉은 장포와 함께.

북평대장군 이정인. 연왕은 북평의 군(軍) 정(政) 사법(司法)을 총관할 새로운 평장정사(平章政事:포정사 이전의 직책)로 그를 지목했다. 황제가 열한 살 어린 나이의 연왕을 웃으며 북평으로 보낼 수 있었던 이유이다.

연왕부 내에는 두 개의 연무장이 있었다. 대전으로 이어진 청석길 좌우로 만들어져 있던 연무장. 그중 좌측에 있는 것을 사자평, 우측에 있는 것을 주작평이라 불렀다. 연왕부의 위세에 걸맞게 단단한 석판들로 가림되어진 두 곳의 연원을 알고 있는 자는 그리 많지 않았다. 걸음을 옮기던 연왕이 입을 열었다.

"내가 지금 걷고 있는 곳의 이름이 바로 사자평이오."

"알고 있습니다."

연왕의 뒤를 따르던 도연이 입을 열었다. 이미 달빛이 내려앉아 연무장 바닥이 하얗게 빛나고 있을 만큼 늦은 시간이었지만, 연왕은 아직 잠을 청하지 않고 있었다. 그의 뒤를 따르던 도연 역시 그가 잠을 이루지 못하는 이유를 들은 후였다. 도연은 말없이 연왕의 뒤를 따르며, 그가 친우를 보내야 하는 아쉬움을 달래는 것을 돕고 있었다.

"이곳의 이름은 그분이 지어주신 것이오."

"……."

"그분은 대명 황실의 충신이셨소. 그리고 나를 무척이나 아껴주셨고……."

연왕에게 저런 존칭을 받을 수 있는 사람은 몇 되지 않는다. 아니, 황제 폐하를 제외하고 나면 단 한 사람만이 남는다.

'이정인… 북평대장군.'

연왕의 눈은 하얀 연무장을 가르고 있었다. 그리고 옛일을 회상하듯 천천히 말했다.

"나는 그분을 존경하오. 한 사람의 무장으로, 또 나의 스승으로……."

"……."

"나는 그분에게 책략이라는 것을 배웠소. 통솔이라는 것도 배웠소. 권한과 책임의 중함도. 검을 잡는 법부터 창을 휘두르는 법까지… 장수로 알아야 할 것은 모두 그분에게 배웠소. 그리고……."

연왕이 고개를 들었다. 밤하늘이 참으로 밝았다. 수십만 개의 별들이 하나하나 내려와 연왕의 눈 위로 박혔다.

"참된 군주로 사는 법을 배웠소."

"전하……."

"그분은 대인이셨소. 비록 평생을 전장에서 지낸 분이셨지만, 전장에서 뿌린 피보다도 많은 눈물을 흘린 분이셨소. 그분만큼 전쟁과 어울리지 않는 분도 없었을 것이오. 그분이 나에게 가르쳐 준 것은 하나뿐이오. 땅 한 뼘을 위해 칼을 뽑지 말고, 동전 한 닢을 위해 병사를 모으지 말라. 백만 평 대지보다 사람 한 목숨이 귀한 줄 알고, 백만 닢의 금화보다 눈물 한 방울이 무거운 줄 알라. 그분은 나에게 그것을 가르쳐 주셨소."

연왕의 목소리가 조금 잠겼다. 그를 생각하는 이 순간만큼은 그도 친왕이 아닌 한 사람의 사내일 뿐이었다.

"그분의 진심을 알고 있던 사람은 아마 나와 그 친구뿐일 거요. 강했던 것만큼이나 외롭게 살았던 분. 백만 황군의 우상이었지만, 그분의 눈물을 본 사람은 나와 철웅 둘뿐이오. 그런 분을… 황상이신 내 아버지가 내치신 거요."

"역모였사옵니다. 그리고 이미 지나간 일이옵니다."

도연의 목소리는 어두웠다. 역모는 누구도 막을 수 없다. 연왕이 아니라 황상 그 자신이라 하더라도. 연왕의 가슴을 짓누르고 있는 압박을 조금이라도 덜어주려는 충심일 게다. 하나 연왕은 고개를 저었다.

"과거지사라 하여 지워질 수는 없는 일. 그분의 무고함은 천하가 다 알고 있었건만… 내 아버님은 그분을 조금 더 신뢰하셨어야 하오."

"전하……."

"철웅은… 그분의 아들이오."

“……?!”

연왕의 뒤에서 들리던 발걸음 소리가 멎었다. 뒤돌아보지 않아도 알 수 있었다. 도연의 눈이 얼마만큼이나 커져 있을지, 그의 노안이 얼마나 굳어져 있을지.

“내가 그에게 주고 있는 믿음은… 그분께 못다 한 내 아비의 믿음만큼이나 크오. 그는… 그런 신뢰를 받을 만한 자격이 있고. 그의 가문은 철저히 멸문당했소. 일가 피붙이는 물론, 대들보 하나 남김없이. 하나 그는 분노하지 않았소. 자신의 아비가 억울하게 참수당하였어도, 그의 가문이 풍비박산이 났음에도, 그는 다시 전장으로 돌아가고 말았소. 그는 그런 사내요. 아니, 그 부자는 그런 사내들이었소.”

충신의 가문. 억울함을 호소하지 않는다. 명에 살고… 명에 죽는다. 하나 그들의 가문에 내려진 억울함은 보상받지 못했다. 그는 그것을 탓하지 않았다. 그것이 연왕의 마음을 아프게 하는 가장 큰 이유였다.

‘차라리 나를 원망이라도 해주었다면…….’

연왕의 뒷모습에 눈이 시렸다. 도연은 비로소 확실히 깨달을 수 있었다. 그 사내의 정체, 그리고 연왕이 그 사내에게 보내던 확고부동한 믿음의 정체를.

“그가 떠나려 하오. 그에게 도움을 주고 싶소. 어떻게 생각하시오?”

걸음을 멈춘 연왕이 고개를 돌렸다. 그의 물음이 자신에게 의견을 구하는 것이 아님을 알고 있었다. 그는 자신의 판단에 대한 확신을 원하고 있었다. 도연이 고개를 숙이며 답했다.

“참된 친우라면… 응당 그리하셔야 합니다.”

연왕의 얼굴에 만족스러운 미소가 피어올랐다. 도연을 바라보던 연왕이 고개를 돌렸다.

'당신은 나를 한 마리 사자 같다 하셨지요? 광활한 평원을 누비는 대지의 맹수. 나는 아직까지도 그 어떤 찬사보다 당신이 붙여준 그 이름을 아낍니다. 내가 당신을 떠올릴 수 있는 자유의 이름만큼이나……'

연왕의 눈이 가 닿아 있던 곳. 사자평과 마주한 또 하나의 연무장. 주작평의 대지 위로 유월을 부르는 바람이 불어오고 있었다.

*　　　*　　　*

소소의 눈이 푸르게 넘실대고 있었다. 수면 위로 떨어지는 물결의 떨림이, 내리쬐는 유월의 햇살을 잘게 부수어 빛의 가루를 흩어놓고 있었다. 그 빛의 물결이 소소의 눈 속에 담겨 또 하나의 파양호를 만들고 있었다.

"여기가……."

"그래. 이곳이 바로 파양호, 노부가 사는 곳이다."

일대 장관에 놀란 소소의 음성에, 적유가 잔잔한 미소로 답해주고 있었다.

강서 북쪽에 자리하고 있던 파양호는 천하에서 가장 큰 호수다. 주둥이가 좁은 호리병 모양이었고, 서(西)로는 이백이 지은 망려산 폭포의 무대인 려산이 자리하고 있고, 성도인 남창과도 수로로 연결되어 있다. 그리고 아직까지도 강호에 회자되는 정사대전의 마지막 대회전 장소이기도 했다.

"정말… 아름다워요."

소소의 눈은 물결 위를 흐르고 있었다. 하나 같은 곳을 바라보고 있음에도, 적유의 눈은 다른 것을 보고 있었다.

'그래, 아름다운 곳이지. 수천의 혼령들이 잠들어 있는 곳이니… 아름답기라도 해야지…….'

마차가 멈추어 선 곳은 한적한 강가였다. 마치 바닷가 백사장을 연상시키는 풍경이었지만 평생 바다는커녕 호수 가까이에도 가본 적이 없는 소소였는지라, 강물이 부서져 찰랑거리는 강변의 모습에 마냥 신기해했다. 적유의 눈치를 보면서 슬그머니 강변으로 다가가는 모습에, 적유는 내심 모른 척하며 바라볼 뿐이었다. 밀려오는 물결에 가만히 발끝을 가져다 보는 모습. 좀처럼 보이지 않던 미소까지 떠올리며 물결에 손을 가져가는 그 모습에, 적유의 얼굴에도 잔잔한 미소가 피어올랐다.

'그 아이와… 이런 적이 있었던가?'

적유는 자신의 아주 오래된 과거를 더듬고 있었다. 빙화라는 이름과 함께 호흡했던 그 시절. 자신의 피붙이가 살아 있어 혼자라 여기지 않았던 그때를. 그리고 어느 한순간, 그의 얼굴에 미소가 지워지고 경악의 표정이 그 자리를 대신했다. 그는 깨닫고 있었다. 자신이… 외로워하고 있었다는 사실을. 온몸에 소름이 돋을 정도로 소스라치고 있었다. 그는 강했다. 굳은 심지와 강인한 정신. 누구도 따르지 못할 지혜와 천하를 오시할 수 있는 무공. 이미 그러한 인간사에 동요치 않을 수 있다 자부하고 있었건만, 그것은 그의 오산이었다. 그는 외로워하고 있었다. 그리고 그 불현듯 밀려든 고독함에 한기를 느끼고 있었다.

'늙었음인가……'

이미 한 갑자의 세월을 넘긴 지 오래였다. 그가 느끼지도 못할 사이, 그의 가슴 밑바닥에 차곡차곡 쌓여갔던 외로움들이, 단단한 각질처럼 굳어져 가고 있었던 것이다. 그 겹겹이 쌓인 외로움을 자신이 외면하고 있었다는 사실에 놀랐다. 그리고 자신이 한낱 인질에 불과한 여아를 총단으로 데려오게 된 진정한 연유를 깨달을 수 있었다. 소소는 팔까지 걷어붙인 채 물장난을 치고 있었다. 맑고, 순수한 아이였다. 자신의 얼굴로 튀어 오르는 물방울 하나하나에 즐거워하고 있었고, 적의를 보이지 않는다는 이유만으로 유괴범인 자신을 두려워하지 않았다.

'너무나 순수했기에 그의 영상이 깊게 새겨진 것이다. 노모의 죽음이라는 나락의 고통을 그라는 존재로 견뎌낸 것이니, 그를 그토록 의지하는 것도 당연한 일이다.'

적유의 눈이 소소에게 머물렀다. 이제는 강변을 배회하는 작은 방해(螃蟹:게)와 어울리고 있었다. 적유는 그 즐거워하는 얼굴 표정 하나하나를 놓치고 싶지 않았다.

'너를… 놓치고 싶지 않구나……'

적유의 시선이 붉게 물들어가고 있었다. 낙조(落照)하는 석양이 적유의 시선과 소소의 미소, 그리고 호수를 가로지르며 다가오는 두 척의 소선마저 붉게 물들이고 있었다. 파양호의 붉은 물결 위로 소소를 태운 소선이 사라져 가고 있었다. 파양호의 하루는 그렇게 저물고 있었다.

　　　　　　　*　　　　　*　　　　　*

　"좌사가 돌아오고 있다고?"

　철사자 강자량의 물음에 구 척의 거한이 고개를 숙였다. 강자량의
목소리에 묻어 나오는 불편함을 두 눈으로 받을 자신이 없었기 때문이
다.

　"흠……."

　"무얼 그리 걱정하십니까?"

　청년의 물음에 우사가 굳은 인상을 펴며 답했다.

　"걱정은요. 단지 예상보다 빠른 복귀였기에……."

　"이미 조치는 취해진 상태 아닙니까. 그가 돌아온다 해도 달라질 것
은 없습니다."

　청년의 말에 우사가 고개를 끄덕였다. 청년의 말처럼 달라질 것은
없었다. 하나 그렇다고 모든 것이 명쾌히 끝날 일만도 아니었다.

　"가장 큰 걸림돌입니다. 그가 총단으로 돌아온 이상, 조심할 필요가
있습니다."

　"아마 대충은 눈치를 챘을 겁니다. 좌사의 이목을 피해 모든 일을
할 수 있다고는 생각하지 않았습니다. 우사께서는 너무 걱정하지 마십
시오."

　"하지만……."

　조용히 미소마저 짓고 있는 청년. 소교주 한수의 말에 강자량은 가
만히 고개를 끄덕여 보였다. 하나 눈앞의 청년의 그 여우 같은 좌사를

상대하겠다는 호언장담이 마냥 미덥지만은 않았다.

"그간의 공이 있어 적지 않은 세력을 모을 수는 있었지만, 련 내에서 좌사의 신임은……."

강자량은 말끝을 흐렸다. 아무리 미덥지 못하다 하여도, 소교주의 면전에서 그를 칭송할 수는 없는 일이었으니. 하지만 한수는 웃으며 답했다.

"하하, 물론이지요. 좌사를 따르는 보수파에 비하자면, 아직 우리 쪽 세력이 많이 부족하다 할 수 있지요. 하지만……."

한수의 눈빛이 의미심장하게 빛나고 있었다.

"보수파의 중심은 좌사가 아니라 교주인 내 아버지입니다."

한수의 말에 강자량의 눈빛 역시 한수의 눈빛을 따라 변했다. 그들의 준비를 다시금 일깨운 비밀스러운 말이었다. 그들의 준비는 완벽했다.

"모든 것은… 그날 결정될 것입니다. 백련의 대계도, 우리의 미래도……."

한수의 말에 강자량이 고개를 끄덕였다. 좌사는 하나의 벽이었다. 총단 교도들의 대부분이 그를 추종했다. 그리고 백련 최고의 고수들인 구마가 그의 편에 서 있다. 가장 큰 문제는 그에 대한 교주의 신임이 철옹성과 같이 두텁다는 것이었다. 하나 그들은 모든 준비를 끝마쳤다. 이제는 때를 기다릴 뿐이었다.

"한동안 폐관수련에 들어갈 것입니다."

"폐관이요?"

예정에 없던 갑작스런 말에 강자량은 한수를 보며 반문할 수밖에 없었다. 좌사가 돌아오고, 대계의 발동이 얼마 남지 않은 이 시점에서 폐관이라니……. 하나 강자량은 한수의 두 눈에서 뻗어 나오는 단호한 의지에 결국 반대 의견을 내놓을 수 없었다.

"…제가 나올 때까지 좌사의 일거수일투족을 잘 감시하도록 하십시오. 그리고… 신녀궁 역시……."

"그건 걱정하지 마십시오. 제가 알아서 처리해 놓겠습니다."

강자량의 말에 한수는 고개를 끄덕였다. 하나 한수의 눈에 일던 한광은 쉽게 사그라지지 않고 있었다.

"백련은 새로운 길을 걸어가야 합니다."

"물론이지요."

"용화세계는… 내 손으로 만들어낼 것입니다."

한수의 말에 강자량이 무겁게 고개를 끄덕였다. 백련의 대계 속에서, 한수의 대계가 이를 맞물린 채 돌아가고 있었다.

*   *   *

"이곳만 넘으면 하북 땅일세."

"그렇군요."

마차를 모는 노인의 말에 마부석으로 난 휘장으로 얼굴을 내밀고 있던 사내가 답했다. 방갓 하나를 깊이 눌러쓴 노인은 혁련옹이었다. 그들은 안휘를 벗어나, 산동 북부에 있는 덕주(德州)라는 곳의 외곽으로 이어진 관도를 지나고 있었다. 마차에 등을 기댄 채 앉아 있는 패의 모습을 보니, 마차 위에서 흐른 시간만큼이나 많은 차도를 보인 모양이었다.

"들리는 풍문이 심상치 않아."

"황제 폐하의 상세가 위중하다는 소문 말입니까?"

혁련웅의 말에 패가 물었다. 이곳까지 오는 도중 그들의 귀를 가장 많이 끌어당긴 이야기가 바로 남경의 이야기였다. 황제의 붕어는 기정사실로 받아들여지는 듯했다. 하루에도 수백 명씩 지방의 관리들이 남경으로 모여들고 있는 것을 보면, 아무래도 이번에는 믿을 것 없는 소문이 제법 밥값을 하는 모양이었다.

"한 몇 년 시끄러워질 거야."

"그렇겠지요."

다음 황위 계승자로 지목된 황세손의 나이 이제 겨우 스물둘. 어린 나이도 나이일뿐더러 너무나 유약했다. 그리고 황제의 숙부들이 너무 많이 살아 있었다. 연왕이라는 북평의 제왕을 포함해서.

"조정 대신들이 알아서 움직일 테지. 황권을 공고히 하기 위해선 적지 않은 피가 뿌려질 게야. 권력이라는 건 피를 먹고 자라난 폭력이라는 나무의 열매거든."

"재미난 말씀이시군요. 반박하기 힘들긴 합니다만."

패가 쓰게 웃었다. 그의 과거도 피가 내를 이루는 전장으로 이어져 있었다. 그 지옥의 현세가 누구를 위한 것이었는지 잘 아는 패였기에, 권력에 대한 그의 감상은 역겨움 이상이었다.

"북평이라… 연왕이 있는 곳이니, 쉽게 피바람이 불지는 않겠지만, 그리 안전하다고만도 할 수 없는 곳이구먼."

"세상에 안전한 곳은 없지요. 권력이 없는 곳은 찾을 수 없을 테니 말입니다.”

“이야기가 그렇게 되는가? 허허.”

패의 이야기에 혁련옹이 너털웃음을 지었다. 묘한 동질감을 느낄 수 있었다.

“내가 천하를 떠도는 이유가 궁금하지 않은가?”

“…….”

궁금했다. 기행이라 불리는 혁련옹의 발걸음은 언제나 수많은 억측과 추측의 대상이었다. 그 역시 궁금하지 않을 수 없었다.

“내 뿌리는 강호일세. 내가 살던 강호는 아름다웠네. 술 한 잔에 친구가 될 수도 있었고, 뜻을 위해 목숨을 버릴 자도 많았던 그런 곳이었지. 오랑캐들의 손에 나라가 유린당할 때도, 그런 뜻있는 사람들이 뭉쳐 칼을 들었었네. 많은 피가 흘렀고, 많은 이가 죽었지. 한데, 원이 망하고 명이 들어서고 나서 조금씩 그 자유로움과 대의가 변질되기 시작했어. 건국의 전란 속에서 그들도 알게 된 거지. 힘을 어찌 써야 이름을 남길 수 있는지, 어찌 휘두르면 부귀를 가질 수 있는지. 강호도 천하의 일부인지라… 권력이라는 마물이 강호의 호연지기 위에 똬리를 틀어버린 거야.”

패는 말없이 듣고만 있었다. 혁련옹의 기행이 시작된 것이 이미 삼십여 년 전. 명의 건국과 거의 일치하고 있었다.

“천하에 그 성세를 구가하던 명문거파들이 전란의 와중에 소멸해 버렸지. 그리고 이전보다 더욱 큰 명성을 얻게 되었거나 혹은 새로운 강자로 떠오른 열 개 문파가 있었으니, 소위 구파일방이라 불리는 곳이 바로 그들이었네. 전쟁이 끝난 직후, 그들은 발빠르게 움직였네. 홍무

제가 천하를 얻었던 것처럼, 그들도 강호상에서 자신들의 영역을 넓혀 나가기 시작했지. 그들은 상계에 눈독을 들이기 시작했고, 더 많은 기재들을 영입하기 위해 문호를 넓혔네. 자신들과 뜻이 맞는 문파들과는 화합했고, 길이 다른 문파들은 배척했지. 강호에 새로운 질서가 생겨 난 거야. 강호에 협사들은 사라지고, 문파와 파벌 위주의 정서가 강호인들을 잠식해 버렸네. 사부와 제자의 관계보다는 사문과 제자의 관계가 더욱 중요한 것이 되어버렸네. 대의보다는 사문의 명예를, 협의보다는 사문의 안위를 위해 검을 드는 것이 자연스럽게 되었으니… 참으로 통탄할 일이었지. 그래서 천하를 떠돌게 된 것이네. 협의가 사라진 강호이니 억울함을 당한 자가 부지기수. 대의가 사라진 무림, 불의에 대항하려는 자가 스스로 검을 꺾을 수밖에 없는 현실을 조금이나마 바꿔보기 위해 이 길을 나선 것이네."

패의 가슴에서 무엇인가가 치밀어 오르고 있었다. 억울함, 의가 아닌 것. 남아로서 협의와 대의를 가슴에 품지 않는다면 어찌 남아라 할 수 있겠는가? 패의 가슴에도 잊고 있던 호연지기가 조금씩 부풀어 오르는 듯했다. 하나 그는 어리지 않았다. 피를 끓게 만드는 혁련옹의 말보다 그가 걸어야 했던 길의 험난함을 먼저 두려워하고 있었다.

"쉽지 않은 일이셨겠습니다."

"쉽지는 않았지. 삼십 년을 떠돌면서 고작 백여 명에게 인연을 전한 것이 고작이야. 오히려 나를 쫓던 자들이 수십 배는 되었지. 허허."

혁련옹은 다시금 웃었다. 말 몇 마디로 표현할 고난이 아니었음에도, 그는 아무렇지 않은 듯 웃고 있었다.

"그럼 어르신께서 전하신 그 신병이기들과 무공들은……."

"나와 뜻이 같았던 친우들과 수많은 협의지사들의 희생이었네. 생각보다 많은 사람들이 전란의 와중에 희생되었네. 더 이상 무공을 펼치지 못하게 된 사람도 있었고, 후계자가 죽어 명맥이 끊기게 된 사람들도 많았지. 그들에게 부탁을 했고, 그들은 흔쾌히 나의 뜻을 받아들여 주었네. 진정한 영웅들이지."

패도 알 수 있었다. 결코 쉽지 않은 결정이었을 게다. 강호인의 아집은 유명했다. 더군다나 홀로 창안하고 발전시켜 온 무공. 선대로부터 전승된 무공과 신병이기들을 다른 이의 손에 넘기는 일이 결코 쉽지 않았을 것이다. 아니, 당금 강호에서는 코웃음도 듣지 못할 이야기였다. 그들은 진정 강호의 대의를 위해 자신들을 희생한 것이다. 혁련옹의 말처럼… 그들이야말로 진정한 영웅들이다.

"그럼 그 사람들은……."

"어디에 있냐고?"

"……."

"그들이 어디에 있겠는가. 강호에서 났으면 강호에 있어야지……."

혁련옹의 말에 패가 고개를 끄덕였다. 아마 어딘가에서 그들의 병기를 갈고닦고 있을 것이다. 그들은 강호를 떠난 것이 아닌 것이다. 강호 속에 있되, 몸을 웅크리고 있을 뿐이었다.

"지금은 그들이 필요한 시기가 아닐세. 제아무리 뜻이 좋아도, 때를 만나지 못하면 피어날 수 없는 법. 그들은 때를 기다리고 있네."

패는 그들이 어디에 있는지 묻지 못했다. 일백에 달하는 사람들. 삼십 년의 세월은 그들을 충분히 고수로 탈바꿈시켰을 것이다. 누구도 무시하지 못할 전력이었다. 련에서 준비하는 대계에 포함되지 않은 크나큰 변수였다.

'또 비밀이 늘어나 버렸군.'

패는 고개를 저었다. 비록 피아의 구분이 모호하기는 하나, 짐작만으로도 자신들과 부딪치게 될 공산이 컸다. 하나 그는 자신의 기억 너머로 그 사실을 던져 버렸다. 백련의 대계에 큰 차질이 생길지도 모를 일이었지만, 자신을 믿고 이야기해 준 혁련옹의 마음을 생각한다면 절대 말해선 안 되는 비밀이었다.

'그리고… 어찌 되든, 나와는 상관없는 일……'

련의 대계는 련의 일. 자신은 련의 노예. 신의를 저버리면서까지 지켜야 할 마음의 굴레는 없었다. 자신이 달아나지 않고 노예의 신분을 감수하는 것만큼이나 혁련옹과 지낸 시간에 대한 신의도 중요했다.

서로 말은 안 했지만 두 사람은 서로에게 조금씩 마음을 열어주고 있었다. 신의란… 그렇게 생기는 것이었다.

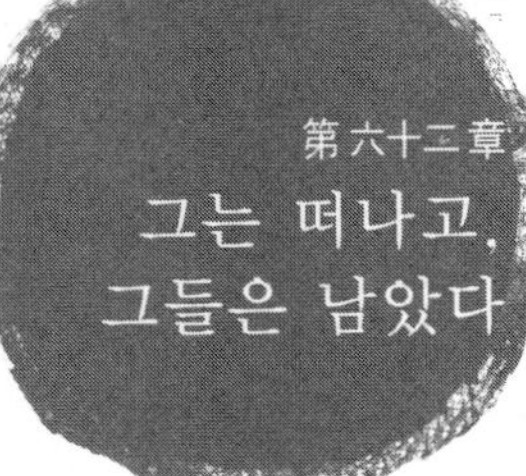

그는 떠나고,
그들은 남았다

그는 떠나고, 그들은 남았다

그래도… 언젠가는… 우연이라도…
한 번쯤은… 돌아와 주시겠지요?

연왕부의 북문. 동서남북으로 나 있는 왕부의 성문 중 가장 인적이 뜸한 곳이 바로 이곳 북문이었다. 남문은 북평의 대로와 연결되어 있었기에 관료들의 출입이 잦았고, 서문은 하급 관리와 부내 잡인과 궁녀들이 주로 사용했다. 동문은 외부에서 들여오는 물자들과 연왕부에 배속된 병사들의 주된 출입문이었다. 관료와 궁인, 군인들의 서로 다른 직분과 위치로 인해 생겨난 암묵적인 이용이었지만, 그중 북문을 이용하는 사람은 거의 없었다. 그리고 북문이 열리는 것을 바라는 사람도 없었다. 연왕이 북원정벌 때마다 북문을 사용하였기에, 북문이 열림은 곧 출병이라는 것을 모를 사람은 아무도 없었다.

그런 북문으로 한 대의 마차가 빠져나가고 있었다. 물론 출병일 리는 없었으니, 사람들의 이목을 피하기 위한 조용한 행차라 생각할 수

있었다. 그리고 그것은 은밀함이라는 소기의 목적을 달성한 후 북평을
빠져나가고 있었다.

네 마리의 흑마가 끄는, 호화롭지는 않았지만 마치 군관의 갑주를
연상시킬 만큼 단단한 외양인 검은색의 사두마차. 마차를 이끄는 말의
허벅지에는 조정의 마정기구(馬政機構)인 태복시(太僕寺)의 상품(上品)
인장이 선명히 찍혀 있었지만, 인장 위로 검은 칠이 칠해져 있어 한 마
리에 은 오십 냥이 넘는 명마의 진가를 쉽게 알아볼 순 없었다. 마차의
창문은 검은 휘장으로 둘러쳐져 있어 밖에서는 내부의 인물들을 알아
볼 수 없었다. 연왕의 친절한 배려였지만, 철웅은 차양을 걷고 멀어지
는 연왕부를 바라보고 있었다.

'부디 옥체 보중하시옵소서.'

철웅의 눈에는 만감이 교차하고 있었다. 잠깐 동안은 연왕부에서 새
로운 출발을 하고자 하는 마음이 들기도 하였다. 연왕이라는 든든한
배경. 떠날 때와는 비교할 수조차 없는 무공. 그의 선택에 따라 그의
인생 자체가 완전히 바뀔 수도 있었다. 하나 그는 안주를 선택하지 않
았다.

'욕심이다. 천명을 거스르는……'

연왕부에 눌러앉기엔, 자신을 바라보고 있는 현실이 그리 만만치 않
았다. 소소를 찾아야 했고, 천명을 찾아야 했다. 사부가 말해 준 천명,
순리. 자신에게 다가올 고난이라는 것을 생각하면, 연왕부는 그의 마
지막과 어울리는 곳이 아니었다.

'마교라는 존재… 그들은 결국 나와 부딪칠 수밖에 없는 자리에 서
있구나. 피할 수도 없고, 돌아갈 수도 없는……'

철웅은 자신의 지난 행보를 되돌아보고 있었다. 청수곡의 인연과 혁련옹과의 만남. 화산과 소림의 인연. 마교… 그리고 이곳 연왕부까지. 그에게 일어났던 모든 것이, 우연이라 하기엔 너무나 질서 정연하게 자신을 이끌고 있었다. 마치 자신을 이곳에 자리하게끔 하기 위한 예정된 수순처럼.

'하나 나는 나를 시험하던 것들에 순응하였을 뿐이다. 비록 이곳까지 오게 되었지만… 나는 아직도 나의 천명을 깨닫지 못하고 있구나……'

오십이지천명(五十而知天命)이라 하였다. 그의 나이 마흔여덟. 이제는 보일 것도 같았건만, 그의 주변을 몰아쳐 왔던 세파 덕분인지 아직은 그 천명이라는 것의 존재가 가물거리는 신기루 같기만 할 뿐이다.

'조급해하지 말자. 내가 가는 길이 천리라면 천명은 그 길 위에서 나를 기다리고 있을 것. 언젠가는 깨닫게 될 일이다……'

철웅의 시선이 창가에서 거두어졌다. 장 의원과 소아는 조용히 잠들어 있었다. 긴장이 풀린 탓인지, 봄의 기운이 스며든 탓인지 두 사람은 서로 고개를 맞댄 채 오수에 빠져 있었다. 마차의 말고삐는 강추와 영우가 잡고 있었다. 그들 역시 연왕부를 떠나온 것에 대해 다행으로 여기고 있을 것이리라. 어쨌든 자신과는 달리 강호의 밥을 먹고 자라온 사람들. 연왕부의 진수성찬이 모래 섞인 밥보다 나을 것이 없었으리라.

철웅은 조용히 품에서 한 장의 서찰을 꺼내었다. 아무런 표시도, 인장도 없는 평범한 서찰. 하나 연왕이 손수 적은 석별의 정이었기에, 철웅에게는 결코 평범할 수 없는 서찰이었다. 이미 두 번이나 읽었던 서찰을 다시 한 번 읽어 내려가는 철웅이었다.

　지심붕우(知心朋友) 전(前).
　죽은 줄 알았던 친우의 생환에 기뻐한 것도 잠시, 못다 한 이야기가 많이 남아 있음에도 또다시 자네를 떠나보내야 함은, 석별이라는 말로도 부족한 깊은 응어리를 남기네.

　'송구할 따름입니다…….'
　보내는 마음과 떠나는 마음을 저울질한다는 것은 우스운 일이다. 자신의 마음이 이리 편치 않은데, 연왕의 마음은 얼마나 불편할 것인가. 철웅은 다시 한 번 북쪽 하늘을 일별한 뒤 서찰을 읽어 내려갔다.

　하나 나의 길이 있듯, 자네의 길도 있는 법. 소소한 감정으로 남아의 길을 막을 수는 없는 일이니, 자네의 앞길에 무운을 빌어줄 뿐 달리 해줄 것이 없구먼.
　다만 북평의 번왕으로 있는 자가 친우의 무운을 입으로만 빌어줄 수는 없는 일. 내 일전에 말했던 것을 기억하는가? 그 조건을 자네에게 보내니 부디 내치지 말아주었으면 하네. 힘든 길을 갈 것이 분명한 자네에게 조금이나마 도움이 되었으면 하는 바람을 담았네. 자네를 기다리는 사람이 있을 것이네. 그의 말을 따르게.
　하고 싶은 말은 많으나 그 말들을 가슴에 이고 가야 할 자네가 걱정되어 이만 줄이겠네. 나는 언제나 이곳에 있을 것이고, 자네를 위해 문을 열어놓겠네. 부디 무운을 비네.

짧은 글귀였다. 하지만 그 말속에 담긴 마음이 어찌 가벼울 수 있을까. 철웅은 마음이 든든해짐과 동시에 무거워졌다. 하나 이내 고개를 털었다. 이미 떠나온 북평, 아쉬움은 잠시이고 나아길 길은 멀기만 했다. 지금은 자신이 해야 할 일을 생각하는 것만으로도 벅찼다.

'지금은 소소를 되찾는 것이 급선무다. 소소를 되찾기 위해서는 주작홍기라는 것을 찾아야 하나, 생전 보지도 못한 것을 어디에서 찾을 것인가.'

철웅은 자신이 할 수 있는 일들을 하나하나 곱씹기 시작했다. 하나 마차가 멈추어 서는 것과 동시에 그 생각을 잠시 접어야만 했다.

"장 대인, 잠시 나와보셔야겠습니다."

강추의 목소리가 들려왔다. 마차가 멈추어 선 곳은 북평의 북쪽 성문과 인접한 외딴 관도. 오가는 사람들도 없었고, 이렇다 할 가옥들도 보이지 않는 그런 곳이었다. 철웅은 조용히 마차에서 내려섰다. 그리고 강추의 시선이 머물고 있던 곳을 바라보았다.

'…역시.'

철웅은 자신의 짐작이 틀리지 않았음에 한숨지었다. 그런 허탈해하는 철웅의 표정을 본 여인이 웃으며 입을 열었다.

"여인을 앞에 두고 그런 표정을 지으시다니… 예나 지금이나 정말 바뀐 게 하나도 없으시군요."

살포시 입을 가리고 웃는 모습이 눈부셨지만, 그녀를 바라보던 철웅의 눈이 아려오는 것은 밝게 내리쬐는 햇살 탓만은 아닌 듯싶었다.

"이곳에는 어떻게……."

어렵게 말문을 열었다. 혹여 맘이라도 상할까, 왜라는 말도 물음 속에 넣지 못한 채.

"왜 왔냐고 묻지 않아주니 고맙다고 해야 하나요?"

확실히 달랐다. 십수 년 전의 모습은 어디에서도 찾을 수 없었다. 이제는 완숙한 삼십대의 미부였다. 행동 하나하나, 말투 하나하나.

"혹, 나를 따르겠다는 것이라면……."

"따르지 않을 것입니다."

설화는 냉정히 철웅의 말을 잘랐다. 하지만 냉정한 말과는 달리 그녀의 눈에도 자신의 감정을 억누르고 있는 듯한 고통의 빛이 떠오르고 있었다.

'이미 수십 번도 더 되뇌였던 말이 아니더냐. 차분히… 냉정히…….'

설화는 마지막까지 흔들리던 자신을 설득하고 있었다. 그리고,

"자신을 지워낸 사람을 따르는 것이 얼마나 어리석은 일인지는… 굳이 설명해 주지 않으셔도 됩니다."

비수를 꽂았다. 설화의 두 눈에 어렸던 고통의 정체는 비수를 던지기 직전의 갈등이었다. 그리고 비수는 정확히 원하는 곳에 꽂혔다. 철웅의 두 눈에 살이 찢어지는 듯한 고통이 머물고 있었으니.

"작별 인사를 드리러 왔습니다. 아무래도… 이것이 진정한 마지막일 듯싶어서요."

'이것이… 제가 해드릴 수 있는 전부이군요.'

설화의 가슴속에서는 눈물이 흐르고 있었지만, 그녀의 얼굴 표정에

는 변화가 없었다. 그녀의 눈물로 만들어진 비수에 철웅의 가슴은 난도질당하고 있었다.

‘이렇게라도 그대의 가슴에 어린 한이 티끌만큼이라도 덜어진다면…….’

철웅은 감내하고 있었다. 그녀의 삶과 자신의 삶은 서로 다른 궤적을 그리고 있었다. 함께하기에는 너무 오랜 세월이 지나 버렸다. 그리고 그 고통의 원죄는 자신의 몫이었다.

“다시 돌아오지 않을 것이라 하셨다지요?”

“…미안하오.”

철웅의 입에서 나온 말은 그것이 전부였다. 하나 설화에겐 중요하지 않았다. 지금까지 자신을 잊지 못했던 그녀의 세월에 대해 미안하다는 것인지, 이렇게 다시 그녀의 곁을 떠나게 됨이 미안하다는 것인지. 아니면 다시는 돌아오지 않을 것이라는 자신의 선택이 미안하다는 것인지… 중요하지 않았다.

“미안해하지 않으셔도 됩니다. 저 역시… 당신을 잊기로 하였으니.”

‘장부의 앞길을 막아서지 않는 것이 아녀자의 도리. 힘든 길을 가신다 들었습니다. 당신께 짐이 될 바에야 이렇게 몹쓸 년으로 기억되는 것이 장부의 마음 짐을 조금이라도 덜어드리는 것이겠지요. 부디 옥체 보중하십시오.’

설화는 결국 마음에 준비해 두었던 말을 모두 쏟아냈다. 밤새 준비한 말들이었지만, 털어놓는 데는 촌각일 뿐이었다. 허탈할 정도로 간단한 마지막이었다.

“진정 마지막이군요. 가십시오… 무운을 빌어드리겠습니다.”

‘기다리겠습니다. 언제나… 그래 왔듯이……’

설화가 고개를 숙였다. 그녀는 철웅의 기억 속에 남아 있던 자신의
잔영을 스스로 지우는 길을 택했다. 되돌릴 수 없다면, 깨끗이 지워내
는 편이 서로에게 좋았다. 아직 자신에게 남은 앙금이 있을 장부였다.
하나 다가서지도, 멀어지지도 못할 마음의 앙금이라면, 그것은 정이 아
니라 짐이 될 뿐이었다. 마음의 짐은 자신이 지면 된다. 그것이 진정
장부를 위하는 길이었다.

“부디…….”

철웅은 말을 잇지 못했다. 부디 나를 잊고 좋은 사람을 만나라는 입
에 발린 소리는 하고 싶지 않았다. 이제는 진정 그녀의 인생. 그녀가
어떤 삶을 살아가든 자신과는 마주치지 못할 인연이었다. 죄스런 마음
이야 쉽게 지워지지 않겠지만, 묵은 감정을 털어내 버린 듯하니, 오히
려 마음 한편이 가벼워지는 듯했다. 설화의 단장(斷腸)이 헛되지 않았
다. 그녀의 의도대로… 그는 조금이나마 마음의 짐을 덜어내고 있었
다.

설화는 지체없이 그 자리를 떠났다. 마차와 함께 사라지는 마지막
뒷모습이 철웅의 망막에 자리하고 있었지만, 그녀가 흘리고 간 눈물까
지는 알아볼 수 없었다.

“이제는 나와도 되오.”

한참 동안이나 마차가 사라진 관도만 바라보던 철웅이 고개를 돌리
며 입을 열었다. 그리고 그의 말에 화답하듯 관도변의 수풀 속에서 몇
명의 사람들이 걸어나오고 있었다.

"기다려 주어… 고맙소."

수풀 속에서 걸어나오는 사람들을 향해 철웅이 사례했다. 복면인들. 각양각색의 복장을 하고 있었지만, 머리에 뒤집어쓴 복면 사이로 보이는 눈빛들이 범상치 않았다.

"그대들도 그분이 보낸 사람들이오?"

철웅의 말에 중앙에 있던 갈의장삼을 입은 사내가 한 발 앞으로 나섰다.

"그렇소. 연왕 전하께서 보낸 사람들이오. 그분께서 말씀하시길, 당신을 그분처럼 섬기라고 하셨소. 하나 당신의 모습을 보니, 정녕 우리를 거느릴 수 있을지 의심스럽소."

사내의 도발적인 말에도 철웅의 눈은 동요가 없었다. 그들의 모습을 바라보던 철웅이 고개를 저으며 말했다.

"그렇다면 돌아가시오."

"……?!"

"지금은 누구와도 손을 섞고 싶지 않소. 그리고 나는 누구를 거느릴 만한 입장도 못 되오. 그러니……."

설화로 인해 마음이 심란한 그였다. 괜한 분란 따위로 그나마 진정된 마음을 흩뜨리고 싶지는 않았다. 게다가 아무리 연왕의 성의라고는 하지만, 사람을 거둘 수는 없는 입장이었다. 하나 갈의사내는 코웃음과 함께 철웅의 말을 잘랐다.

"그것은 우리가 판단하오!"

갈의사내의 외침과 동시에, 그의 등 뒤로 삐죽이 솟아 있던 두 개의 봉이 뽑혀져 나왔다. '철커덕' 하는 소음과 함께, 갈의사내의 손에는 어느새 팔 척의 철봉 하나가 들려 있었다. 그의 등 뒤로 도열해 있던 사내들 역시 저마다 도와 부를 비롯한 병기들을 뽑아 들며 싸울 준비를 하는 것이었다. 놀란 강추와 영우가 검을 뽑으며 한 발씩 나섰지만, 오히려 철웅이 그들을 제지했다. 그리고 자신을 향해 병기를 번득이던 사내들을 향해 서릿발 같은 일갈을 내질렀다.

"이게 무슨 짓들인가? 그분의 명을 받는다는 자들의 행동이 어찌 이리 경솔하단 말인가?!"

"흥! 웃기는 소리 하덜 말어!"

갈의사내의 뒤에서 커다란 철부가 날아오르며 외쳤다. 마로 만든 거친 상의 사이로 덥수룩한 가슴털이 잔뜩 삐져 나와 있던 거한이었다. 철웅은 인상을 굳힌 채로 보법을 밟으며 사내의 철부를 피해냈다. 암향표를 익힌 철웅의 몸놀림을 철부로 따라잡겠다는 것은 애초에 무리였다. 그것을 다른 사내들도 느낀 것인지, 갈의사내의 철봉이 철웅의 빈틈을 향해 짓쳐들었다.

"타아앗!"

"허업!"

철부의 옆으로 철봉이 가세하고, 철봉의 위로 낭아도가 날아들었다. 낭아도의 뒤를 새파란 면도가 뒷받치니, 사방의 방위가 모두 차단되며 철웅의 움직임을 봉쇄할 수 있었다. 철웅을 돕기 위해 달려들려던 강추와 영우는 들려온 전음에 움찔하며 멈춰 설 수밖에 없었다.

"나서지 말게. 내가 처리할 테니."

사방에서 날아드는 병기들을 피하면서도 전음을 날릴 수 있는 것을 보면, 그리 어려운 상황은 아닌 것 같았다. 하나 마차 안에 있던 장 의원과 소아의 눈빛에는 두려움이 일고 있었다. 철웅과 고작 반 장 정도의 간격만을 두고는 네 개의 병기가 섬뜩한 파공음과 함께 철웅을 노리고 있었으니, 그 모습이 참으로 위태해 보이기만 할 뿐이었다.

"죽어!"

철웅의 몸이 바로 세워지기가 무섭게 철부가 철웅의 목을 노리며 날아들었다. 하나 살짝 목을 꺾어 철부를 피하던 철웅의 눈엔 이상하다는 빛이 들고 있었다.

'살기도 없고, 사혈을 노리지도 않는다. 아무리 실력을 가늠해 보기 위함이라지만……'

하체를 노리던 낭아도의 도신을 밟고 날아올라 포위를 뚫은 철웅이, 가볍게 몸을 비틀며 삼 장 밖에 내려섰다. 그 유연한 신법과 몸놀림에 철웅을 놓친 네 명의 사내는 어안이 벙벙한 표정으로 철웅을 바라보고 있었다.

"캬… 저렇게 피하는 수도 있었구먼. 참말로 용허네."

철부를 들고 있던 사내가 가래침을 뱉으며 입을 열었다. 철봉을 움켜쥐고 있던 사내도 자세를 바로 하며 철웅을 바라보았다. 철부를 들고 있던 사내가 손바닥에 침을 뱉으며 말했다.

"그럼 어디 다시 한 번 해볼까나."

하나 철봉을 들고 있던 사내는 움직이지 않았다. 그는 철웅을 바라보고 있었다. 아니, 철웅의 입가에 지어진 미소를 보고 있었다.

"역이는 상부를 노렸어야 하고, 충겸이는 곽부를 도왔어야 한다. 청이는 장병기로 도주를 막았어야 했고. 하지만… 진심으로 상대했다면 나도 고전할 뻔했다."

철웅의 입에서 나온 네 사람의 이름. 사내들은 말없이 철웅을 바라보고 있었다. 복면 속의 표정이 어떻게 변하는지는 볼 수 없었지만, 그들의 마음이 어떻게 변하고 있는지는 철웅도 알 수 있었다.

"다들… 살아 있었구나."

철웅의 마지막 말이 떨어짐과 동시에, 사내의 손에 들려 있던 철부역시 바닥으로 떨어지고 있었다. 그리고 철부를 떨어뜨린 거한이 성난멧돼지처럼 철웅에게 달려들고 있었다. 바닥이 울릴 듯한 돌진이었지만, 철웅은 무방비 상태로 그를 맞이하고 있었다.

"대장!"

달려들던 거한의 복면 속에서 울부짖음과 같은 외마디 소리가 터져나왔다. 그리고 달려들던 여력 그대로 철웅을 덥석 안아버렸다.

"으흐흑… 대장… 살아 있었소? 대장, 정말로 대장이오? 엉엉."

어린아이처럼 엉엉 우는 사내의 목소리에, 철웅은 가볍게 등을 토닥여 주며 말했다.

"그래… 나다. 너희처럼… 나도 이렇게 살아 있구나."

사내들이 하나둘 복면을 벗기 시작했다. 그들의 눈동자에도 눈물방울이 하나둘 맺히기 시작했다. 연왕부의 무공 교두 양청의 두 눈 역시붉어질 대로 붉어져 있었다.

"살아 있었군요… 아직… 우리를 잊지 않았군요."

양청의 목멘 목소리에 철웅이 고개를 끄덕였다. 그리고 자신을 바라보던 아홉 명의 사내를 바라보며 말했다.

"나도 살아 있고… 너희도 살아 있구나. 살아 있으니… 이렇게 다시만나는구나……."

철웅의 목소리가 신호라도 되었는지, 눈물이 그렁하던 눈동자들에
서 사내들의 눈물이 소리없이 흘러내리고 있었다.

"다들… 울지 마라. 이렇게… 다시 만났으니……."

사내들에게 말을 하던 철웅의 눈동자도 붉게 물들어 있었다. 인연.
연왕이 이별의 선물로 준비한 것은 또 다른 재회였고 인연이었다.

＊　　　＊　　　＊

연왕은 말없이 설화를 바라보고 있었다. 이미 북평제일루의 내실로
들어선 지 일각이나 지났건만, 공허한 눈동자로 창밖을 바라보고 있던
설화는 미동조차 없었다. 그렇게 유지되던 두 사람의 간격은 결국 참
다못한 연왕의 발걸음이 내디뎌짐으로 좁혀들었다.

"…지금쯤 북평을 완전히 벗어났겠지요?"

걸음을 옮기던 연왕의 신형이 주춤했다. 두 걸음. 단 두 걸음을 걸었
을 뿐이고 아직 예닐곱 걸음이 남았지만, 그 이상의 다가섬을 거부하듯
설화의 죽어버린 목소리가 흘러나왔다.

"…왜 함께 가지 않았소."

설화를 바라보던 연왕이 말했다. 그가 얼마나 깊은 고심을 한 후에
야 그 사실을 전할 수 있었는지 그녀는 모른다. 자신의 사심과 정염을
억누른 채, 힘겹게 그의 이별을 그녀에게 알렸다. 하나 다행스럽게도
그녀는 그의 뒤를 따르지 않았다. 다행스럽게도… 못내 가슴 아프게
도.

"후우······."

설화의 입에서 낮은 한숨이 새어 나왔다. 들릴 듯 말 듯한 나직한 요동에, 내실의 공기가 무겁게 내려앉았다.

"그대가 따른다 하였다면… 그는 내치지 못했을 것이오."

"그러게요… 후우······."

설화의 눈에는 아무런 감정도 어려 있지 않았다. 슬픔, 안타까움, 상실감, 고독감… 버리고 버려진 사람이 느낄 만한 감정의 잔재가 실오라기 하나만큼도 보이지 않았다. 감정 따위를 그려 넣기엔… 그가 사라진 자리가 너무나 광활했다.

"후우… 그대도… 이곳을 떠날 것이오?"

"후우······."

연왕의 물음에는 간절함이 숨어 있었다. 그리고 그의 간절함만큼은 아니었지만, 설화의 한숨 속에도 버리지 못할 미련이 남아 있었다.

"제가… 이곳을 떠나… 무엇을 할 수 있겠습니까······."

연왕의 가슴이 가벼워졌다. 아니, 너무나 무겁게 내리 짓눌려 그 느낌조차 상실해 버린 듯했다. 그녀는 결국 기다림을 선택했다. 기약도 없고, 알아주는 이도 없는… 정작 자신이 기다리는 임조차 그 존재를 알지 못할 그런 기다림. 미련하고… 가혹했다.

'그대가 그를 따라 떠났더라면······.'

아마 미치지는 않았을 것이다. 아무에게도 내비치지 않았던 마음이었으니, 가슴 아파해 줄 이도 없었다. 본래 철웅의 정혼녀였으니 그를 원망할 수도 없었을 것이다. 한 일주일 정도 술로 밤을 지새고 나면, 언제 그랬냐는 듯 정사를 보고, 백성을 살폈을 것이다. 그랬을 것이다… 아마도.

"그래도… 언젠가는… 우연이라도… 한 번쯤은… 돌아와 주시겠지요?"

"……."

연왕은 그녀에게 해주어야 할 말을 찾고 있었다. 그리고 고개를 끄덕여 주는 것만이 자신이 할 수 있는 최선임을 깨달았다.

"…아마도."

"…후우……."

설화의 고개가 뒤로 젖혀지며 긴 한숨이 흘러나왔다. 열려진 창문으로 들었던 바람이 설화의 한숨을 싣고 날아올랐다. 그 바람이 어디로 흐를는지는 알 수 없었지만, 그 깊고 무거운 한숨을 실어 나르기엔 바람의 흩날림이 위태해만 보였다. 부디 그에게 다가가 흔적이라도 남겨주길 바라고 또 바랄 뿐이었다.

"…후우……."

그는 떠나고 그들은 남았다.

＊　　　＊　　　＊

호수 위로 일던 물살의 파동이, 반대편에서 밀려온 모난 물결 하나로 인해 촘촘히 살을 엮고 있었다. 파양호 위로 한 대의 소선이 모습을 드러낸 것은 해가 지고도 한참이나 지난 술시경이었다. 소선을 담고 있던 파양호는 망망대해가 아니라 망망대호라 불려도 어색하지 않을 것 같았다. 뱃전에서 아무리 고개를 돌려보아도, 물길 외의 다른 길은 보이질 않으니, 호수 위에 배를 띄우고서도 북극성을 찾아야 했다.

소소가 타고 있던 배는 파양호 주변에서 흔히 볼 수 있는 소선이었다. 강물로 드리워진 노를 젓던 늙은 사공 역시, 파양호에서 물질하는 사공들치고 모르는 이가 없는 그런 평범한 인물이었다. 근 한 시진 가까이 물질하고 있었지만, 소선의 뱃전으로는 물살 가르는 소리만이 들릴 뿐, 목적지라 부를 만한 것이 보이질 않고 있었다.

"지금… 어디로 가는 거예요?"

배의 난간을 꼭 붙잡고 있던 소소가 입을 열었다. 앞날에 대한 두려움도 두려움이었지만, 사방으로 펼쳐진 파양호의 거대함에는 기가 질리지 않을 수 없었으리라. 두려워하는 기색이 역력한 소소를 향해 적유가 걱정 말라는 듯 다정히 말했다.

"노부가 사는 곳으로 간다 하지 않던."

"얼마나……."

소소가 뱃전으로 시선을 돌리며 물었다. 물살 가르는 소리에 이미 시간과 방향 감각을 잃은 지 오래였지만, 결코 적지 않은 시간을 움직였다는 것만은 소소도 느낄 수 있었다. 두려움을 조금이라도 잊어보려 한 것인지, 앞으로의 이동을 궁금해하는 소소였다.

"글쎄다… 이보게, 얼마나 더 가야 하지?"

적유는 소소의 물음을 노를 젓던 사공에게 돌렸다. 노를 젓던 늙은 사공이 얼굴만큼이나 늙수그레한 목소리로 답했다.

"거의 다 왔습니다, 좌사. 조금 후면 연혼진의 흔적이 보이기 시작할 겁니다."

사공의 답에 소소는 가만히 고개를 끄덕였다. 물론 연혼진이 무엇인지를 알아 고개를 끄덕인 것은 아니었다. 단지 거의 다 왔다는 말에 대한 무의식적인 행동이었다.

"음? 벌써 공기가 습해지는 것이 거의 다 온 모양이군."

적유의 말에 소소가 숨을 들이마셔 보았다. 적유의 말마따나 강물의 비릿한 내음이 좀 더 축축해진 느낌이었다. 그리고 그런 습한 기운이 조금씩 소선을 휘감아 도는 안개 때문이었다는 것을 깨달을 수 있었다.

"앞이… 안 보여요."

소소의 목소리가 조금 떨려왔다. 소선의 뱃전을 스치던 안개가 어느새 앞을 가늠할 수 없을 정도로 자욱해져 있었다. 어차피 어둠 속을 흘러가는 소선이었는지라, 안개가 없었다 하여 무언가 보이지도 않았지만, 끈적하게 달라붙는 그 느낌은 가려진 시야만큼이나 기분 나쁜 무언가가 녹아 있는 듯했다.

"연혼진이다. 제아무리 배를 잘 모는 사공이라 해도, 이 자욱한 운무 속에서는 길을 잃기 십상이지."

"그럼 우리도?"

"허허, 그런 걱정은 하지 말거라. 아무렴 내 집에 들어가는데 길을 잃는대서야 말이 되나."

적유가 답해주며 손가락으로 뱃전을 가리켰다. 하지만 소소는 그 손가락이 무엇을 가리키는지 알 수 없었다.

"저 앞에 달린 저것은 지남차라 하는 것이다. 제아무리 운무가 자욱하다 하더라도, 저것이 우리가 가야 할 길을 알려주니 길을 잃을 염려는 없을 것이다."

소소는 그제야 적유의 손가락이 뱃전에 놓여 있던 작은 인형을 가리키고 있다는 것을 알 수 있었다. 평생 배라는 것을 타본 적 없는 소소였으니, 저 요상한 모양의 인형이 무엇에 쓰는 물건인지 알 턱이 없었다. 물론 지남차를 달고 다니는 배도 없다는 것 역시. 저 목각 인형의 손가락이 항상 남쪽만을 가리킨다는 것도 알 수 없었고, 저 인형이 기관으로 움직이는 물건임도 물론 알 수가 없었다. 자욱한 운무는 한참 동안이나 이어졌다. 그리고,

“다 왔습니다.”

노를 젓던 사공이 조용히 입을 열자, 말없이 앉아 있던 소소의 고개가 뱃전으로 향했다.

“아아…….”

소소의 입이 조금 벌어졌다. 병풍처럼 자신의 시야를 가로막고 있던 운무가 서서히 갈라지고 있었다. 그리고 그 운무의 일그러짐 사이로 펼쳐진 광경은 다름 아닌 하나의 거대한 섬이었다. 배를 대는 선착장들과 여기저기서 들려오는 사람들의 고함 소리들. 곳곳에 켜 있는 불빛들과 그 불빛에 비친 가옥들의 모습이 이 어둡고도 거대한 섬에 생기를 불어넣고 있었다.

“이곳의 이름은 연화도. 집에 돌아온 것을 환영한다, 빙화야…….”

조용히 뇌까린 적유의 말에 무슨 말을 했었냐는 듯 고개를 돌린 소소였지만, 적유의 시선은 점점 커져만 가는 연화도를 바라보고 있을 뿐이었다.

*　　　*　　　*

“그렇게 살아왔지요.”

마지막으로 말을 끝낸 양청이 술잔을 들이켰다. 지난 세월을 몇 마디 말로 풀어놓자니, 그 시간들만큼이나 갈증이 더한 것이리라. 객잔은 한산했다. 오늘 손님은 철웅 일행이 전부인 듯 보였다. 날카로운 눈빛을 가진 위충겸과 우락부락한 인상의 곽부 두 사람만으로도 객잔을 전세 내는 것은 어렵지 않은 일이었다. 객잔 주인은 문을 열고 들어오다 다시 나가는 손님들의 모습에 한숨을 짓고 있었지만, 그들이 무슨 죄가 있으랴. 다만 곽부의 인상이 더러웠을 뿐이고, 들어오는 손님들의 담이 작았을 뿐이지. 양청이 미리 건넨 은자가 아니었다면, 객잔 주인이 벌써 싫은 소리를 했어도 서너 번은 했을 것이다. 물론 객잔 주인의 담이 제법 크다는 전제 하에서.

“그래, 대장은 어디서 뭘 하며 산 거유?”

술잔을 내려놓던 곽부가 입을 열었다. 철웅이 작게 웃으며 말했다.

“나도 자네들처럼 살았지. 사람 사는 거 별거있는가.”

곽부가 무언가 더 물어보려는 듯했지만, 탁자 밑에서 허벅지를 꼬집는 양청의 손에 입을 닫았다.

“뭘 하며 지낸 것이 무슨 대숩니까. 이렇게 다시 만났으면 된 것이지.”

양청이 웃으며 잔을 들었다. 철웅 역시 마주 웃으며 잔을 들었다.

“한데… 가업들은 어찌하고 예까지 온 것인가?”

철웅의 물음에 양청이 답했다.

“저는 어제부로 파면당했습니다. 일과 중에 술 좀 마셨기로서니 당장 파면시켜 버리더군요.”

“돼지 멱따는 소리 듣기 지겨워서 관뒀수. 모아둔 돈도 조금 있고 하니, 이참에 팔자에 없는 유람이나 좀 다녀볼까 해서… <u>흐흐.</u>”

양청과 곽부의 말에 하나둘 입을 열었다. 기루에서 아끼는 기녀와 정분난 것이 들통나는 바람에 금 선생 짓도 못하게 되었다는 일성. 좋은 철을 찾아 발품 팔러 나섰다는 철기점주 황역… 저마다 북평을 떠나게 된 사연들을 풀어놓고 있었다. 모르는 사람이 들었다면 고개를 끄덕여 줄 수도 있었겠지만, 철웅은 고개를 저었다. 믿어달라는 눈치였지만, 그런 조잡한 변명을 믿어줄 철웅이 아니었다.

“왕야께서 자네들을 보내셨다는 것이 맞는 모양이군.”

“흐흐, 우리야 왕야의 충실한 신하 아니겠수. 죽으나 사나.”

“후우, 그래. 하지만… 자네들과 함께 갈 수 없네.”

철웅의 말에 양청의 얼굴이 조금 굳었다. 아니, 사내들 모두의 인상이 조금씩 굳어갔다.

“…설명해 주십시오.”

등상사가 입을 열었다. 함께 전장에 있을 때도 납득할 수 없는 명을 받으면 꼭 토를 달던 자였다. 다른 장수들은 그런 그를 달가워하지 않았지만, 철웅은 그 역시 끌어안았다.

“왕야께선 나를 걱정하시는 마음에 자네들을 보내신 것이겠지만, 나는 자네들을 걱정해야 하네. 비록 이제는… 장수와 수하의 관계는 아니지만…….”

“ ‘이제는’ 이 아니라, ‘아직도’ 입니다.”

조용히 앉아 있던 일성이 말했다. 가장 나이가 어린 사내. 철웅에게는 이 년간 함께했던 열여섯 소년으로 기억되던 그가, 이제는 사십대 초반의 중년인이 되어 있었다.

"대장께서 그러셨지요. 서로에게 등을 내보일 수 없다면 떠나라고. 어린 나이였지만… 저는 그 말을 믿고 따랐습니다. 그리고… 맞서 싸운 상처는 있어도, 등 뒤에 난 상처는 없지요."

일성의 앞섶이 벗겨졌다. 갈빗대 위로 그어진 상흔. 이제는 아물어 흉터로 남아 있지만, 지워지지 않기에 잊을 수 없는 기억의 흔적이었다.

"대장이 살려준 목숨입니다. 여기 있는 사람 중 대장에게 목숨 구원 안 받아본 이가 없습니다. 고작 십몇 년의 세월로 잊어버릴 수 있는 일이 아니지요."

철웅의 눈이 그 상처에 닿아 있었다. 곧 죽을 것처럼 울어대던 어린 병사가 눈에 선했다. 흐릿하긴 해도 잊을 수는 없는 기억 중 하나였다.

"힘든 길을 가신다 들었습니다. 위험한 일이라 들었습니다. 우리가 함께하지 못할 이유도 없고, 대장의 위험을 모른 척할 사람은 더 더욱 없습니다. 대장이 살려준 목숨, 다시 내놓는 것입니다."

양청의 고개가 끄덕여졌다. 제각기 다른 모습의 아홉 사내였지만, 그 얼굴들에 떠오른 감정은 그리 다르지 않았다. 그런 무거운 공기를 털어내듯 곽부가 머리를 긁적이며 입을 열었다.

"뭐 위험 그까짓 거, 대장이 있는데 죽기야 하겠냐?"

곽부의 한마디에 사내들은 피식 웃음을 지었다. 연왕은 그를 도우라고 했다. 위험하다고 했다. 자신들의 대장이 위험할 정도면 자신들에게도 큰 위험이다. 왜 죽을 길이 없겠는가? 아마 몇은 죽을지도 모르지. 하지만 그럼에도 이 자리를 떠날 사람은 없을 것이다. 그럴 사람들이었다면, 십수 년간 이렇게 함께하지도 못했겠지. 홀가분했다. 은혜 갚음 따위는 아니었다. 그들의 마음은 굳이 설명할 필요도 없는 당연한 행동이었다. 사지에서 타인에게 등을 맡겨본 사이가 아니라면 결코 이해하지 못할… 사내들의 결심은 단호했다. 하나 철웅을 바라보던 양청만은 굳은 얼굴을 펴지 않고 있었다. 그는 철웅의 표정에서 무언가를 읽고 있었다.

"그래. 일성이 네 말마따나 나 역시 아직 너희를 내 수하라고 생각하고 있다. 그래서 함께할 수 없다는 것이다. 자네들 모두… 이번에는 내 뜻을 따라주길 바라네. 모두… 돌아가게."

철웅의 목소리는 사내들의 가슴에 찬물을 끼얹고 있었다. 등상사는 표정 하나 바꾸지 않고 다시 물었다.

"…설명해 주십시오. 그건 설명이 아닙니다."

등상사는 표정 변화가 없는 사람이다. 기뻐도, 슬퍼도, 아파도, 서운해도 언제나 저 표정이다. 그래도 그들은 알고 있다, 그가 서운해하고 있다는 것을.

"…우리의 전쟁은 끝났네. 나의 싸움에… 자네들을 끌어들일 수는 없네."

철웅은 등상사의 눈을 피하지 않았다. 자신이 그렇게 가르쳤다. 눈을 피하지 말라고. 당당하다면 피하지 말라고 그렇게 가르쳤다. 철웅의 말은 그의 마음속에서 이미 정해진 결론이었다. 그의 판단이었고, 그 판단을 후회하지 않았다.

"명령입니까?"

철웅은 고개를 돌려 조구를 바라보았다. 붉게 충혈된 눈. 저런 눈으로는 백 보 밖 솔잎도 맞춘다는 그의 신기를 보여줄 순 없었겠지만, 그가 느끼고 있는 억울함은 충분히 보여줄 수 있었다.

"…명령이네."

철웅의 입에서 답답한 한마디가 떨어졌다. 사내들의 표정은 굳어질 대로 굳어져 있었다. 명령이란다. 명령이니 자신을 따르지 말고 돌아가란다.

"십칠 년입니다."

가래 끓는 목소리가 들려왔다. 노강이라는 이름보다는 야묘(野猫)라는 별명이 먼저 떠올랐다. 언제나 탁한 목소리, 마치 들고양이의 그르렁거림과 비슷한 그의 목소리가 철웅을 탓하고 있었다.

"십칠 년 만에 돌아와서는… 죽었다는 소문만 남기고서는… 이렇게 돌아와 한다는 말이 고작 돌아가라는 말뿐입니까?"

노강의 목소리에는 울분이 담겨 있었다. 매몰찬 철웅의 명령에 사내들의 서운함이 억울함으로 변해가고 있었다.

"우리가 남입니까? 정말 그랬던 겁니까?"

"그만 해라, 노강."

노강을 말리는 양청의 목소리에도 서운한 기색이 역력했다.

"명령은… 받들어야만 하는 것이죠."

양청의 목소리에 철웅은 작게 한숨을 내쉬었다. 마음은 아프지만, 이것이 최선이었다. 개인의 일로 옛 수하들을 위험에 빠뜨릴 수는 없었으니. 하나 양청의 이야기는 끝나지 않았다.

“대신… 마지막으로 한 가지만 말씀해 주십시오. 솔직하게…….”

“물어보게.”

양청의 물음에 철웅이 고개를 끄덕였다. 양청은 가만히 숨을 골랐다. 중요한 물음이었다. 자신들에게나, 철웅에게나.

“누구와 싸우려는 겁니까?”

사람들의 이목이 집중되었다. 궁금했다. 얼마나 대단한 자와 싸우러 가는 것이기에, 얼마나 위험한 자들과 싸우러 가는 것이기에 자신들을 내치려는 것인지. 철웅의 입으로 모여든 눈빛들이 대답을 재촉하고 있었다. 그 눈빛들의 무게 때문인지, 철웅의 입은 빗장이라도 걸어 잠근 듯 열리지 않고 있었다.

“…마교요.”

철웅을 비롯한 사람들의 시선이 한곳으로 향했다. 그들의 시선이 부담스러웠는지 그는 고개를 숙이고 있었다. 그리고,

“…부탁합니다. 내 의제를… 도와주시오.”

고개 숙인 장 의원의 발치로 뜨거운 무언가가 떨어져 내리고 있었다.

第六十三章
무림첩(武林牒)

“누가 찾아왔다고?”

소림의 방장인 혜원 대사의 물음에 전갈을 들고 왔던 일우가 다시금 입을 열었다.

“무당파의 현양 도장(玄陽道長)과 현진 도장(玄眞道長)이 제자 다섯 명과 함께 지객당에 와 계십니다.”

혜원 대사의 눈이 살짝 감겼다. 잠시 생각에 잠겼던 혜원 대사가 눈을 뜨며 말했다.

“이곳으로 모셔라.”

도사들이 소림을 찾는 경우는 흔하지 않았다. 그리고 무당의 장로들이 직접 찾는 일은 더 더욱 흔치 않았다. 비질을 하던 승려들이 의아한 눈빛을 보내는 것도 무리는 아니었다.

"아미타불. 미리 전갈이라도 주셨다면, 준비라도 해놓았을 텐데……."

"원시천존. 무슨 말씀을… 그저 잠시 담소나 나누기 위해 찾아온 것이니, 대사께서는 너무 신경 쓰지 마십시오."

지객당주인 혜윤 대사가 친히 안내를 하고 있던 사람들. 화산의 도인들과는 다른 모양의 검은 도관이 인상적인 도사들이었다. 앞서 걷고 있던 도인은 당당한 풍채에 팔자수염을 기른 노도인이었고, 그의 좌측에 자리하고 있던 도인은 팔 척에 달하는 큰 키에, 조금은 냉막한 인상을 지닌 노도인이었다.

"무당팔현(武堂八法)의 이장로와 사장로께서 오셨는데, 어찌 대접에 소홀할 수 있겠습니다."

천하제일도문을 다투고 있는 화산파에 화산팔선이 있다면, 당금무림에 성세를 구가하고 있는 무당파에도 그들과 같은 여덟 명의 장로가 있었다. 이름하여 무당팔현. 무당파의 장문인과 같은 현(玄) 자 배분의 장로들로 무당을 대표하는 절정의 고수들이었다. 유독 검공을 고집하는 무당파의 문화 덕분인지, 여덟 명의 장로 중 일곱 명이 검공으로 일가를 이룬 검호들이었다. 소림을 찾아온 현양과 현진 두 장로 중 현진 도장 역시 검공으로 이름이 높았지만, 현양 도장만은 검을 패용하지 않았다. 현양 도장은 검공을 수련하지 않았다. 무당에는 천하인이라면 누구나 강호의 일절로 인정하는 장법이 있었다. 음유한 암경으로 상대의 내부를 진탕시켜 버리는 절정의 내가중수법. 현양 도장은 바로 무당면장의 달인이었다.

"아미타불. 어서 오십시오들. 먼 길 오시느라 고생하셨습니다."

"원시천존. 숭산을 오르는 길이 어찌 고생이겠습니까. 대사님, 그간 별래 무양하셨습니까."

"허허, 별일이야 있었겠습니까. 무당에도 봄이 찾아왔겠지요?"

"물론이지요. 모두 기지개를 켜느라 정신이 없습니다."

평소 자주 왕래가 오가는 편은 아니었지만, 현양 도장과 혜원 대사의 대화는 막힘이 없었다. 다들 한 시대를 살아가고 있는 거물들이었고, 어떠한 장소에서 어떠한 대화를 해야 할지를 너무나 잘 알고 있는 노강호들이었으니, 함께 자리한 무당파의 젊은 제자들이 오히려 이상히 여길 정도였다. 하나 근 일 다경이 지나도록 오간 이야기라곤, 날씨 이야기와 몇몇 흥미 거리 위주의 소소한 풍문들이 전부였을 뿐 소림사의 방장과 무당파의 장로가 만나 나눌 만한 이야기는 나오지 않고 있었다.

"허허, 날씨도 좋은데 잠시 산보나 하지 않으시겠습니까?"

"허허, 그러시지요. 죽림을 걸어본 지가 하도 오래되어서 가는 길이 기억이 날지 모르겠습니다."

혜원 대사와 현양 도장이 일어서자 혜윤 대사와 현진 도장도 함께 일어섰다. 그들의 모습에 함께 일어서려던 무당파의 제자들에게 조용히 앉아 있던 일우가 말을 건넸다.

"제가 차를 내오지요. 잠시만 기다리십시오."

일우의 말에 자리에서 일어서려던 다섯 명의 젊은 도사가, 무엇인가 알았다는 듯 조용히 웃으며 다시 자리에 앉았다. 일우는 지객원주의 수행승이었다. 지금은 자신들을 필요로 하지 않는 그들만의 시간, 자신들과 같은 아랫사람은 조용히 그들이 돌아오기를 기다리면 그만이었다. 그리고 그런 자리를 만드는 데 자신이 해야 할 일이 무엇인지 너무나 잘 알고 있는 일우였다. 무당파의 제자들도 그런 일우의 말귀를 알아들은 듯 자리에 앉으며 미소 지었다.

"그럼 부탁드리겠습니다."

과연 장로의 수행을 따라나섰을 정도로, 무당파의 젊은 제자들은 눈치가 빨랐다. 그들도 그들의 사부들이 돌아올 때까지 소소한 날씨 이야기나 강호의 이야기를 나누고 있으면 된다. 그들의 사부들이 그러했듯이.

죽림을 걷고 있는 네 사람의 발걸음은 허허롭기 그지없었다. 죽림을 스치는 바람을 음미하듯 현양 도장은 만면에 웃음을 지으며 숨을 크게 들이마셨다.

"허허, 이곳의 바람은 여느 곳에서는 맡을 수 없는 독특한 느낌이 있어 좋습니다."

"허허, 바람의 느낌을 음미할 정도시라니, 빈승은 도장께서 깨달은 경지를 짐작조차 못하겠구려."

혜원 대사의 추커세움에 현양 도장이 손사래 쳤다. 그런 그들을 스치던 바람이 멎었다.

"한데… 근래 들어 이상한 바람이 불고 있습니다. 사람의 목덜미를 섬뜩하게 만드는 기묘한 바람이지요."

현양 도장의 말에 혜원 대사가 발걸음을 멈췄다. 그리고 가만히 고개를 저으며 불호를 외웠다.

"아미타불… 그 바람이 무당산까지 날아간 모양이구려……."

"무당산뿐만이 아니라 천하 각지로 흩어진 모양입니다. 며칠 안으로 다른 산들에서도 사람들이 내려올 것입니다."

비밀이 새어나가지 않기만을 바랐지만, 그것이 얼마나 부질없는 소망인지 잘 알고 있는 혜원 대사였다. 며칠 전 소림에도 개방에서 보낸 전서가 도착하였다. 새삼스러울 것 없는 이야기들이 가득한 전서였지만, 그 이야기가 개방에서 보내진 것이라는 것이 문제였다. 다행히 소림이 관여된 이야기는 빠져 있었다. 그들이 그것을 몰랐을 리가 없었다. 빚을 진 셈이었다.

"그들의 움직임이 포착되었다면……."

"이미 모종의 준비가 끝난 셈이라고 봐야겠지요."

마교는 허술한 자들이 아니다. 그들과 척을 지게 된 것이 후회스러울 정도로, 질기고도 모진 생명력을 가진 자들이었다.

"십 년이나 지났으니, 이번에는 또 얼마나 많은 희생을 요구할지……."

그들은 사람들이 생각하듯 삼두육비의 괴수들도 아니었고, 피를 갈망하는 수라나찰도 아니었다. 단지 자신들의 교리를 위해서라면 목숨도 아깝지 않다 여기는 광신도들일 뿐이었다. 그것이 문제였다.

"차라리 진정 마인들이라면……."

"그들은 마인들입니다. 정을 해하려 하니… 마인들이지요."

혜원 대사의 한탄에 현진 도장이 입을 열었다. 냉막한 표정만큼이나 단호한 음성이었다. 그의 목소리에 살짝 인상을 찌푸리며 주의를 준 현양 도장이 입을 열었다.

"어찌 되었든 그들이 다시 준동하게 된다면 다시 한 번 큰 환란을 겪
게 될 것입니다."

"그렇겠지요. 막아야겠지요."

혜원 대사는 가만히 고개를 숙이며 불호를 외웠다. 막아야 한다. 당
연히 막아야 한다. 그들이 원하는 것을 줄 수 없으니 막을 수밖에. 하
나 그들을 막을 수 있는 방법은 한 가지뿐이다.

'칼을 놓지 않으니, 칼을 쥔 손을 잘라낼 수밖에……'

많은 피가 흐를 것이다. 십 년 전에도 그랬고, 또 그 십 년 전에도 그
랬다. 마교가 창궐한다는 것은 그만큼 많은 피가 강호에 뿌려져야 한
다는 것을 의미했다.

"무당은 이미 준비하고 있습니다. 아마 다른 문파들도 그러할 것이
고. 하나 구대문파의 힘만으로 막을 수 있는 자들이 아니라는 것은 대
사께서도 잘 아실 것입니다."

물론 알고 있다. 구파일방의 힘만으로는 그들을 막지 못한다. 아니,
그러지 못한다. 그랬다가는 구파일방이라는 이름도 함께 사라져 버릴
테니.

"다른 문파들의 의중도 들어봐야 하겠지만… 무당은 소림에서 무림
첩을 발부해 줄 것을 바랍니다."

혜원 대사는 가만히 고개를 끄덕여 주었다. 그렇게 해주겠다는 뜻이
아니라 무당의 뜻이 어떤지 알겠다는 뜻이었다. 무림첩을 발송한다면
천하에 산재한 수천 군소방파들의 힘을 한데 모을 수 있다. 강호의 힘
은 거력이다. 구대문파가 제아무리 큰 힘을 가지고 있다 해도 천하의
힘과는 겨룰 수 없다. 하나 구대문파는 그들과 겨룰 일이 없다. 단지

그 힘을 시기 적절하게 사용하면 된다. 충분한 이유와 대의명분을 가지고. 자신들이 흘릴 피를 그들이 조금씩 혹은 조금 많이 나누어 흘려주면 된다. 그렇게 되면 그들이 그토록 두려워하는 마교와 자웅을 겨룬 후에도 모든 것이 정상으로 되돌아갈 수 있다. 구대문파는 구대문파의 자리로, 군소방파는 군소방파의 자리로.

'제아무리 강성한 마교라 하여도, 구대문파 중 다섯만 총력을 펼쳐 준다면 능히 자웅을 겨룰 수 있을 것이다. 하나 그것은 꿈과 같은 소망. 정녕 꿈과 같은 소망일 뿐……'

혜원 대사는 고개를 가로저었다. 불가능한 일이었다. 자신 역시 일파를 이끄는 장문인이었다. 대의를 위한다고는 하지만 자신을 따르는, 아니, 자신이 몸담고 있는 사문을 멸문시킬 수는 없다. 아끼는 사형제들이고 사랑하는 제자들이다. 대의명분이라는 이름 아래 그들을 희생시킬 수는 없었다. 스스로 희생할 수는 있으되, 희생을 강요할 수는 없는 일이었다.

"일단 다른 문파들의 의견을 들어보도록 하지요. 무림첩이란 것은… 신중에 신중을 기해도 모자람이 없는 것이니."

"당연한 말씀이십니다."

현양 도장이 고개를 끄덕여 동의했다. 무림첩의 파장은 엄청나다. 황실조차 촉각을 곤두세워 그들의 동향을 주시할 정도로. 천하에 산재한 강호의 저력을 한곳으로 모으는 일이다. 만약 그 힘이 방향을 놓친다면… 백만 대군을 등에 진 황실이라고 해도 안심할 수 없는 일이었다.

"일단은… 기다려 봅시다."

혜원 대사의 무거운 발걸음이 죽림을 벗어나고 있었다.

잠시 멈추었던 바람이 다시금 죽림을 휘젓고 있었다. 사람들이 흘리고 간 암울한 미래의 흔적을 서둘러 지워 버리려는 듯…….

*　　　*　　　*

북평의 경계를 넘어 반 시진도 지나지 않아 반듯하던 관도 위로 제법 굵직한 돌부리들이 고개를 내밀기 시작했다. 관도 위를 두리번거리던 돌부리를 타 넘는 일이야 그리 어려운 일이 아니었지만, 주먹만한 고개 하나를 넘을 때마다 마차 안의 사람들은 의지와 상관없이 어깨를 들썩여야만 했다. 하나 그나마 그런 요동조차 없었다면, 무겁게 가라앉은 마차의 공기가 빠져나갈 구멍조차 생기지 않았을 터였고, 억지로 참고 있던 한숨을 뱉어낼 기회도 없었을 것이다.

“휴우…….”

창밖을 바라보던 장 의원의 입에서 또다시 한숨이 새어 나왔다. 덜컹거리는 마차의 요동에 절로 나온 한숨인지, 무심히 눈을 감고 있는 철웅이 들으라고 내뱉은 한숨인지는 몰랐지만, 벌써 열 번도 넘게 쉬어진 한숨 소리만이 한 시진이 넘도록 마차에서 들린 소리의 전부였다.

“장 의원님…….”

“음?”

침울한 분위기에 억눌렸는지, 근 한 시진 동안 용케 입을 다물고 있었던 소아가 조심스레 입을 열었다.

"지금 어디로 가는 거예요?"

소아의 물음에 장 의원은 조용히 철웅을 바라보았다. 하지만 이내 고개를 저었다. 의제의 다물어진 입이 언제 열리게 될지는 아무도 모를 일이었다. 그리고 의제의 입을 닫아버린 것이 바로 장 의원 자신이었기에, 뭐라 말도 못하고 한숨만 푹푹 내쉴 뿐이었다. 그런 그들의 마차 옆으로 한 마리 말이 다가오는 소리가 들렸다.

"어디로 가는 겁니까?"

마차의 창문으로 머리를 들이미는 텁석부리 장한. 곽부의 목소리에 대답하는 사람은 아무도 없었다. 꼬맹이 소아는 고개를 내저을 뿐이고, 시무룩한 표정의 장 의원은 철웅을 향해 턱짓할 뿐이었다.

"에? 아직도 그러고 있어요? 아, 대장! 남자답게 확 풀어버리……."

넉살 좋게 말을 이어가던 곽부의 입이 오므라지며 도망이라도 치듯이 창밖으로 머리를 빼냈다. 철웅의 감고 있던 눈이 부릅떠지며 곽부의 얼굴을 매섭게 노려보고 있었으니, 아무리 철담을 가진 곽부라 해도 흠칫하지 않을 수 없었던 것이다. 관도를 지나는 검은색의 사두마차. 그 뒤에는 아홉 필의 말이 조용히 따르고 있었다.

장 의원의 눈물에 철웅조차 함부로 입을 열 수가 없었다. 자신을 염려하는 의형의 진심은 제아무리 철웅이라 하여도 쉽게 무시할 수 없는 것이었다. 하나 그렇다 하더라도 옛 수하들을 위험에 끌어들일 수는 없는 일. 철웅은 그들의 동행을 완강히 거부했다. 따르겠다는 자들과 따르지 말라는 자의 기묘한 대치가 깨어진 것은 금 선생 일성의 제안

때문이었다.

'우리를 사십시오.'

그들은 스스로 용병임을 자처하며 장 의원에게 몸을 의탁해 버렸다. 철웅이 호통을 쳐도 그들은 막무가내였다. 자신의 무릎까지 치며 선뜻 손을 내민 장 의원도 문제였다. 한 사람당 은자 한 냥이라는 말도 안 되는 거래였지만, 어쨌거나 장 의원은 아홉 명의 용병을 거느리게 되었다. 철웅은 답답한 마음에 장 의원에게 화산으로 돌아갈 것을 권유했지만, 이번에는 장 의원이 막무가내였다.

"벌써 잊었는가? 자네가 다치면 내가 고친다고 하지 않았는가?"

어르고 달래도 소용이 없었다. 눈을 부라리면 장 의원에게 시선을 옮겨 버리고, 이제는 다들 불혹을 넘긴 사람들이라 완력으로 어찌할 수도 없는 노릇. 하나같이 어린아이들처럼 떼를 쓰는 듯한 모습에 철웅도 두 손을 들어버리고 말았다. 그렇게 얼렁뚱땅 일행이 되어버린 철웅 일행과 양청 일행이었다.

"대장… 아직도 화가 안 풀리셨습니까?"

마차의 문을 열고 들어선 것은 양청이었다. 신창양가라는 유서 깊은 무가의 자손임에도, 자신을 대장이라 부르며 따르는 고마운 사람. 마차의 뒤를 따르는 사람들 모두 자신에게 있어 고마운 사람들이었다. 그러기에 더욱 그들과 함께하려 하지 않았음이었건만. 철웅은 그를 바라보지도 않은 채 한숨을 내쉬었다. 자신의 소사라 할 수 있는 일에 이들을 끌어들이는 것이 못마땅한 철웅이었지만, 자신을 위하는 마음에서 나온 것이니 무작정 화만 낼 수도 없는 노릇이었다. 이제는 고집을 꺾을 수밖에 없었다.

"후우… 노숙을 할 수는 없으니, 가까운 객잔을 찾아보게."

결국 철웅은 명을 내리고 말았다. 명을 내린다는 것은 상하의 관계를 인정하겠다는 뜻. 철웅은 그들의 동행을 허락하고 말았다.

반나절이 지나고 난 후, 일행은 창주(滄州)라는 곳에 당도할 수 있었다. 객잔에 여장을 풀고 모인 사람들을 바라보며 철웅이 굳게 닫았던 입을 열었다.

"나는 이미 죽고 없는 사람이다."

말투가 변했다. 객잔으로 들어서기 전만 해도 평대를 했었지만, 지금은 좌중을 둘러보는 눈빛에서도 서로의 고하를 감지할 수 있었다. 그는 대장으로 입을 열고 있었다.

"나를 따른다고 해서 공명을 얻을 수도, 부귀를 얻을 수도 없다. 내가 가는 길은… 힘들고 위험하지만, 얻을 것은 없는 길이다."

"…이 중에 그런 것을 원해 따라나선 사람이 있을 리 없지요."

양청의 말에 고개를 끄덕여 주는 것도 귀찮은 일이었다. 모두 알고 있는 일인데, 새삼 확인하면 무엇 할까. 아홉 명의 사내는 그저 철웅을 바라보며 조용히 웃어줄 뿐이었다. 사람들의 면면을 훑어본 철웅이 이내 고개를 저으며 입을 열었다.

"좋아. 더 이상 자네들의 마음을 회피할 수만은 없는 일이니……."

철웅은 자신의 앞에 놓여 있던 죽엽청 한 잔으로 목을 달랜 후에야 길고 긴 이야기를 꺼낼 수 있었다. 자신에게 감당치 못할 만큼의 믿음을 주는 이들이다. 자신 역시 그 믿음에 보답하는 것이 예의였다. 그들과 헤어지고 난 후 자신이 걸어왔던 전장의 혈로부터 청수곡에서의 일. 화산과 소림으로 이어진 강호와의 인연… 마교와 척을 질 수밖에 없었던 사연까지 모두 풀어놓는 동안, 그를 둘러싼 사람들에게서는 눈동자 구르는 소리조차 들리질 않았다.

"…이것이 지금의 장철웅이 있게 된 사연이네……."

"쩝… 백날 돼지 목만 치는 내 신세가 불쌍하다 생각했는데… 이제 보니 정말 배부른 소리였구먼."

곽부의 말에 사람들은 저마다 낮은 한숨을 내뱉었다. 가문의 몰락 소식과 함께 사라진 그였다. 그에 대한 수배령이 내려졌지만, 누구도 그의 뒷모습을 발설치 않았었다. 그 후 그의 가문에 지워졌던 억울한 누명이 벗겨졌을 때는, 너 나 할 것 없이 자기 일처럼 기뻐했었다. 언젠가는 다시 돌아올 것이라 믿으며. 하지만 그는 죽어야만 했다. 그의 가문을 몰락시켰던 옥영진의 음모 속에서. 전장에 홀로 남겨진 그는… 그곳에 자신의 이름을 묻어야만 했다.

"후우… 하면, 가문의 재건은 포기하신 것입니까?"

양청의 물음에 사람들의 시선이 철웅에게로 모아졌다. 명조 최고의 군벌 가문이었던 장사이씨의 죄적은 이미 사라진 지 오래였다. 만약 그가 지금이라도 이씨의 후손이라 밝히고 나선다면, 조정은 몰수했던 토지와 장원을 그에게 돌려줄 것이다. 그에게는 힘도 있었다. 이미 강호에 파검의 이름을 모르는 자는 없다. 자신들이 힘이 되어줄 수도 있었다. 연왕의 비호도 바랄 수 있다. 충분히 가능한 이야기였다. 그만 원한다면.

"지금은… 때가 아니네."

철웅의 말에 사람들은 고개를 갸웃거렸다. 양청이 무언가를 이야기해 보려 했지만, 철웅의 깊은 탄식이 먼저였다.

"내가 나의 가문을 일으켜 세우기 위해 나선다면, 십중팔구 옥영진과 부딪쳐야만 하네."

"옥영진이 비록 병부의 수반이라고는 하나, 만에 하나 대장께 허튼 수작을 부리려 한다면, 연왕께서 그의 횡포를 좌시하시지는 않을 것입니다."

외침과 같은 일성의 말에 모든 이들이 고개를 끄덕여 동조하였지만, 철웅만은 고개를 내저었다.

"당금의 상황은 왕야께 힘을 보태 드려도 부족하다. 지금은 황상의 병세가 위중하시어 언제 보위가 바뀔지도 모르는 상태. 왕야께서는 황실의 문제만 생각하시기에도 버거운 상황이다.

게다가 얼마 전 불온한 생각을 품은 자객까지 왕부에 난입하였으니, 어찌 내 가문의 일로 부담을 지워 드릴 수 있겠는가. 또한 도찰원에서는 이번 자객의 건을 마교의 소행으로 보면서, 병부와 마교의 연수를 의심하고 있다. 도찰원에서 어떤 사실을 알아내게 될지는 모르지만, 천하를 전복시키려는 마교의 무리들과 병부의 연수는 큰 혼란을 가져올 것이 분명하다. 지금은 천하의 안녕을 위해 미력한 힘이나마 보태야 할 때, 내 일신의 영달 따위를 좇을 때가 아니다."

일성은 입술을 깨물었다. 철웅의 말을 수긍치 못한 것은 아니었지만, 그렇다고 해서 답답한 마음이 풀어질 리는 만무했다.

"나 역시 풀어야 할 일들이 너무나 많아 어디부터 시작을 해야 할지 막막할 뿐이네. 하나 지금 당장 손을 써야 할 일은… 납치된 소소를 구해내는 것이네.”

침묵이 조금씩 길어지고 있었다. 인질이 잡혀 있다면 함부로 움직일 수가 없다. 그렇다고 그들의 요구를 들어줄 수도 없었다. 생전 듣지도 보지도 못한 깃발 하나를 이 드넓은 천하에서 어떻게 찾아낸단 말인가? 더군다나 그 상대가 마교란다. 다른 이들은 어떤 마음을 가지고 있는지 몰라도 철웅은 그들과 이어진 자신의 숙명을 조금씩 자각하고 있는 상태였다. 사부가 말해 주었던 천리. 그것은 자신에게 다가올 고난을 예견하고 있었고, 철웅은 그 마교야말로 그 고난의 정체라 생각하고 있었다.

‘사부님이 남겨주신 것. 그것은 그들의 발호를 막기 위한 안배였을 것이다.’

철웅은 그렇게 믿고 있었다. 그리고 운명의 사슬은 그에게 있어 소중한 것들을 하나씩 앗아가며 고난으로 내몰고 있었다. 일삼이 죽었고, 연왕부를 노린 암계에 휘말릴 뻔하였다. 그가 느끼지 못하는 사이, 그들과 대적할 수밖에 없는 상황이 만들어지고 있었다.

“일단은 그들의 손에서 무력으로 소소라는 아이를 되찾기는 불가능합니다.”

양청은 단언을 했다. 그리고 그 의견에 반대할 수 있는 사람은 아무도 없었다. 마교라는 이름만으로 충분했다. 철웅은 몸소 그들의 힘을 경험하지 않았는가? 힘으로 되찾을 수 있는 상대였다면, 애초에 빼앗기지도 않았을 것이다.

“그럼 그들이 원하는 물건을 찾아야 하는데… 당장은 거의 불가능에 가깝고… 또 그들의 요구를 들어준다고 하여 쉽게 소소를 돌려받을 수 있다는 보장도 없으니… 난감하군요.”

마교는 사악한 무리였다. 자신들의 목적을 위해서라면 수단과 방법을 가리지 않는다. 그들 자신의 목숨도 돌보지 않는 자들인데, 인질로 잡은 타인의 목숨 따위야 더 말해 무엇 할까. 의견이 분분할 만한 이야기도 아니었다. 일말의 가능성이라도 보여야 갑론을박을 펼쳐 볼 터였지만, 지금의 상황은 한 치 앞도 보이지 않는 암울함 그 자체였다.

하나 철웅을 고난으로 몰았던 운명은 언제 그랬냐는 듯 또 다른 인연을 준비하고 있었다. 그리고 운명이 준비한 그 인연은 남쪽의 바람을 타고 날아와, 어느새 북평의 언저리까지 닿아 있었다. 낡은 마차에 실려… 늙은 마부의 손길을 따라.

*　　　　*　　　　*

“오랜만에 뵙소, 우사.”

“북평에서의 일은 이야기 들었습니다, 좌사. 참 애석하게 되었습니다.”

우사 강자량의 비아냥거림이 담긴 인사에도 적유는 그저 담담히 웃어 보일 뿐이었다. 적유는 총단으로 돌아오자마자 교주의 부름을 받아 걸음을 옮겨야 했다. 연화도의 중심부에 자리한 백련교의 총단. 이곳은 천하 만인의 눈을 속이고 삼십여 년을 숨겨온 백련의 심장이었고, 그들이 자리한 지하 석실은 그런 백련교의 총단에서도 밀지 중의 밀지였다. 교주의 부름을 받고 온 적유는 교주가 자신만을 부른 것이 아님을 깨닫고 인상을 굳혔다. 대계에 관한 밀담에 다른 이가 함께하지 않는다는 것은 그들 사이에 정해진 묵계와도 같았다. 한데 이 자리에 생각지도 않았던 우사가 자리하고 있었으니, 적유의 마음이 좋지 못함은 당연한 일이었다.

'신탁까지 내려진 마당이니, 이제는 좀 더 긴밀한 관계가 필요하다 판단하신 것인가?'

대계의 발동이 목전으로 다가오고 있었다. 주작홍기의 부재가 마음에 걸리기는 했지만, 언제까지 그것을 기다릴 수만은 없는 노릇이었다. 주작홍기의 부재를 대신하기 위해 수만 금의 은자를 퍼부으며 외부의 고수들을 영입했다. 부족하나마 대계의 한쪽 축을 대신할 힘을 얻은 것이었다.

그르르릉.

석벽의 한쪽이 열리며 또 다른 어둠이 아가리를 벌렸다. 그리고 그 어둠 속에서 흘러나오던 음습한 공기를 타고, 한 대의 이륜거가 모습을 드러내고 있었다.

"교주님을 뵙습니다."

"교주님을 뵙습니다."

좌사 적유와 우사 강자량이 자리에서 일어나 장읍을 올렸다. 백련교주 한림아는 그들의 장읍에 고개를 끄덕이며 석탁에 자리했다.

"고생이 많았네, 좌사."

"별말씀을……."

"아니야, 주고치의 수급을 취하지 못한 것은 아쉽지만, 연왕부 안으로 자객을 들인 것만 해도 연왕의 심기를 어지럽히는 데 충분했을 것이네. 수고 많았네."

교주의 치하에 적유가 깊게 감읍했다. 적유에게 비아냥거리며 위로의 말을 건넸던 우사의 안색이 조금 굳어졌지만, 어두운 야명주의 불빛 아래에서 그것을 구별해 내기란 불가능했다.

"도찰원의 언상이라는 자가 북평에 있었습니다."

"병부를 의심하게 된 것이 분명하군."

"적어도 화살이 저희 쪽으로만 향하지는 못할 것입니다."

두 사람의 대화에 강자량은 입을 열 틈을 찾질 못했다. 아는 것과 모르는 것들이 혼재해 있으니, 괜스레 입을 열어 무안을 자청할 필요는 없었다.

"잘되었어. 조정의 인물들은 대부분 포섭되었고, 연왕 역시 병부를 상대하느라 여력이 없을 터이니, 이제 대계에 걸림돌이 되는 것은 강호의 세력들뿐이구먼."

"강호에 잠입시킨 간세들과 실혼인들이 제 역할만 수행해 준다면, 큰 차질 없이 대계를 완성할 수 있을 것입니다."

강자량도 익히 알고 있는 이야기였다. 백련의 발호는 언제나 관부의 개입으로 좌절되었다. 아니, 영악한 구파일방의 무리들이 관부를 끌어들였다는 것이 정확했다. 마교라는 이름은 강호인들은 물론, 조정의 대소신료들에게도 두려운 이름이었다. 역사적으로 마교라 불리던 자들의 행보는 반란이라는 결과로 귀결되었다. 멀리 볼 것도 없었다. 명이라는 새로운 황조를 만들어낸 도화선이 원 황실에 대항한 백련교의 발호였으니까. 그들의 피로 일어선 명 황실이었지만, 당금 황제인 주원장은 그들을 철저히 탄압하였다. 명 황실에 위협이 될 만한 요소는 철저히 삭초제근하였고, 백련교야말로 그런 주원장에게 있어 크나큰 두려움의 대상이었고, 제거해야 할 이름이었다.

대계의 가장 큰 걸림돌은 소림도 아니었고, 연왕도 아니었다. 당금 황실. 주원장이 살아 있는 명 황조야말로 그들의 가장 큰 적이었다. 대계를 성공시키려면 그들의 발을 묶어야 했다. 백련의 발호를 강호의 일로 한정시켜 버리는 것. 애초에 관부가 개입할 여지를 주지 않는 것이 대계의 첫 번째 과제였다.

"옥영진은 야망이 큰 인물이지. 삼십 년이나 우리와 한배를 탔으면서도, 한 번도 그 야망의 불씨를 꺼뜨린 적이 없었을 만큼……."

"미몽에 빠진 자는 어디에나 있기 마련이지요."

"다행스러운 일이야. 그런 자가 병부의 상서라는 것이……."

강자량은 조용히 미소 짓고 있었다. 자신에게도 그것은 참으로 다행스러운 일이었다.

"주작홍기의 행방은 아직인가?"

"죄송합니다……."

"안타깝구먼. 천하 각지에서 숨죽이고 있는 무격들이라면, 신탁을 기다릴 필요도 없었으련만……."

교주의 탄식에 적유는 고개를 조아렸다. 사라진 주작홍기의 행방. 그는 자신이 잡은 지푸라기의 존재를 교주에게 말하지 못함을 마음속으로 사죄하고 있었다.

백련교도는 그 신분의 고하가 분명했다. 교주와 좌우쌍사, 그리고 구마로 일컬어지는 열두 명의 교령이 있었다. 그 아래로 무녀와 무격이라는 지위가 있었고, 여섯 단계의 신분을 가진 교도들이 존재했다. 백련교의 교도들은 철저한 점조직으로, 가장 하위에 있는 일반 교도들은 평범하기 이를 데 없는 백성들이 대부분이었다. 그런 평교도 십여 명에게 포교와 교화를 행하는 상교도들이 있었고, 다시 상교도 십여 명을 관장하는 고위 교도들이 있었다. 그러한 평교도들의 수는 어림짐작도 불가능했다. 어떤 지역은 다섯의 하위 교도를, 또 어떤 지역은 스무 명의 하위교도를 거느리고 있는 경우도 허다했다. 하나 상위층의 교도들을 제외한다면, 교도라 하여도 대부분 교리를 따르는 일반 백성이 대부분이었으니, 무력으로 따진다면 그들의 힘이 그리 크다고만 할 수는 없었다.

하나 무격은 달랐다. 그들은 백련의 호교 무공으로 단련된 자들이었고, 미륵의 전언을 실행하는 백련의 힘이었다. 그리고 그들이 그토록이나 찾아 헤맸던 주작홍기야말로 신명으로 봉해진 무격들의 신물이었다.

'주작홍기의 부재가 안타깝겠지만, 나에게는 더없이 다행스러운 일이지. 천하를 도모하는 데에는 무격들이 아니라 강호의 고수들이 더 쓰기 편하니…….'

강자량의 속내는 음침한 야명주의 불빛 속으로 녹아들어 버리고 말았다. 주작홍기가 현신하지 않는 한, 죽은 전대 우사의 망령을 따르는 '무격'들을 움직일 수가 없었다. 그들을 움직일 수만 있었다면… 십 년간이나 이 비좁고 음침한 섬에 웅크릴 필요도 없었을 것이고, 자신과 소교주의 대계 역시 시작조차 못했을 것이다.

'주작홍기의 부재를 알게 된 것은 불과 얼마 전. 대계의 진행에 무격들의 존재가 배제된 것을 내내 이상하게 여기고 있었지만, 이런 내막이 있을 줄은 꿈에도 몰랐다. 괘씸한 자…….'

강자량은 적유를 바라보며 눈을 빛냈다. 지금까지의 대계는 철저히 교주와 좌사의 머리 속에서 진행되어져 왔다. 하나 언제까지나 대계의 전모를 숨길 수는 없는 일. 신탁이 내려오고 난 후에는 아무리 교주라 하여도 주작홍기의 부재를 말하지 않을 수 없었을 것이다. 자신을 믿지 않은 교주와 좌사. 일말의 언급도 하지 않았던 구대봉공. 모두 괘씸하기 짝이 없었다.

'자신의 수하가 찾아 나선 것이 주작홍기였다는 것을 알았을 때 소교주의 표정은 정말 볼 만했지. 자신의 자식에게까지 비밀을 지켜야 할 만큼 중요한 물건임에는 틀림없지만……'

주작홍기라는 물건은 자신과 소교주의 관계를 더욱 급격히 가까워지게 만들었다. 하나 강자량과 한수는 분노하지 않았다. 오히려 다행스러워했고, 진심으로 기뻐했다.

'…주작홍기의 부재야말로 하늘이 주신 기회. 외부에서 초빙한 고수들은 나의 수하들이나 다름없는 상태. 교에서 키워낸 고수들 중 절반이 소교주의 편에 서 있으니……'

강자량은 적유와 교주의 대화에 끼어들 틈이 없었다. 그럴 마음도 없었다. 그저 조용히 고개를 끄덕여 주며 그들의 뜻에 동조해 주면 그뿐이었다. 그들과 의견이나 나누고 있을 시간이 없었다. 그는 자신의 대계를 생각하는 것만으로도 벅찰 지경이었으니.

적유의 대계도 순조롭게 진행되고 있었고, 강자량의 대계 역시 순조롭게 진행되고 있었다. 모든 것이 순조로웠다, 아직까지는.

　　　*　　　　　*　　　　　*

　밤하늘에는 이미 별들이 총총히 밝혀 있었다. 길게 늘어진 구름이 만월을 가리고 있었지만, 하늘 가득 박혀 있던 보석들의 반짝임을 모두 가리기에는 부족하기만 하였다. 그런 별빛의 인도를 받으며 한 대의 마차가 관도 위를 지나고 있었다.

　"조금 서두를 것을 그랬네."

　"하는 수 없지요. 노숙을 하기에는 마을과 너무 가까웠으니……."

　해가 지는 것을 뻔히 보면서도 마차를 세우고 불을 지필 수가 없었다. 한 시진만 더 가면 편히 누워 잠을 청할 수 있는 마을이 있는데, 그 시간을 못 견뎌 밤이슬을 맞는다면, 아침에 지나칠 마을을 보기가 민망했을 것이다.

　"이 언덕만 넘으면 인가의 불빛이 보일 걸세. 늙어서 그런지 서두른다는 것이 쉽지 않구면."

　"저 때문에 인가를 찾으려 하신 것이니, 그런 말씀 하실 필요 없습니다."

　혁련웅의 말에 패가 고개를 저으며 입을 열었다. 이제는 제법 절뚝거리며 걸을 수 있을 만큼 차도가 있었지만, 그렇다고 아무 데서나 몸을 뉘어도 좋을 만큼 몸이 나아진 것은 아니었다. 혁련웅은 그런 패의 몸을 걱정해 마을을 찾아 마차를 몰았다. 밤이 깊어 마차를 모는 것이 점점 더뎌지고 있었지만, 그래도 언덕 하나만 넘으면 따뜻한 음식과 잠자리가 기다리고 있으니 마음은 편했다.

　"조금만 더 가면 북평이구면."

"그렇군요."

목소리에는 아쉬움이 묻어나고 있었지만, 누구도 이후의 일에 대해서는 말을 꺼내지 않고 있었다. 북평에 도착하면 자연히 헤어지게 될 것이니, 미리 말을 꺼내어 그런 마음을 더할 필요는 없었다.

"저기 불빛이 보이는구먼."

혁련용의 말에 패가 몸을 기울여 마차 밖을 바라보았다. 땅으로 내려와 점점이 박혀 있는 별빛들. 여정에 지친 자신들을 향해 어서 오라 손짓하는 듯 보였다.

"그렇군요. 거의 다 왔군요."

"그래, 창주라는 곳이지. 제법 큰 마을이니 쉴 곳을 찾기가 어렵지는 않을 것이네."

두 사람의 시선을 받던 별빛들이 조금씩 커져 가고 있었다. 점점이 보이던 별빛들은 어느새 가옥의 창문이 되고, 객잔의 유등이 되어가고 있었다.

그리고 그 불빛을 따라 이어진 그곳엔 그가 있었다.

第六十四章
이분은
누구십니까?

이분은 누구십니까?

"지금… 뭐라고 하셨습니까?"

언상의 얼굴에 은은한 노기가 피어오르고 있었다. 이른 아침의 부름. 병부의 내사에 눈코 뜰 새 없다는 것을 잘 아는 마양수가 찾는다는 이야기에, 무언가 좋지 않은 느낌을 받았던 것이 사실이었다. 하지만……

"원주의 명이야. 병부의 일에서… 손을 떼게."

마양수의 말은 단호하기 그지없었다. 울컥한 마음을 다스리느라 엷게 갈라지던 목소리까지는 신경 쓰지 못한 듯했지만, 지금껏 어떠한 지원도 아끼지 않았던 사람치고는 제법 덤덤해 보였다. 언상은 그의 말을 재차 확인해야만 했다.

"…원주의 뜻은 아닐 테고… 어느 곳에서의 지시입니까?"

도찰원은 감찰 기관이다. 그것도 황실 직속의. 병부나 금의위 따위에서 진정했다 하여 멈출 도찰원의 행보가 아니었다. 그 윗줄에서 무언가 언질이 내려왔을 것이다. 그것을 알아내야 했다.

"나도 몰라. 알아도 말해 줄 수 없고……."

당연한 대답이었다. 도찰원의 행보에 제동을 건 자가 누구인지 알아 좋을 것이 없었다. 위험하니까. 황실의 윗줄이 위험한 자이기 때문이 아니라, 그 정체를 알고 난 후 언상이 취할지 모를 무모한 행동이 위험한 것이다.

"…얼마 후면… 천하의 주인이 바뀔 걸세. 옥영진에 대한 일은… 그때 다시 이야기하도록 함세."

마양수의 다독임에도 언상은 대답이 없었다. 이미 황제의 천수가 다했음은 그리 비밀이랄 것도 없는 이야기였다. 조만간 황위가 바뀌게 될 것이다. 온유한 성격의 황세손이니, 주요 보직들도 그 주인이 바뀌게 될 것이다. 짐작하고 말고 할 것도 없는 일이었다. 주인이 바뀌면… 개도 바뀐다. 마양수의 생각은 옥영진이 병부의 수장으로 남아 있을 날도 머지않았으니, 때를 기다리면 더욱 손쉽게 그를 잡아넣을 수 있을 것이라는 판단이었다. 물론 언상은 동의할 수 없을 테지만.

"…기다리자는 겁니까? 그놈의 이빨이 다 빠져, 몽둥이 하나로 잡을 수 있을 때까지? 그놈은 역모와 연관된 자입니다. 어쩌면 역모의 주모자일지도 모릅니다! 지금도 어떤 음모를 꾸미고 있을지 모르는 자를 그냥 내버려 두자는 이야깁니까? 지금 하고 있는 일이 맘에 안 드는 관료 하나 잡아넣고자 하는 것이 아니지 않습니까!"

"…더 이상 말해 줄 것이 없네. 오늘부로… 병부의 내사는 중지하도록 하게."

무 자르듯 이야기를 끊어버린 마양수가 자리에서 일어섰다. 그리고 천천히 걸음을 옮겨 창가로 향했다. 언상은 그의 뒷등을 바라보고 있었지만, 더 이상 이야기를 진전시키지는 않았다. 무겁게 고개를 조아린 언상이 등을 돌려 집무실을 빠져나가고 있었다. 그리고 그의 등 뒤로 마양수의 목소리가 들려왔다.

"…이보게, 상이. 오늘은 나와 술 한잔 하세."

"……?"

언상은 걸음을 멈추고 뒤돌았다. 무엇을 이야기하는 것인지 모르겠다는 표정이었다. 한데……

"병부의 내사도 그만두게 되었으니, 오랜만에 술이나 한잔하자는 얘길세."

"……"

"오후에 집으로 오게. 마침 좋은 술이 생겨서 언제 마실까 고민하던 참이었네."

언상의 눈이 이채를 띠었다. 하나 이내 고개를 끄덕이며 답했다.

"알겠네. 집으로 가겠네."

"그럼, 집에서 보세."

집무실을 나온 언상이 걸음을 재촉했다. 그를 기다리고 있던 공유유와 호덕영이 뒤를 따랐다. 두 사람의 호위를 받으며 전각을 나오던 언상이 문득 걸음을 멈췄다.

'그는… 술을 마시지 않는다.'

　언상의 시선은 노을빛에 물들어 붉게 빛나던 전각을 바라보고 있었
다. 칠 년을 하루같이 드나들던 도찰원의 전각이었건만, 오늘처럼 낯
설게 느껴졌던 적은 결단코 없었다.

＊　　　　＊　　　　＊

　혁련옹은 내심 다행이라 생각하고 있었다. 예상대로 이 작은 마을에
는 객잔이 달랑 하나뿐이었고, 그나마도 손님들이 많아 방이 하나밖에
남지 않았다고 했다. 늦기 전에 객잔에 당도한 것도 다행이었고, 문을
닫기 위해 나온 점소이를 만난 것도 다행한 일이었다. 잠이 덜 깬 점소
이의 투덜거림을 들을 필요도 없었고, 따뜻한 국물이라도 먹고 잠들 수
있을 테니.
　점소이가 가르쳐 준 대로 객잔 뒤편에 마차를 정차시키고 걸음을 옮
기던 혁련옹의 발걸음이 문득 멈추어 섰다. 어느새 나온 것인지, 객잔
의 문 앞에서 들린 사내들의 두런거림이 그의 발걸음을 잠시 멈추게
했다.
　"휴우……."
　"녀석, 한숨은……."
　서로 잘 아는 사이였는지, 길게 한숨을 내쉬던 중년인의 어깨로, 또
다른 중년인의 손이 걸쳐졌다.
　"이제 어떻게 하실 생각이십니까?"
　"글쎄… 조금 더 고민해 봐야겠지만, 쉽게 결론이 날 문제도 아니
고… 대장의 판단을 믿어야지."

"후우… 차라리 예전처럼 전장을 누비는 일이 훨씬 쉬울 것 같습니다."

혁련옹은 객잔의 그늘 속에서 그들을 바라보고 있었다. 사내의 입에서 나온 전장이라는 단어가 그의 발걸음을 또 한 번 붙잡고 있었다.

"…그나저나 그 아이는 무슨 수로 찾아와야 할지……."

"그러게 말이다. 어디로 끌려갔는지만 알 수 있었더라도 이리 답답하지는 않았을 터인데… 말도 못하는 아이라던데… 쯧쯧."

혁련옹의 발은 뿌리라도 내린 듯했다. 그의 기억 속에 한 아이의 영상이 떠오르고 있었다. 두려움도, 외로움도 느끼지 못한 채 입으로 전해지는 음식을 잘도 받아먹던 아이. 혁련옹의 노안은 충격으로 인해 말을 잃어버렸다던 그 아이와 더없이 자상한 손길로 그 아이에게 음식을 먹이던 사내를 떠올리고 있었다. 그를 기다리던 패가 이상하다는 듯 바라보고 있었지만, 혁련옹의 시선은 사내들에게 고정되어 움직이지 않았다.

"후우… 우리 대장은 어쩌다가 마교 같은 곳과 악연을 맺게 되었는지……."

"글쎄다. 나무는 가만히 있는데 바람이 가만 놔두질 않는 것이겠지. 그래도 참 대단한 사람이야. 설마 섬서의 파검이 대장이었을 줄은……."

더 이상 들을 필요도 없었다. 객잔 안에 있는 사람은 그가 틀림없었다. 하나 혁련옹은 걸음을 옮기지 못했다. 멈춰 서 있던 혁련옹의 뒤에는 또 하나의 그림자가 그려져 있었다.

"아는 사람들입니까?"

낮게 들린 패의 목소리에도 혁련옹은 대답하지 않았다. 모르는 사내들이다. 하나 그들과 함께 있는 사람은 잘 아는 사람이었다. 반드시 만나야 할 사람이었다. 자신은 물론… 함께 온 패 역시. 다만 혁련옹은 그 사실을 패에게 말해 주어야 할지를 고민하고 있었다.

"미안하네만… 잠시 마차에서 기다려 주겠나?"

"……."

패는 가만히 고개를 끄덕였다. 그는 객잔 앞에서 이야기를 나누던 사내들이 혁련옹과 아는 사이라 생각하고 있었다. 그리고 아마도 그들이 혁련옹을 쫓던 사람들일 것이라 짐작하고 있었다. 그것이 아니라면, 무공은커녕 운신조차 힘든 자신을 마차에서 기다리라 말할 리 없었을 테니.

"…차라리 저들을 피해 몰래 이곳을 떠나는 것이……."

패의 목소리에 혁련옹의 고개가 가로저어졌다. 패가 무슨 생각으로 그런 말을 하는 것인지 짐작할 수 있었다. 피식 웃음이 새어 나왔지만, 절대 그럴 수는 없었다. 어떻게 이어진 인연인데 이대로 흘려보낼 수 있단 말인가.

"걱정하지 말게. 잠시면 될 것이네… 아주 잠시면……."

혁련옹은 어둠 속에 패를 남겨둔 채 걸음을 옮겼다. 그를 붙잡으려 내민 패의 손이 간발의 차이로 그의 옷자락을 놓쳤다. 패는 사내들을 향해 걸어가는 혁련옹의 모습을 좇지 못했다. 그가 바라보고 있던 것은 자신의 손, 그의 옷자락을 놓쳐 버린 자신의 손이었다.

'…불길해…….'

불길한 느낌이 패의 전신에 엄습해 왔다. 보내지 말았어야 했다는 느낌. 마치… 언젠가 그를 떠나보냈을 때와 같은… 그런 느낌이었다.

*   *   *

"아미타불……."

혜원 대사의 나직한 불호가 사람들의 시선을 집중시키고 있었다.

"여기 모이신 분들 모두 개방의 용두방주께서 보낸 전갈을 받고 오신 것이니, 따로 길게 설명드리지는 않겠습니다."

사람들은 가만히 고개를 끄덕여 수긍했다.

"원시천존. 이미 마교의 흔적이 곳곳에 나타나고 있습니다. 화산과 소림에 난입했던 신비인들이 바로 마교의 무리였다는 것이 이미 밝혀졌고, 하북의 모처에서는 강시들까지 출현하였다고 합니다."

무당파 현양 도장의 말에 사람들의 안색이 침중해졌다. 강시는 마교의 다른 이름일 뿐이었다.

"다행히 그 마물들을 패퇴시키기는 하였으나 그것이 마교혈세의 전조라는 것을 모르시는 분은 없을 거라고 믿습니다."

"저희도 그 소식을 들었습니다. 한데… 한 가지 의문스러운 것은 누가 그 마물을 퇴치한 것이냐는 것입니다. 저희 아미파 역시 과거 배교 멸문에 관여한 바가 적지 않기에, 강시의 가공함은 익히 알고 있습니다. 그런 마물을 일개 표국의 무리가 패퇴시켰다는 것이……."

의문을 제기한 사람은 아미파의 장로인 보현 사태(普賢師太)였다. 아미파는 과거 배교 멸문의 선봉에 섰던 문파였다. 누구보다도 강시의 위력을 잘 알고 있기에, 일개 표국에서 강시를 패퇴시켰다는 것에 의문을 가질 수밖에 없었다.

"그것은 제가 설명드리지요."

소림의 방장인 혜원 대사 옆에 조용히 앉아 있던 한 노개가 입을 열자, 보현 사태가 합장하며 고개를 숙여 보였다. 아미파의 장로에게 예를 받을 수 있는 거지. 개방의 용두방주인 협의개 나천풍이 직접 소림을 찾아온 것이었다.

"표행을 하던 표국은 이곳 하남의 대호표국으로, 표국주인 하남일검 고산덕 대협이 직접 표행을 지휘하였던 것으로 압니다."

좌중의 누구도 수긍하지 않고 있었다. 고산덕의 위명이 제법 높다고는 하지만, 강시라는 이름에 빗대자면 많은 모자람이 있는 이름이었다. 하나 뒤이은 나천풍의 설명에 몇몇 사람들은 수긍의 눈빛을 보이고 있었다.

"표행을 함께했던 사람들 중에는 빙섬 냉한상과… 파검 장철웅이란 사람이 있었습니다."

"냉한상이라면… 천하제일쾌검이라 불린다는……."

"파검이라면……."

사람들은 천하제일 쾌검이라는 말은 인정하지 못해도, 그가 절정의 고수라는 것은 인정하고 있었다. 또한 요 근래 가장 큰 두각을 나타내고 있는 파검이라는 고수가 함께 있었다면, 어느 정도 그림이 그려지는 것도 같았다. 하나 아직도 부족했다.

"방주께서 보내주신 첩지에 보면 강시의 수가 전부 일곱 구에 달했다고 적혀 있습니다. 단 두 사람의 고수가 그들을 모두 물리쳤다고 보기는 힘이 드는군요. 게다가 파검이라는 자의 무위가 어느 정도인지는 모르나……."

"그는… 충분히 그럴 수 있는 사람입니다."

보현 사태의 말을 자른 목소리의 임자는 화산파의 상현 진인이었다. 이미 이 자리에는 구파일방 중 지리적으로 멀리 떨어진 해남파와 곤륜파를 제외한 나머지 문파의 장로급 인물들이 자리하고 있었다. 사람들의 시선이 상현 진인에게 향했다.

"강시라는 마물을 직접 본 일은 없어 확신을 드릴 수는 없지만… 그라면 저와 비교해도 손색이 없는 고수입니다."

사람들의 눈에 놀람이 인 것은 당연한 일이다. 이 자리에 모인 사람들 대부분 육십을 전후한 강호의 명숙들이었다. 삼십 년 전 화산에 무현 진인과 함께 천하를 울릴 기재로 평가받은 무재가 바로 상현 진인이었다는 것을 잊어버린 사람은 없었다. 물론 이미 검에 뜻을 접은 지 오래인 상현 진인이었지만, 그래도 화산팔선으로 불리는 명숙이었다. 그런 그가 파검이라는 자를 자신과 같은 반열에 올려놓고 있었다.

"허어… 그 정도로 대단한 고수입니까?"

종남파의 현우단이 정말 놀랐다는 듯 입을 열었다. 그의 말에 화답이라도 하는 듯 조용히 미소 짓던 혜원 대사가 상현 진인의 말을 거들었다.

"아미타불. 저도 그와는 작은 인연이 있지요. 상현 진인께는 죄송하지만 저도 인정할 수밖에 없군요. 그는 충분히 그런 대우를 받을 만한 사람입니다."

소림의 방장마저 인정하고 나서니 믿지 않을 도리가 없었다. 물론 대호표국에 함께했던 다른 소림의 속가제자들을 감추기 위한 술수였다. 굳이 그들의 이름을 꺼내어 일을 복잡하게 만들지 않게 하기 위함이었고, 사람들의 이목을 흐리기 위한 편법이었다. 소림의 혜원 대사와 화산의 상현 진인, 그리고 개방의 용두방주가 입을 맞춘.

"그렇다면야……."

말을 꺼낸 보현 사태도 더 이상 이야기를 파고들 수는 없었다. 더 이야기를 진행시킨다는 것은 상현 진인의 면전에 대고 욕을 하는 것이나 다름이 없었으니. 이야기는 대호표국의 이야기에서 잠시 벗어나고 있었다.

"중요한 것은 마교의 발호를 암시하는 징후가 곳곳에 나타나고 있다는 점입니다. 그들은 준비없이 움직인 적이 없습니다. 이 정도의 움직임이라면 이미 복안을 세우고 강호의 전면으로 나설 준비가 끝났다고 보는 게 옳습니다."

나천풍의 말에 사람들의 안색이 굳어졌다. 마교의 이름이 천하를 위진할 때마다, 그 불길을 잡기 위해 엄청난 출혈을 감수해야만 했다. 그 진저리쳐지는 혈란을 되새김할 생각을 하니, 사람들의 안색은 굳어지지 않을 수가 없었다. 하나 모두 그렇게 생각하고 있는 것은 아니었다.

"하나 이미 십여 년 전에 뿌리 뽑힌 자들입니다. 그들의 실체가 확인되지도 않은 상태인데… 너무 섣부른 움직임이 아닐까 싶습니다."

사람들의 이목이 쏠렸다. 하얀 학창의를 입은 중년인이 사람들의 시선을 받으며 입을 열고 있었다.

"강시라고 하는 마물이 출몰하였다고는 하지만, 솔직히 냉한상과 파검이라는 두 사람이 일곱 구의 강시를 모두 물리쳤다는 것을 납득하기 어렵습니다. 그것이 사실이 아니라는 말이 아니라, 그 정도의 강시라면 마교의 강시가 아닌 다른 자들의 짓일지도 모른다는 뜻입니다. 다들 아시겠지만 강시술은 배교만의 것이 아닙니다. 모산파도 강시술을 가지고 있고, 몇몇 사이한 무공을 전수하는 문파들도 강시의 비술을 가지고 있다 들었습니다. 마교가 아닌 다른 자들의 소행일지도 모른다는 가정을 두자는 것이지요. 게다가 마교가 무에 할 일이 없어 표국의 표행을 습격한단 말입니까? 설마 그 표마차에 황제가 타고 있었을 것도 아니고……."

학창의를 입고 있던 중년인. 점창파의 종기량(鐘己亮) 장로였다. 그의 말에 몇몇 사람들이 고개를 끄덕였다. 무시할 수 없는 가정이었고, 그렇게 생각하는 편이 마음 편하다 생각하는 것일지도 몰랐다.

"화산과 소림에 일어난 변괴는 심히 안타깝게 생각하고 있지만… 그들의 실체가 명확하지 않은 이상, 무림첩의 발동은 시기상조가 아닌가 싶습니다."

상현 진인의 표정이 굳어졌다. 혜원 대사의 표정도 편치는 않아 보였지만, 크게 내색하지는 않았다.

"문제는 그것뿐이 아닙니다. 응천부의 움직임도 생각해야 합니다. 황제의 천수가 얼마 남지 않았음은 이미 풍문의 정도를 넘어서고 있습니다. 무림첩의 발동은… 황실의 눈총을 받게 될 겁니다."

청성파의 운상자(雲上子)였다. 그의 말도 사람들의 주목을 받기에 충분했다. 무림첩이 발동하게 된다면 적지 않은, 관부의 눈길을 끌기 충분한 사람들이 운집하게 된다. 황위 계승을 목전에 둔 황실에서 가만히 보아 넘길 리 없었다.

'첩첩산중이로군…….'

상현 진인은 속으로 침음성을 삼켰다. 마교의 존재를 확실히 알고 있는 곳은 소림과 화산뿐이었다. 개방도 전모를 알고 있으니, 구파일방 중 세 곳의 뜻은 같다고 볼 수 있었다. 한데 시기적절하게도 점창파와 청성파에서 반론을 제기하며 나섰다. 쉽게 무시할 수 없는 사안을 들먹이면서.

"흠… 두 분의 말씀도 일리가 있습니다. 하나 무림첩을 발동하지 않는다면, 그들의 존재를 찾아낼 길이 없다고 봐도 무방합니다. 아시다시피 무림첩이란, 전 강호에 산재한 군소방파들의 힘을 응집시키는 힘을 가지고 있습니다. 그것은 그들의 무력뿐만이 아니라, 정보력과 동원 가능한 모든 역량을 말하는 것입니다. 무림첩을 발동하여 마교의 종적을 찾아 나서게 한다면, 그들의 실체를 밝혀내는 것은 시간문제라고 생각됩니다."

"하나 무림첩을 발동시키고 난 후 아무것도 찾아내지 못한다면 그것 역시 큰일입니다. 무림첩이란 강호를 영도하는 열 개 문파의 공동 명의로 발송하는 것입니다. 근거가 빈약한 몇 가지 정보만으로 발동시킨다면, 무림첩의 권위는 땅에 떨어지게 될 것입니다. 또한 현실을 무시할 수도 없는 일. 자칫하다가는 황실의 미움을 받을 수도 있습니다. 어쨌거나… 지금은 정국이 불안한 시기니까요."

혜원 대사의 말에 반론을 펼치던 운상자가 못을 박듯 말을 마쳤다. 실질적으로 청성파는 무림첩 발동을 거부한다는 뜻이나 진배없었다. 고개를 끄덕여 그의 뜻에 동조하는 점창파 역시. 처음 강시에 대한 이야기에 의문을 느끼던 아미파조차 갈팡질팡하는 눈치였다.

‘힘들게 되었군. 만장일치가 아니면 무림첩을 발동할 수 없다. 한데 반대하는 문파만 두 곳이고, 마음을 정하지 못한 문파도 있으니… 소림의 영도력이 예전만 못하구나.’

현양 도장은 미소 짓지 않았다. 자신의 속내를 드러내기엔, 함께 자리한 자들의 눈치가 너무나 빨랐다.

‘소림에 힘을 실어주어 될 일이 아니군. 이대로 간다면 마교가 발호하고 난 후에도 제대로 된 대응은 힘들어진다. 어차피 소림과 화산은 마교와 척을 진 사이. 대응의 시차만 잘 조절한다면……’

현양 도장은 미소를 참기 위해 안간힘을 쓰고 있었다. 전화위복. 마교의 발호가 어떤 식으로 벌어지게 될지는 모르나 잘만 이용한다면, 소림의 성세를 뛰어넘는 것도 충분히 가능한 일이었다. 본산으로 돌아가 준비해야 할 일들이 많아졌다.

“하면… 이대로 덮어두자는 말씀들이시오?”

묵직한 목소리가 주위를 상기시켰다. 이런 탁상공론에 익숙지 않은 무현 진인이 결국 참지 못하고 입을 연 것이었다.

“못난 사람들… 나는 돌아가겠소.”

“사형……”

상현 진인이 갑작스러운 무현 진인의 행동에 놀라 만류했지만, 무현 진인은 단호했다.

“돌아가 제자들에게 칼이나 잘 벼려놓으라 해야겠소. 아무래도… 여러 사람 몫을 대신해야 할 듯싶으니……”

무현 진인은 뒤도 돌아보지 않고 방장실을 빠져나갔다. 그의 서릿발 같은 기세에 좌중의 인물들은 입도 열지 못했다. 천하제일장이라 불리는 인물의 기세는, 구파일방의 장로들조차 함부로 감당키 어려운 것이었다. 그가 사라지고 난 후에야 사람들은 저마다 그의 행동을 성토하기 시작했다. 하나 그들의 목소리는 혜원 대사의 귀로 들어오지 못하고 있었다.

'아미타불… 암운은 소림에도 들어와 있었구나…….'

답답한 마음에 불호마저도 묵직하게 울렸다. 늙은 승려의 노안에 불안한 미래가 그려지고 있었다. 아비규환의 지옥도. 그것만은 막아야 하는데…….

불호를 외던 혜원 대사는 마음 한곳이 서늘해짐을 느꼈다. 그는 볼 수 있었다. 그 붉고 불길한 구름 아래로 보인 한 사람. 붉은 어둠 속에서 밝은 불꽃을 피어올리고 있던 두 개의 눈동자를…….

*　　　*　　　*

"신녀궁으로 가시는 길입니까?"

"그렇소. 신탁이 어떻게 내려왔는지 확인해야 하니까."

교주의 석실에서 나온 적유와 강자량이 나란히 걷고 있었다. 강자량을 탐탁지 않게 생각하던 적유였지만, 그렇다고 언제까지나 우사인 그를 무시할 수만은 없었다. 대계가 시작되고 나면, 누구보다도 긴밀해져야 하는 두 사람이었으니.

"아마 무림첩은 발동되지 않을 것이오."

"좌사의 계책은 실로 교묘하여 흠잡을 곳이 없더이다. 황실의 움직임과 무림의 동요를 한 번에 다 잡은 계책이니……."

"그것이 어찌 나 하나 잘나 된 것이겠소. 우사께서 교의 내외 기강을 바로잡아 주었고, 신녀궁 궁주가 정확한 길일을 잡아주어 된 일이니, 이 모두 백련의 홍복일 따름이오."

"그런 것들을 하나로 묶어 이 같은 계책으로 만들어내었으니, 그 또한 백련의 홍복이지요. 허허."

적유와 강자량은 서로의 공을 추켜세워 주고 있었다. 속내야 어떤지 알 필요도 없었지만, 적어도 대계가 눈앞으로 다가온 지금은 그런 모습을 보여주어야 했다.

"그럼, 이만……."

"그러시지요."

적유는 발걸음을 돌려 신녀궁으로 향했다. 그 뒷모습을 바라보던 강자량의 눈에는 아무런 감정도 어려 있지 않았다. 적유의 모습이 사라질 때쯤 강자량의 입이 열렸다.

"묵귀!"

"예, 주공."

강자량의 부름에 한 사람의 인영이 강자량의 등 뒤로 내려앉았다. 내려앉는 모습만 보였을 뿐, 어떠한 소리나 울림도 들리지 않았다.

"소교주는 지금 어디 계시냐?"

"거처에서 무공을 수련 중이십니다."

"…예상보다 오래 걸리는군."

한수는 교에 돌아오자마자 무공 수련에 몰두했다. 외부에서 겪었던 일들은 그에게 좋은 교훈을 주었다. 상대를 압도하지 못한다면 언제나 위험을 감수해야만 한다는 것. 한수는 철웅을 압도하지 못하였기에, 두 번이나 임무 수행을 저지받았다. 이기고 지는 것이 문제가 아니었다. 자신보다 약한 자에게도 방해받을 수 있다는 사실이 그를 노하게 하였다. 어떠한 상대라도 압도할 수 있을 만큼 강해져야 한다는 것을 깨달았다. 자신을 방해했던 철웅이든, 사사건건 시비를 걸어오는 좌사든…….

"외부에서 영입된 자들은?"

"총 이백오십삼 명입니다. 모두 네 개의 단으로 분산시키고, 각각 열 개의 대로 나누어 관리 중입니다. 이중 수뇌로 선택된 사십여 명 전부 연판장에 서명을 끝마친 상태입니다."

"좋아."

강자량은 외부에서 영입한 고수들을 자신의 수족으로 흡수했다. 때로는 비급으로, 때로는 재화를 미끼 삼아 하나둘 포섭해 나갔다. 그들은 백련의 이름이 아닌 천겹영이란 이름으로 강호에 출현하게 될 것이다. 세인의 이목을 흐리기 위한 좌사의 계략이었지만, 그것조차 우사에게는 큰 기회가 되었다.

'천겹영은 백련의 그늘을 벗어나게 될 것이다. 그들은 나의 검이 될 것이다.'

강자량의 입가에 비릿한 조소가 피어올랐지만, 그의 등 뒤에 서 있던 묵귀는 그것을 볼 수 없었다.

"교의 세력들은?"

"구마의 세력과 좌사의 세력을 제외하고 난다면, 별다른 문제는 없을 듯합니다."

그럴 것이다. 소교주는 이미 교의 후계로 공인된 것이나 마찬가지인 상태. 그의 교권 이양에 반대할 자는 없었다. 그것은 구마나 적유조차 반대하지 않는 일이었다.

"확실히 알아내라. 구마와 적유를 지지하는 세력이 누구누구인지."

"존명."

묵귀는 사라지고 없었다. 강자량의 시선은 적유가 사라진 길을 향하고 있었다.

'신탁을 확인하겠다… 좋은 생각이오. 물론… 당신이 확인할 신탁은 반쪽짜리일 뿐이지만… 하하하.'

앙천광소를 터뜨리고 싶었지만, 강자량은 비릿한 비웃음으로 그것을 대신했다. 모든 것이 고마울 뿐이었다. 적유가 세워준 대계도, 그 대계를 위해 총단을 오랜 시간 비워준 적유도… 자신의 행보에, 걸림돌은 없었다.

*　　　*　　　*

"노야?!"

식탁을 치고 일어선 철웅의 모습에 사람들이 깜짝 놀라고 있었다. 하나 철웅의 시선을 좇던 장 의원은 그의 놀람이 전혀 과하지 않았음을 깨달을 수 있었다.

"정녕… 자네란 말인가?"

"노야……."

한달음에 달려간 철웅이 혁련웅의 손을 덥석 잡았다. 이루 말로 표현할 수 없을 만큼의 반가움. 그것을 말로 표현할 수 없었음인지, 철웅의 눈은 입을 대신해 만 가지 감정을 담아 혁련웅을 바라보고 있었다. 그 눈을 바라보던 혁련웅의 눈빛도 별반 다르지 않았다. 고작 반년 정도의 헤어짐이었지만, 두 사람의 반가움은 혈육의 상봉 그 이상이었다.

"그간 어찌 지내셨습니까?"

"허허, 그건 내가 묻고 싶은 말이네."

"일단 앉으시지요. 하고 싶은 말이 참으로 많습니다."

자신의 손을 이끄는 철웅의 손을 혁련웅이 조용히 잡아갔다. 철웅은 그의 행동에 의아함을 느끼며 움직임을 멈췄다.

"자네가… 만나보아야 할 사람이 있네."

"……?"

혁련웅의 말에 철웅의 의아함은 더욱 짙어지고 있었다.

"누구를……?"

"잠시… 따라오시게."

혁련웅이 객잔의 문으로 걸어나갔다. 철웅은 사람들을 남겨두고 그의 뒤를 따랐다. 객잔의 뒤를 돌아 어둠 속으로 걸어 들어가는 혁련웅의 모습에 철웅은 아무런 짐작도 할 수가 없었다. 혁련웅은 한 대의 마차로 가까이 가서야 걸음을 멈추었다. 그리고 천천히 돌아섰다.

"자네가… 만나보아야 할 사람일세."

철웅은 고개를 갸웃거렸지만, 혁련웅의 말속에 깊은 뜻이 있음을 느끼며 그가 하는 양을 지켜보기만 하였다. 혁련웅은 무엇인가를 다짐한 듯한 눈빛을 보이곤 천천히 마차를 향해 입을 열었다.

"이보게, 이제 나와도 되네."

혁련웅의 부름에 잠시 아무런 움직임도 없었다. 그것을 이상히 여긴
철웅이 한 걸음 다가가려던 순간, 마차의 한편으로 인기척이 느껴져 왔
다. 한 사람이 마차에서 내려서고 있었다. 어둠 속에 모습을 드러낸 한
사람. 어둠 속이라 하여 철웅이 그를 못 알아볼 리 없었지만, 친절한
구름은 가리고 있던 만월에서 물러나며 달빛이 뿌려짐을 허락해 주었
다. 정적이 흐르고 있었다. 달빛 아래로 드러난 세 사람. 의미를 알 수
없는 침묵이 이어지고 있었고, 그 침묵을 깨뜨린 사람은 다름 아닌 철
웅이었다.

"이분은… 누구십니까?"

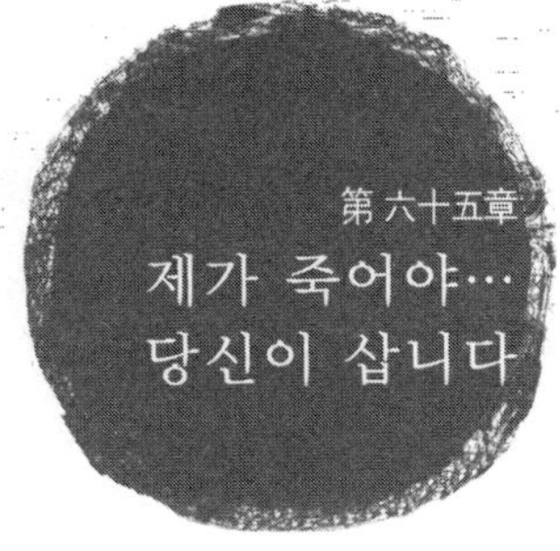
第六十五章
제가 죽어야…
당신이 삽니다

제가 죽어야…
당신이 삽니다

인연이라 하기엔… 너무나 모질군요
저에게나… 당신에게나……

"이것입니다."

여인이 내민 양피지를 받아 든 적유의 안색이 침중해졌다. 갑골문이라 불리는 고대의 문자들과 그 위에 뿌려진 선혈의 흔적. 그 흔적들로 인해 이 양피지는 단순한 양피지에서 가공할 예언으로 탈바꿈해 있었다.

'여름에 이르러 사슴의 뿔이 떨어지면… 천공의 붉은 별도 그 명을 다한다……'

양피지의 하단에 쓰인 작은 주석들. 그 작은 글씨들은 무인(戊寅)년 하지의 일후(一候:하지 후 첫 닷새)가 가기 전 적성(赤星)의 명이 다할 것이라 쓰여 있었다. 적성은 그들만의 밀마였다. 백련교도들의 피를 마시고 황제가 된 태조 주원장을 그들은 붉은 별이라 불렀다. 그의 천수는 고작 한 달도 채 남지 않았다.

"…고생하셨소, 신녀."

"이제야 교주를 볼 면목이 생긴 것 같습니다."

적유의 치하에 하얀 고깔이 깊이 고개를 숙였다. 새하얀 고깔로 인해 여인의 본모습을 확인할 길은 없었지만, 이제야 소임을 다하게 된 신녀궁의 궁주인 백화신녀(白花神女) 조옥경(曹玉鏡)의 미안함은 적유에게도 확연히 느껴지는 듯했다. 이미 삼십여 년 가까이 맥이 끊어졌던 신녀궁의 신탁이었다. 주원장과 백련교가 갈라선 이후 삼십여 년간 들리지 않았던 미륵의 목소리가 돌아온 이상, 그들의 대계가 주저할 이유는 아무것도 없었다.

'무격들의 힘을 얻을 수 있었다면 금상첨화였겠지만, 이제는 주작홍기에 매달릴 시간이 없다.'

적유는 홀로 깊은 생각에 잠겼다. 용화세계를 맞이할 준비는 완벽했다. 십 년이었다. 천금을 들여 이백오십에 달하는 외부의 고수들을 영입했고, 만금을 들여 일천에 달하는 백련의 젊은 교도들을 일류고수로 탈바꿈시켰다. 물론 십 년 전의 혈사에서 무공만이 능사가 아니라는 것을 뼈저리게 느꼈다. 일백 기의 천화통과 일천 개의 벽력탄. 구파일방도 두렵지 않고, 백만 황군도 두렵지 않다. 우사의 죽음과 함께 천하의 음지로 스며든 무격들마저 되찾을 수 있었다면… 정녕 천하에 두려울 것이 없었으련만.

'주작홍기는 그가 찾을 수 있을 것이다. 위험한 자이지만… 그만이 열쇠에 가장 가까이 있는 자다.'

철웅에게 주작홍기를 찾아오라 한 것은 딴에는 모험이었고, 도박이었다. 어쩌면 청수곡으로 교도들을 보내어 찾게 하는 것이 더욱 빠를지도 몰랐다. 하나 적유는 서두르지 않았다. 어차피 주작홍기를 찾지 못할 상황을 염두에 두고 진행한 대계다. 찾으면 더할 나위 없겠지만, 못 찾는다 해서 큰 지장을 받을 만큼 대계의 준비가 허약하진 않았다.

'하나 그에게서 연락이 끊긴 것만은 예상 밖의 일이다. 그에게 변괴가 생겼다면, 내가 가진 두 개의 끈 중 하나가 끊기는 것인데… 설마 무격인 그에게 큰일이야 있을까만……'

신녀궁을 나서면서도 적유의 상념은 끊이질 않았다. 이제 코앞으로 다가온 대계의 발동, 잠시의 쉴 틈도 없었다.

'소임을 다하지 못했기에 노예의 신분으로 격하된 그이지만… 어찌되었든 그는 내가 알고 있는 유일한 무격. 주작홍기의 행방과 가장 깊은 인연이 닿아 있는 자이다. 차라리 무격이 아니었다면 고문이라도 해보았겠지만……'

적유는 고개를 가로저으며 자신의 생각을 털어냈다. 신명으로 정해진 무격이었다. 제아무리 좌사라 할지라도 무녀와 무격은 죽일 수 없다. 신명을 거둘 수 있는 것은 오로지 신명뿐이다. 신명으로 내려진 성화령과 화정, 그리고 주작기. 교주의 신물인 성화령은 무격과 신녀들의 명을 거둘 수 있었고, 화정은 성화령의 불꽃을 살릴 수 있다. 무녀들은 화정으로 명을 내릴 수 있고, 무격들은 주작기의 명을 받는다. 교권의 집중을 막고자 한 교리였지만, 성물이 사라지고 난 지금에 와서는 꽤나 까다로운 상황이 발생하고 말았다. 무격을 통제할 다른 방법이 없었다. 당장은… 미륵의 부름만이 그들에게 죽음을 내릴 수 있는 유일한 방법이었다.

‘시간이 촉박하여 그 아이를 생각할 겨를도 없었구나.’

소소를 떠올리자 자신도 모르게 미소가 지어지는 적유였다. 다시 살아 돌아온 딸. 대계의 준비도 중요하지만, 못다 한 정을 쏟아 붓는 것도 그에 못지않게 중요한 일이었다. 그렇게 사라지던 적유를 바라보는 눈이 있었다. 보이지 않는 눈. 하얀 고깔로 가려진 얼굴이 적유의 뒷모습을 바라보며 한숨짓고 있었다. 그런 조옥경의 등 뒤로 한 사람의 인영이 나타난 것은 적유의 신형이 손톱만큼이나 작아졌을 때였다.

“잘하셨겠지요, 궁주?”

강자량. 적유와 헤어졌던 우사 강자량이 신녀궁의 심처에 모습을 드러내고 있었다. 조옥경은 그런 강자량의 등장에도 아무런 행동을 취하지 않고 있었다.

“너무 상심하지 마시구려. 모든 것이… 교를 위한 일이오.”

“그 말씀… 잊지 않으시길 바랍니다.”

조옥경의 탄식 같은 한마디가 하얀 고깔 속에서 맴돌고 있었다. 강자량은 고개를 끄덕여 보이며 그녀를 안심시켰다.

“백련은 다시 태어나게 될 것이오. 신녀궁도 더 이상 화정의 지배를 받지 않아도 될 것이고…….”

“우리는 신명을 받은 무녀들… 교를 위해 살아갈 뿐, 화정의 존재는 괘념치 않습니다.”

조옥경이 불쾌하다는 듯 잘라 말했다. 그런 조옥경의 태도에 강자량은 조소를 보냈지만, 지금은 그것을 표현하며 기분 상해할 때가 아니었다.

“물론이오. 궁주의 마음을 내 어찌 모르겠소.”

“지금의 판단이… 후회로 남지 않기를 바랄 뿐입니다.”

조옥경의 한숨 소리가 신녀궁의 전각을 떠나가고 있었다. 이미 돌이
키기에는 너무 늦었다는 것을 잘 알고 있었다. 너무나 잘 알고 있었기
에, 크게 한숨을 내쉬는 것조차 불안하기 그지없었다. 모든 것이… 두
려울 뿐이었다.

＊　　＊　　＊

한산한 장원이 그들을 맞았다. 도찰원 좌첨도어사라는 직분을 생각
한다면 검소함을 넘어 일견 초라해 보일 정도로 작은 장원이었다. 잘
다듬어진 정원과 운치있게 만들어진 가산을 제외한다면, 여느 가문의
장원과 비교해도 별다를 것이 없는 그런 모습. 황제의 처남, 고황후의
사촌이라는 배경이 무색한 그런 장원이었다.

"어서 오시게."

낯익은 하인의 안내가 아니더라도 마양수가 있던 곳은 어렵지 않게
찾을 수 있었을 것이다. 얕은 가산 위에 만들어진 정자. 직위의 고하를
떠나 만나는 술자리는 언제나 이곳 정자 위에 차려지곤 했다.

"그래, 무슨 바람이 불어 술을 다 권하시는가?"

"아, 얼마 전에 조공으로 올라온 술 중에 좋은 놈이 왔다고 전갈이
왔었어. 맛을 보니 정말 진품이더군."

마양수는 웃으며 술상 위에 올려져 있던 하얀 자기병을 들어 올렸
다.

"도찰원 안에 서이(鼠耳:쥐의 귀. 첩자)가 달렸네."

마양수의 전음에도 언상은 아무렇지 않은 듯 술잔을 내밀었다.

"금의위인가?"

"술 색깔이 참으로 영롱하군. 구미가 당겨."

짧은 전음과 뒤를 이은 대화. 이런 대화가 오랜만이긴 했지만, 어색하진 않았다.

"모르겠어. 금의위의 행적치고는 너무 은밀해."

"고려에서 온 술일세. 술 이름이 뭐더라……."

도찰원의 내부로 금의위의 서자(鼠子:첩자)들이 오가는 것은 비밀도 아니었다. 도찰원의 서자들도 금의위에 제법 많이 잠입해 있으니. 정보를 다루는 기관에서야 그런 일이 비일비재했다. 알고도 모른 척하는 부분이 더 많다고 봐야 했다. 한데 금의위가 아닌 다른 곳에서의 서자라면 분명 문제였다. 그들의 정체가 확인되지도 않았다면, 결코 웃어넘길 일이 아니었다.

"어디서 온 놈들인지는 몰라도 아직은 시끄럽게 만드는 것이 좋지 않을 것 같아서."

"여기도 몇 놈 있군."

정자 주변으로 눈짓을 주는 언상에게 마양수가 고개를 저으며 말했다.

"술 이름이야 뭐면 어떤가."

"일단은 그냥 두게. 타초경사의 우를 범할 수는 없지. 우리 쪽 아이들도 그놈들을 감시 중이네. 언젠가는 꼬리가 밟히겠지. 그보다는 자네에게 전해줄 말이 있어서 불렀네."

"병부와 관련한 이야긴가?"

"음… 정말 맛이 좋군. 금존청과 비슷하긴 하지만, 그 깊이는 이것이 더 나은 듯한데?"

"…조정의 분위기가 심상치 않네. 옥영진의 반대 세력이… 사라지고 있네."

술잔을 들고 있던 언상의 손이 잠시 움찔했다. 하나 이내 차분한 신색을 유지하며 입가로 술잔을 옮겼다. 그가 움찔한 것은 반대 세력이 사라지고 있다는 그의 말이 무엇을 뜻하는지 짐작하기 어려웠기 때문이다.

'조정의 관료 중 이렇다 할 변괴가 일어났다는 소문은 들은 적이 없다. 하면 반대 세력이 처리되는 것이 아니라……'

"황자징과 제태, 유삼오… 옥영진의 반대편에 서 있던 한림원 학사들과 관료들이… 옥영진과 잦은 접촉을 가진다는 첩보네. 아주 화기애애한 모습으로 말이야."

반대 세력이 사라진다는 뜻은 그런 뜻이었다. 그들이 더 이상 그를 반대하지 않는다. 좋지 않은 움직임이었다.

"황세손의 주변으로 권력이 집중되고 있네. 당연한 움직임이긴 한데… 그 중심에 옥영진이 있다는 것이 의외라는 것이지."

"그럼, 병부에 대한 조사를 철회하라는 것도……."

"시기가 너무 좋지 않네. 이제는 어지간한 사건으로는 그를 어찌할 수 없는 지경이 되어버렸네. 이제는 옥영진의 역모에 대한 확실한 물증을 얻지 못하는 한, 조정에서 동조를 얻기 힘들 것이라는 게 원주의 판단일세."

언상은 그제야 병부에 대한 감사를 중지하라는 명을 이해할 수 있었다. 병부에 대한 내사는 조정에서의 고립을 전제로 한 움직임이었다.

무관은 문관을 경원시하고, 문관은 무관을 천대시한다. 건국 초기만 하더라도 무관에 대한 대우가 이렇지 않았으나 당금의 조정은 그 세가 비등하여 어느 한쪽으로 치우치지 않고 있었다. 황세손이 무관보다는 문관을 우대하고 있다는 것도 큰 이유 중 하나였다. 병부의 내사는 그런 그들의 알력을 염두에 둔 움직임이었다. 한데……

"어렵게 되었군."

순배가 오갈수록 술상의 분위기는 어두워졌다. 입으로는 가벼운 소사들이 오가고 있었지만, 술잔을 타고 오가는 내용들은 결코 가볍지 않았다.

"그리고 이건 아직 확인된 바는 아니지만……."

마양수가 조심스레 운을 떼고 있었다. 언상은 지금 마양수가 하려하는 말이야말로, 사람들의 이목을 피해 자신을 이곳으로 부른 이유라는 것을 눈치챌 수 있었다.

"…강호의 움직임도 심상치 않네."

"강호라니?"

언상은 뜬금없는 마양수의 말에 반문했다.

"요즘 각지에서 올라오는 장계 중 절반이 강호의 움직임에 대한 것들이네. 그들의 움직임이 눈에 띄게 활발해지고 있어. 조정의 대신들이 그들을 예의 주시하고 있네."

언상은 마양수의 말을 곱씹고 있었다. 강호의 움직임이라면 마교와 관련된 것이 분명했다. 북평에서의 일도 그렇거니와, 조정에 장계로 올라올 정도의 움직임이라면 마교를 제외하곤 떠오르는 것이 없었다.

"시기가 너무 좋지 않아. 내 몇 번인가 마교에 대한 운을 띄워보긴 했지만, 대부분의 신료들은 코웃음을 칠 뿐이었네. 이미 십 년 전에 그 뿌리가 뽑혔다고 생각하고 있네. 오히려 조정에서는… 강호 세력이 반란을 획책하고 있는 것이 아닌가 의심하는 눈초리야."

"말도 안 되는……."

정말 말도 안 되는 이야기였다. 강호의 움직임이라면 아마도 구파일방의 움직임을 말하는 것일 게다. 장계라고는 하지만 눈뜬장님이나 다름없는 자들이 대충 눈으로 훑은 내용을 올린 것이 대부분일 테니. 그들에게 마교, 백련이란 이름은 이미 잊혀진 이름이었다. 그리고 강호의 인물들이 반란 따위를 획책할 리가 없다는 것도 모른다. 그것이 문제였다. 그들은 강호를 모른다.

"나도 그들이 반란 따위를 생각할 리가 없다는 것을 아네만… 대부분의 조정 중신들은 강호라는 개념조차 모호한 자들이야. 그저 칼부림이나 해대는 파락호들과 다를 바 없다 생각하지. 하나 그런 자들이 모이면 어떤 일이 일어날지는 잘 알고 있다네. 시기 적절한 움직임이라는 것도 한몫하고 있고."

마양수도 무공을 익혔다. 언상에 비할 바는 아니었지만, 한 몸 호신할 정도는 된다. 젊었을 적에는 언상과 함께 제법 강호인 행세를 해보기도 했었다. 구파일방이 그런 이유로 뭉칠 수 없다는 것은 누구보다도 잘 안다. 하나 그들은 모른다. 그것이 문제였다.

"혹시라도 마교가 발호한다면… 그래서 강호에 큰 혼란이라도 일어난다면… 조정은 그들을 두고 보지 않을 것이네. 어쨌든 당금 조정의 실세는 무관이 아니라 문관들이니까."

십 년이 흘렀다. 무관들이 득세하였을 때야 그래도 강호의 생리를 알고 있는 자가 많아 그들의 행동을 묵과한 면도 적지 않았다. 오히려 이용했다 하는 편이 맞을 것이다. 십 년 전 파양호 혈사도 그런 묵인이 있었기에 가능한 일이었다. 하지만 지금은 그때와 사정이 다르다. 천하의 주인이 바뀌는 시기. 혼란은 용납하지 않을 것이다.

"…자네는 강호에 적을 두고 있으니… 미리 알려주는 것이네."

산 넘어 산이다. 역모의 조짐이 보이고 있음에도 손을 쓸 수가 없고, 천하를 혼란케 할 무리가 준동하고 있음에도, 조정에서는 그들의 존재를 무시하고 있다. 오히려 눈에 보이는 강호의 움직임을 경계하고 있다. 엉망으로 얽힌 실타래. 어디서부터 풀어야 할지 감도 오지 않았다.

"흠… 좋은 술인데… 끝 맛이 쓰군……."

언상은 답답한 목소리로 말했다.

입맛이 썼다. 술잔 속의 파랑만큼이나 그의 가슴은 쉽게 진정되지 않고 있었다.

*　　　*　　　*

패는 일찌감치 객방으로 들었다. 몸이 성치 않은 사람이라 앉아 있는 것만으로도 힘겨워하는 기색이 역력했기에, 인사를 나누는 일만도 버거워만 보였다. 보다 못한 장 의원이 강추와 함께 손수 그를 데리고 올라갔으니 혁련웅도 그리 큰 걱정은 하지 않는 눈치였다. 사람들에게 혁련웅을 소개하자 다들 적지 않게 놀라는 표정이었다. 하나 그것도 잠시일 뿐, 철웅이 그를 깍듯이 존중하는 것만큼 양청 일행도 혁련웅을

존장의 예로 대했다. 몇 마디 안부와 적절한 대화가 오갔지만, 이내 혁
련웅은 철웅과의 독대를 원했다.

"잠시 이야기 좀 하세나."

"…그러시지요."

철웅도 내심 짚이는 바가 있었기에 흔쾌히 그를 따라 일어섰다. 이
미 꽤나 시간이 늦어버렸기에, 철웅이 자리를 떠나자 양청과 그 일행도
술자리를 파하고 자신들의 방으로 하나둘 돌아가 버렸다. 객방으로 들
어선 혁련웅이 자리에 앉으며 입을 열었다.

"그래… 어디서 무얼 하며 지낸 것인가? 이 먼 곳에는 또 어쩐 일이
고?"

일단은 그의 이야기를 들어야 했다. 그가 걸어온 이야기. 마교와 척
을 지게 되었다는 이야기와 전장의 수하들과 다시 만나게 된 이야기를
먼저 듣고 난 뒤에 이야기를 꺼내는 것이 좋을 것 같았다. 철웅은 자신
이 걸어온 길을 천천히 설명하기 시작했다. 이야기를 하는 철웅조차
놀랄 정도로, 반년이라는 시간 동안 참 많은 일들이 있었다. 꽤나 긴
시간이 흐르고 나서야 철웅의 이야기는 끝을 맺었다. 의도한 것은 아
니었지만, 혁련웅은 철웅이 차마 꺼내지 못했던 이야기를 물어왔다.

"자네가 누구인지 말해 주게."

"……."

"장철웅이라는 껍질 속에 들어 있는… 진짜 자네가 누구인지…….."

혁련웅의 물음은 진실을 원하고 있었다. 현실의 어긋남에서 온 막연
한 추측이 아닌, 진실을 알고 난 후 그것에 대한 확인을 원하는 목소리
였다.

‘모든 것을 알고 계신 것인가?’

철웅은 그가 넘겨짚어 물어온 것이 아님을 느낄 수 있었다. 혁련옹의 말에는 확신이 담겨 있었다. 누군가에게 전해 들었을지도 모른다. 이미 북평에서 자신의 정체를 밝힌 전례가 있었다. 이곳에 함께한 자신의 옛 전우들도 자신의 정체를 알고 있다. 어디서 새어나간 것인지는 알 수 없지만… 혁련옹은 그것을 알고 있었다.

“그것이… 중요합니까?”

철웅이 물었다. 물론 중요했다. 혁련옹에게는 지금 이 순간 가장 중요한 일이라 단언할 수 있을 정도로 중요한 일이었다. 눈앞에 있는 이도 장철웅이었고, 객방에 잠들어 있을 이도 장철웅이었다. 호기심을 떠나… 참고 넘어갈 수 있는 문제가 아니었다. 두 사람 모두 소중하게 여기는 사람이다. 그들 사이에 일어난 일이 무엇인지… 그는 알아야 했다.

“부탁하네.”

“후우……..”

철웅은 낮게 한숨을 쉬었다. 더 이상 피할 수만은 없다는 것을 인정한 한숨이었다. 그는 자신의 이야기를 다시금 꺼내어놓았다. 자신의 의형에게 말했던 그 이야기들을… 가문의 비사와 전장에서의 일들… 지금의 장철웅이 있게 된 사연 모두를… 그의 이야기가 끝난 후에도 혁련옹은 아무 말이 없었다.

‘어디서 어긋난 것인가……..’

혁련옹은 두 사람이 전해준 기억의 조각을 맞춰보고 있었다. 두 사람의 장철웅. 그들은 분명 서로에 대해 잘 알고 있어야만 했다. 자신과 함께 온 장철웅은 그의 비밀을 지키기 위해 스스로 목숨을 버리려고까지 했었으니. 한데 이게 무엇이란 말인가? 두 사람이 얼싸안고 눈물바다라도 이룰 줄 알았건만, 정작 마주친 두 사람은 서로를 알아보지 못하고 있었다. 자신이 무엇을 잘못 생각하고 있었던 것일까? 두 사람의 이름이 같은 것이 그저 우연일 뿐이었단 말인가? 아니다. 그럴 리가 없었다. 제아무리 우연에 우연이 겹친다 하더라도 이럴 수는 없었다. 확인이 필요했다.

"자네… 장철웅… 진짜 장철웅을 아는가?"

"…물론입니다."

"잘 아는 사이였는가?"

"…저와 마지막까지 전장에 있었던 수하입니다."

"그는 어떻게 되었는가?"

혁련웅의 눈빛이 진중해졌다. 한 치의 장난이나 농도 섞이지 않은 눈빛. 철웅은 그 눈빛에 의아해하며 입을 열었다.

"…죽었습니다."

"어디서… 어떻게 죽었는가?"

혁련웅은 끊임없이 묻고 있었다. 자신이 원하는 대답을 들을 때까지 멈추지 않을 기세였다. 물론 아직 그가 원하는 대답이 나오지 않았다는 것을 철웅도 느끼고 있었다. 그리고 혁련웅이 원하는 대답이 바로 그에 관한 것이었다는 것도 느낄 수 있었다.

"칠 년 전… 호광에서의 마지막 전투를 치를 때… 마지막까지 제 등을 떠밀었던 친구였습니다. 그곳이 마지막이었지요."

"칠 년… 전?"

“예.”

혁련웅의 뇌리로 무엇인가가 스쳐 지나갔다.

“자네… 청수곡으로 돌아온 것이…….”

“작년 겨울이었습니다.”

잠시 침묵이 흘렀다. 혁련웅은 이상하다는 듯 고개를 저으며 철웅에게 다시 물었다.

“그럼… 자네는 그동안 어디에 있었는가?”

“……?”

철웅은 혁련웅의 말에 대꾸하지 않았다. 그가 말하고 있던 시간이 언제를 이야기하는 것인지 일순 감을 잡지 못한 까닭이었다. 한데…

“칠 년 전… 전장을 떠난 이후… 청수곡으로 돌아올 때까지… 어디 있었냐는 뜻이네.”

철웅은 그제야 입을 열어 대답할 수 있었다. 아니, 대답하려 했었다. 하나 벌어진 입에서는 아무런 목소리도 흘러나오지 않고 있었다. 대답을 해야 했지만… 대답할 말이 없었다.

‘기억이… 칠 년 전의 기억이… 나지 않는다?!’

철웅은 당황해하고 있었다. 마지막 전투의 핏방울 하나까지도 기억할 수 있었건만… 그 이후의 일들은 아무것도 기억할 수가 없었다. 아무것도…….

“어딜 가십니까?”

“아… 소피 좀 보려고…….”

점소이의 물음에 사내는 별일 아니라는 듯 쉽게 답했다. 객잔의 문을 열고 나오자 새벽의 서늘한 공기가 뺨을 스쳤다. 잠시 심호흡을 해본 사내가 걸음을 옮겨 객잔의 뒤로 향했다. 절뚝거리는 그의 걸음이 몹시 불안해 보였지만, 그 걸음은 멈출 기미를 보이지 않았다.

'그랬군요… 어르신은 저를 알고 계셨군요.'

묶여 있던 말에 안장을 싣는 일도 버거웠다. 가까스로 마구를 고정한 사내가 힘겹게 말 위로 몸을 실었다.

'미리 말씀하시지 그러셨습니까. 그랬다면… 이렇게 힘들게 따라오지도 않았을 터인데…….'

사내는 말을 진정시키며 조용히 마구간을 빠져나오고 있었다. 그리고 객잔에서 어느 정도 떨어진 곳에 이르자 고개를 돌려 객잔을 향했다.

'…왜 돌아오셨습니까? 그곳에서… 모든 것을 잊고 살겠다 약조하시지 않으셨습니까.'

사내, 패의 눈에는 짙은 아쉬움이 번져 나오고 있었다.

'그래도 다행입니다. 저를… 기억하지 못하셔서… 당신의 과거를… 기억하지 못하셔서… 대법은… 깨어지지 않았군요.'

패의 눈에는 의미를 알 수 없는 아련함이 흐르고 있었다. 이대로 헤어지는 것이 안타까웠지만… 그것이 최선이었다.

'…부디…….'

패는 말의 고삐를 잡아채며 말을 재촉했다. 어둠 속으로 이어진 길 위로 패의 모습이 사라지고 있었다.

"아니? 이 친구가 어디로 간 것인가?"

패가 누워 있어야 할 자리에는 아무도 없었다. 온기마저 식어버린 침상. 그의 흔적은 어디에도 남아 있지 않았다.

"아니, 무슨 일입니까?"

옆방에 있던 장 의원이 달려나왔다. 그리고 패가 사라진 침상을 보며 놀라 말했다.

"이런… 이 사람이 어딜 간 거지? 운신하기도 힘들 터인데……."

"형님, 여기 있던 사람은……."

"오장육부가 엉망으로 꼬여 있더군. 다행이 어느 정도 진정이 된 것 같기는 한데, 그래도 한 한 달은 푹 쉬며 요양을 해야 할 만큼 중한 상태야."

장 의원의 말에 철웅의 안색이 굳어졌다. 하나 혁련옹의 안색은 그런 철웅보다도 더 단단히 굳어져 있었다.

"나와 함께 왔던 패의 본명은… 장철웅이네."

"……?!"

철웅은 물론 장 의원도 놀라 혁련옹을 바라보았다.

"그는… 자신의 고향이 소화산 근처에 있던 청수곡이라고 했네."

철웅의 눈이 놀람을 넘어 경악으로 물들어 있었다. 그가 장철웅이라니…….

"자네… 정말 그를 기억하지 못하겠는가?"

"…모르겠습니다… 아무것도 기억나지… 않습니다……."

철웅은 자신의 머리를 짚으며 되뇌이고 있었다. 꿈에도 잊지 못할 얼굴들이었다. 자신을 위해 목숨을 버렸던 마흔여덟 명의 수하. 그들의 표정 하나, 목소리 한 올까지 모두 기억하고 있던 그였다. 한데…

그만은 기억이 나지 않았다. 자신이 대신해 살아왔던 그만은…….

"그를 찾아야겠네."

혁련옹이 걸음을 옮기며 객방을 나섰다. 어찌 되었든 그를 찾아야 했다. 그는 환자였다. 그것도 절대적인 안정을 필요로 하는 중환자였다. 이런 밤중에 홀로 돌아다닌다면, 안전을 장담할 수 없었다. 그가 떠난 이유도 알아야 했다. 무언가 있었다. 그 무언가를 확인하기 위해서 그를 찾아야 했다. 그의 뒤를 철웅이 따랐다. 아니, 그냥 따른 것이 아니었다.

"무슨 일입니까?"

"모두… 나오라고 해라."

소란을 느끼고 나온 양청에게 철웅이 명했다. 양청은 철웅의 명에, 서둘러 잠든 사람들을 깨웠다. 객잔의 대청으로 나온 사람들, 그들을 바라보며 철웅이 말했다.

"사람을 찾아야겠다. 혁련 노야와 함께 왔던 패라는 사람. 그를 찾는다."

철웅의 말에 사람들의 눈에서는 취기가 사라지고 있었다.

"그의 흔적을 찾아라."

아무런 물음도 없었다. 사람들은 한마디 말도 없이 객잔 밖으로 향했다. 그 모습을 바라보던 혁련옹이 입을 열었다.

"자신감 넘치는 눈빛들이군."

"…제 수하들이니까요."

혁련옹과 철웅도 객잔 밖으로 향했다. 아홉 개의 움직임이 객잔 주위를 서성이고 있었다. 그리고 얼마간의 시간이 흐른 후 그들이 돌아왔다.

"사라진 말은 한 필. 떠난 지는 반 시진 정도 지났습니다."

마구간에서 나온 둥상사가 말했다.

"방향은 동북. 혼자입니다."

일성은 객잔 앞에 나 있던 수많은 발자국들 속에서 그의 흔적을 찾아냈다.

"말의 방향이 올곧지 못하네. 아마 멀리 가지는 못했을 겁니다. 지금쯤이면… 저 산등성이 정도?"

곽부가 가리킨 곳에는 제법 구릉진 야산들이 버티고 서 있었다. 패는 관도를 버리고 산으로 숨어들었다. 그들이 자신을 찾을 거라는 것을 짐작했다는 듯.

"…좋아. 그를 찾는다."

철웅의 입에서 낮은 명이 떨어졌다. 객잔의 앞으로 열한 필의 말이 이끌려 나왔다. 말에 탄 수하들에게 철웅이 명했다.

"…산개한다. 이곳을 중심으로 십방으로 나눈다. 최대한 서둘러 그를 찾는다."

"허, 이렇게 서두르는 걸 보니 중요한 사람인갑네요?"

곽부가 농이랍시고 한마디 건넸지만, 철웅은 그 말에 답하지 않고 힘차게 말 등을 걷어찼다. 열한 필의 말이 사방으로 흩어져 나갔다. 혁련웅과 철웅은 야산의 중앙으로 말을 몰고 있었다. 철웅이 스친 바람에는 그가 차마 대답치 못한 말이 실려 흩날리고 있었다.

"…나도… 그가 내가 생각하는 것만큼 중요한 사람이길 바란다……."

*　　　*　　　*

말을 타고 산비탈을 오르는 일은 결코 쉬운 일이 아니다. 운신할 기력도 없는 사람이 말을 몰고 있다면 더욱더.

"허억… 허억……."

말의 지친 투레질 소리보다 마상의 사내가 내뿜는 거친 숨소리가 더욱 크게 들리는 듯했다. 근 반 시진 가까이 말을 몰아 덤불진 야산에 도착할 수 있었다. 마음 같아서는 이대로 야산을 타 넘어가고 싶었지만, 패는 그것이 불가능하다는 사실을 잘 알고 있었다.

'일단… 쉬어야겠다.'

때마침 야산의 중턱에 있던 작은 공터가 눈에 보였다. 패는 힘겹게 말을 몰아 그곳으로 향했다. 말에서 떨어지듯 내려온 패는 말고삐를 손에 쥔 채 바닥에 주저앉고 말았다. 성하지 않은 몸으로 반 시진을 달려왔으니, 뒤엉켰던 장기가 멀쩡할 리 없었다. 진탕된 내부를 다스리고자 가부좌를 틀었지만, 다리를 모으고 앉아 있는 것에도 적지 않은 고통이 따라왔다.

'잠시만… 아주 잠시만 쉬자.'

조만간 자신의 뒤를 쫓을 것이다. 오래 쉬고 있을 틈이 없었다.

'차라리… 이대로 눈감는다면…….'

패는 조용히 눈을 감았다. 우연이라 말하기엔 너무나 할 말이 많은 만남이었다. 결코 이곳에 있어선 안 되는 사람. 결코 만나선 안 되는 사람. 그 사람이 이곳에 있었고, 기어코 만나고야 말았다. 대법은 깨졌다. 영원히 지속되리라 여기진 않았지만, 칠 년도 못 버틸 줄은 꿈에도 몰랐다.

'인연이라고 하기엔… 너무나 모질군요. 저에게나… 당신에게나…….'

패는 감았던 눈을 떴다. 촌각에 불과한 휴식이었지만, 이것도 그에겐 과분한 시간이었다. 말의 고삐를 잡고 몸을 일으켜 세웠다. 말 위로 오르는 것이 여간 버거운 것이 아니었지만, 고통 따위로 투정 부리고 있을 시간이 없었다. 하나 그는 떠나지 못했다.

"…서라."

패의 몸이 작살이라도 맞은 듯 크게 움찔거렸다. 철웅의 목소리는… 그에게 작살보다도 더한 충격으로 다가와 있었다.

'어… 어느 틈에…….'

패의 눈은 놀람으로 크게 떠져 있었다. 반 시진이란 시간은 쉽게 좁히기 힘든 시간이었다. 고작 반 각도 채 소비하지 않았건만…….

"그대는… 누구인가?"

철웅의 목소리에는 고저가 없었다. 노한 것 같기도 하고, 당혹스러워하는 것 같기도 하고… 그의 감정이 평안치 못하다는 것만이 패가 느낄 수 있는 전부였다.

"어찌… 장철웅이란 이름을 가지고 있는가?"

패의 눈이 감겼다. 역시… 그는 자신을 기억하지 못한다. 기억하지 못하는 정도가 아니라, 자신이 죽었음을 굳게 믿고 있다. 오히려… 잘된 일이었다.

“나는… 장철웅이 아니오.”

“……?!”

철웅의 두 눈에 작은 요동이 일었다. 장철웅이 아니라고 했다. 그럼 혁련 노야가 들려준 이야기는 무엇이란 말인가?

“그대는… 누구인가…….”

철웅이 다시 물었다. 지금의 목소리에는 조금 더 분명한 감정이 실려 있었다. 혼란스러움. 패는 그것을 이용하기로 마음먹었다.

“나는… 백련교도. 혁련옹을 쫓는 자.”

말을 마친 패의 입가에 작은 미소가 걸렸다. 자신의 살갗으로 전해지는 기운의 파장. 그의 노한 모습이 눈에 선했다.

“혁련 노야께… 거짓을 고했던 것인가?”

“필요에 의했던 것일 뿐. 이제는… 필요없는 이름이오.”

패는 돌아서지 않았다. 철웅이 나타난 그 순간부터 지금까지, 그는 고개조차 돌리질 않았다. 이제는 그럴 수도 없었다. 안도하는 모습을… 보여줄 순 없었다.

“…그를… 어찌 알았는가?”

“나는 명을 수행했을 뿐, 그에 대해서는 모르는 일이오.”

“…모든 것이… 거짓이었나?”

“…모든 것이… 거짓이었소.”

이제 되었다. 등 뒤로 느껴지는 기세에 살갗이 따가울 정도다. 이 정도 살기라면… 명을 재촉하는 데 충분했다.

“혁련옹에게는 고마웠다고 전해주시오. 그리고… 나를 살린 것이, 멍청한 일이었다는 것도…….”

“이노~옴!”

패는 등 뒤로 다가오는 죽음이 이토록 반가울 수 있다는 사실에 놀랐다. 그리고 이렇게 죽을 수 있게 된 것에 감사하고 있었다.

'제가 죽어야… 당신이 삽니다…….'

패의 두 눈에 작은 이슬이 맺히고 있었다. 죽음을 반기는… 기쁨의 눈물이…….

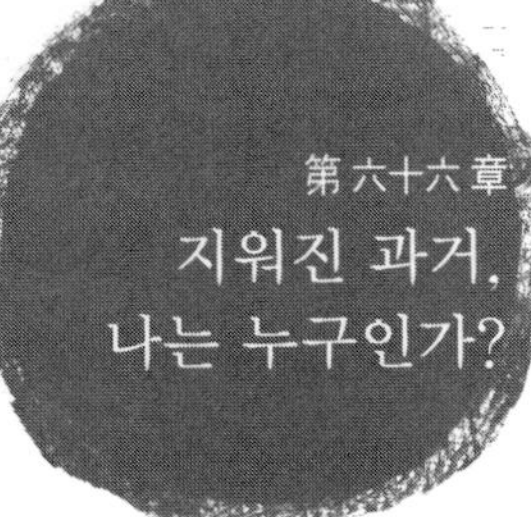

第六十六章
지워진 과거,
나는 누구인가?

지워진 과거, 나는 누구인가?

"돌아가세."

무현 진인이 묵직한 입을 열었다. 그의 기분이 어떠한지는 상현 진인도 잘 알고 있었다. 자신도 마음이 이리 편치 않은데, 강골 중에 강골인 자신의 사형이야 오죽하겠는가.

"저런 자들을 동도라고 믿고 있었다니… 허, 증거를 찾아내지 못하면 어찌하냐고? 무림첩의 권위? 머리 속에 똥만 가득 찬 놈들 같으니라고……."

"사형……."

보다 못한 상현 진인이 입을 열었다. 제자들이 기다리고 있는 곳에 가까워지고 있었다. 이런 모습을 보여주는 것은 아무런 도움이 되지 않았다.

"다녀오셨습니까."

무현 진인과 상현 진인이 들어서자 기다리고 있던 제자들이 일어나 인사를 올렸다. 무현 진인은 그들의 인사를 받지도 않은 채 탁자로 가 털썩 주저앉아 버렸다. 상현 진인은 손짓으로 제자들을 앉힌 뒤 무현 진인에게 다가갔다.

"노여움을 푸십시오. 이런 상황은 어느 정도 예상했던 것 아닙니까?"

"자네 말이 맞네, 어느 정도. 한데 이게 어느 정도인가? 세상에, 마교의 꼬리가 곳곳에 밟히고 있는데, 무림첩 발동에 찬성하는 문파가 단 네 곳뿐이네, 단 네 곳! 아미파의 할망구까지 저렇게 몸을 사릴 줄은 상상도 못했네."

무현 진인은 배신감을 느끼고 있는 듯 보였다. 그 모습을 바라보던 제자들 역시 그의 거친 언행 속에서 함께 노기를 느끼고 있었다.

"하면, 무림첩은 발동되지 못하는 것입니까?"

잠시 생각에 잠겨 있던 운허자가 입을 열었다. 그래도 함께 온 제자들 중 가장 배분이 높은 그였기에, 상황에 대한 정확한 인식을 위해서 나서야만 했다.

"그렇게 되었다. 점창과 청성에서 반대했고, 아미파가 중립을 지켰다. 만장일치가 아니면 안 되는 무림첩이니……."

"중립은 무슨, 제 손 더럽히기 싫다 이거지. 냄새나는 비구니들……."

무현 진인이 화가 나도 단단히 난 모양이었다. 평소 이렇게까지 막말을 할 사람은 아니었는데…….

“…그럼, 소림의 행보만 남은 셈이군요.”

“음?”

운허자의 말에 무현 진인이 무슨 말이냐는 듯 고개를 돌렸다. 상현 진인과 다른 제자들 역시 무현 진인의 표정과 별반 다르지 않았다.

“무림첩을 발동시킬 수 없게 되었다 해도, 이대로 방관만 하지는 않을 것입니다. 그래서도 안 되고요. 문제는 소림과 무당, 저희 화산이 그들과 입장이 다르다는 것입니다. 그들은 멀리 있고, 저희는 가까이에 있지요.”

맞는 말이었다. 지리적으로 보았을 때, 사천에 있는 청성이나 아미, 운남에 있는 점창의 경우 마교의 마수에서 한발 벗어나 있다고 봐도 과언이 아니었다. 공동이나 곤륜, 해남파는 말할 것도 없고. 결국 남는 것은…….

“우리끼리라도 뭉쳐야 합니다. 그리고 그 중심은… 소림이 맡는 것이 제격입니다.”

“음… 꼭 소림이 나설 필요는…….”

무현 진인이 조금 떨떠름한 표정으로 입을 열었다. 하나 운허자는 고개를 저었다.

“아닙니다. 마교가 발호한다면 그 위력은 상상할 수도 없을 것입니다. 소림이 방패가 되어주고, 저희가 그 뒤를 받쳐 주어야 합니다. 소림이 아니라면 어렵습니다.”

‘선봉을 맞는다 해도 후일을 도모하려면 무리한 희생을 강요할 필요는 없습니다.’

운허자는 뒷말을 삼켰다. 처음 마교와 격돌하게 될 문파는 분명 상처를 입게 된다. 아마 쉽게 치유하기 힘든 상처가 될 것이다. 치명적인 상처가 될 수도 있다. 명분을 위해 위험을 감수할 필요는 없다. 화산은 선봉이라는 명분만으로 충분하다.

"소림이 어떻게 나올 것 같으냐?"

상현 진인이 운허자에게 물었다. 그의 명석한 두뇌에 기대를 거는 것 같았다. 그의 사부인 목현 진인에게 그러하듯.

"우선은 무림첩 발동을 꺼려하는 문파를 회유하려 하겠지요. 그리고 다른 문파들에게 도움을 요청할 것입니다. 그 다음은……."

"그 다음은?"

"…그들을 찾기 위해 움직일 겁니다. 먼저 검을 휘두르는 쪽이 유리하다는 것은, 그들도 잘 알고 있을 테니까요."

무현 진인은 운허자의 말에 고개를 끄덕이지 않을 수 없었다. 상현 진인 역시 그의 말에 동감했지만, 그렇다고 고개만 끄덕이고 있을 수는 없었다.

"잠시 다녀와야겠습니다."

"어딜 가려고?"

생각에 잠겨 있던 무현 진인이 자리에서 일어서던 상현 진인을 붙잡았다.

"소림이 어떤 식으로 일을 처리할 것인지 더 알아봐야 할 것 같습니다. 너는 나를 따라오너라."

무현 진인은 상현 진인의 뒷모습을 바라보다 다시 생각에 잠겼다. 그의 뒤를 따라나선 여제자의 모습까지는 신경 쓸 겨를이 없었다.

"혜원 대사를 만나려 가시는데 저는 왜……?"

상현 진인의 뒤를 따르던 여인이 입을 열었다. 상현 진인은 그런 여인을 바라보며 미소를 지어 보였다.

"허허, 네 낭군 소식을 들으러 가는데… 왜? 가기 싫으냐?"

"예?"

걸음을 따라 흔들리던 면사 속에서 조금 놀란 듯한 목소리가 흘러나왔다.

"허허, 아까 방장실을 나설 때, 혜원 대사께서 잠시 후에 보자는 전음을 보내셨다. 북평에서 전갈이 왔으니 사람들의 이목을 피해 만나자고……."

"아……."

상현 진인의 뒤를 따르던 발걸음이 가벼워진 듯 보였다.

'가가…….'

재희는 저도 모르게 지어진 입가의 미소를 깨닫지 못하고 있었다. 가슴 어림에 걸려 있던 옥패를 만지는 것이 습관이 되어버린 것처럼, 그를 생각할 때마다 미소가 지어지는 것도, 스스로 깨닫지 못할 습관이 되어버렸다.

그들의 발걸음은 서늘한 북쪽의 바람이 불어오고 있던 죽림으로 향하고 있었다. 그리고 그곳에 먼저 자리하고 있던 혜원 대사가 반가이 그들을 맞이했다.

"아미타불. 어서 오십시오."

"무량수불……."

혜원 대사와 상현 진인이 반갑게 다시 인사를 나누었다. 상현 진인의 한 걸음 옆에 서 있던 재희가 다소곳이 고개를 숙여 인사를 올렸다.
혜원 대사 역시 공손한 자세로 불호를 외며 그녀를 맞이했다.

"오랜만에 뵙는군요, 재희 시주."

"예."

가볍게 인사를 나눈 세 사람은 천천히 죽림 안으로 걸음을 옮겼다.
죽림 안에는 때 아닌 비질 소리가 울려 퍼지고 있었다.

"허허, 오늘따라 죽림의 비질 소리가 요란도 하군요. 오랜만에 찾아
온 여시주 때문인가?"

혜원 대사의 농에 상현 진인은 조금 놀란 듯한 눈으로 그를 바라보
았다. 하나 자애스러운 표정의 노승에게서는, 한 점의 사심도 읽을 수
가 없었다.

"허허, 설마 했는데, 소림의 비지라 해서 네 미모가 빛을 바래지는
않는 모양이구나. 허허허."

상현 진인이 웃으며 혜원 대사의 농에 맞장구를 쳤다. 짓궂은 노인
들의 농에 재희의 얼굴이 붉어졌지만, 재희에게서는 일말의 불쾌함도
찾아볼 수가 없었다.

"그래, 이 여시주가 철웅 그 친구의 배필이라면서요?"

"허허, 이것 참, 말씀드리기 송구스럽지만, 조사동에서 언약을 맺은
모양입니다. 어찌 보면 소림에서 매파를 한 것이라 볼 수도 있지요."

"허허, 그래요? 이거 어깨가 무거워졌습니다."

두 사람의 농은 쉽사리 끝날 것처럼 보이지 않았다. 하지만 소림의
방장과 사문의 장로가 나누는 이야기에 함부로 나설 수도 없었기에, 재
희는 그저 붉어진 얼굴을 숨기는 데 급급한 모습이었다.

"허허, 이제 그만 합시다. 이러다 재희 시주가 죽림 밖으로 달아나 버리겠습니다."

"허허, 그럴 리가요. 멀리 북평에서 낭군의 소식이 왔는데, 그 소식을 듣기 전까지는 절대 이곳을 벗어나지 못할 거라 장담하지요."

재희는 고개도 들지 못한 채 어쩔 줄 몰라 하고 있었다. 두 노인은 그 모습에 껄껄 웃고는, 그제야 북평에서 온 소식을 이야기하기 시작했다. 두 사람의 얼굴에 어려 있던 장난기도 함께 날아가 버렸다.

"너무 많은 사람이 다쳤습니다. 특히나 철웅 그 친구의 일행이 변을 당한 것이 못내 가슴이 아픕니다."

"허… 모든 것이 하늘의 뜻이겠지요."

고산덕은 하남에 돌아오자마자 소림을 찾았다. 그리고 혜원 대사에게 그간의 일을 설명하고 조심스레 소림을 빠져나간 상태였다. 그것이 불과 반 시진 전의 일이었다.

"일단, 일삼이란 사람의 유해는 소림에서 맡기로 했습니다."

"그래 주신다면 철웅 그 친구도 가슴의 한이 조금은 덜어질 것입니다."

소림에서 직접 일삼의 염을 해준다면야 상현 진인으로서도 반길 일이었다.

"정녕 큰 사단이 날 뻔했습니다. 설마 그자가 가짜였을 줄은……."

"산덕이의 이야기로는 철웅 그 친구가 아니었다면 영영 그 누명을 벗지 못하고 북평에서 모두 봉변을 당했을 것이라 하더이다. 여러 가지로 큰 신세를 졌습니다."

혜원 대사와 상현 진인의 대화가 이어질수록, 재희는 감사하고 또 감사했다. 무사하다는 소식만 들어도 감사할 텐데, 큰 무용을 과시하고, 여러 사람들에게 은혜를 주었다 한다. 그런 사람이 자신의 정인이니 그 기쁜 마음을 무엇으로 다 표현할까.

'다행입니다… 정녕 다행입니다. 부디… 무사히 돌아오시기를…….'

재희의 마음속은 낭군의 무사 귀환을 바라는 염으로 가득 차 있었다. 하나 재희가 애틋한 마음으로 그를 바라고 있던 그 순간, 그는 어느 이름 모를 야산에서 검을 들어야만 했다.

*　　　*　　　*

피가 흐르고 있었다. 철웅의 검을 타고 내린 피가 바닥으로 떨어져 내리고 있었고, 그 피를 머금은 이름 모를 풀들은 피 냄새에 진저리를 치며 고개를 흔들고 있었다. 검을 들고 서 있던 철웅은 미동조차 하지 않고 있었다. 바닥에 쓰러진 패가 움직이지 않고 있는 것처럼. 차가운 바람이 날카롭게 스치고 있었지만, 모든 움직임을 정지시킨 그들을 밀어내기에는 턱없이 모자라만 보였다. 오히려 날아든 바람을 밀어내며 굳게 닫혀 있던 철웅의 입이 천천히 열렸다.

"무엇… 때문이었나?"

아무도 대답하지 않았다. 놀라 달아나던 바람도 대답이 없었고, 진저리 치던 풀들도 대답이 없었다.

"왜… 죽으려고 했나?"

그의 주변 그 어디에서도 대답은 들리지 않았다. 공허한 물음처럼 보였지만, 그는 질문을 멈추질 않았다.

"왜, 달아나려 했는가? …도대체… 그대는 누구인가?"

죽은 듯 누워 있던 패의 몸이 조금씩 움직이고 있었다. 그는 죽지 않았다.

"…너는 누구란 말이냐?"

나무에 기대 조금씩 몸을 일으킨 패가 등을 기대고 앉았다. 고개를 숙인 채. 시선도 들지 못한 채.

"…네게서 느껴지는… 이 슬픔이… 대체 무엇이란 말이냐?"

울고 있었다. 철웅의 눈에서 눈물이 흘러내리고 있었다. 그 눈물이 얼마나 진하였는지, 핏방울에도 진저리를 치던 풀잎조차 그 눈물 앞에선 감히 요동치 못했다.

"…난… 너를 알고 있다. 하지만 너를 모른다……."

모순된 말. 하지만 그 말에 담긴 뜻은 패의 가슴을 내려치고 있었다.

'그냥 죽이지 그러셨습니까. 그랬더라면…….'

스스로 목숨을 끊고 싶었다. 한 올의 진기만 끌어올릴 수 있었다면, 옆에 있던 돌덩이 하나 들 힘만 있었다면…….

"…너도 나를 알고 있다… 느낄 수 있다……."

패는 눈을 감아버렸다. 그의 눈을 보면서까지 자신의 거짓을 숨길 자신이 없었다.

"…너를 죽일 수가 없었다……."

패의 입가에 작은 미소가 번졌다. 그때도 그랬다. 그는… 자신을 죽이지 못했다.

"…넌… 누구란 말이냐……."

철웅은 검을 떨어뜨렸다. 찢어질 듯 아파오는 가슴에, 검을 들 힘조차 모두 잃어버린 듯했다. 철웅이 한 걸음 내디뎠다.

"오지… 마십시오."

철웅의 걸음이 멈췄다. 하나 이내 또 한 걸음을 내딛고 있었다.

"…가까이 오지 마십시오."

또 한 걸음.

"제발… 가까이 오지 마십시오."

철웅은 귀를 닫았다. 가야만 했다. 그의 얼굴을… 다시 한 번 보아야 했다. 그래서 걸음을 내디뎠다.

"…장철웅으로 살아가십시오. 제발… 과거로 다가서지 마십시오."

철웅의 걸음이 다시금 멈추어 섰다.

"네가… 나의 과거를 알고 있는가?"

"나는… 당신의 과거이고… 진실입니다."

철웅의 눈에서 흐르던 눈물은 이미 멎어 있었다. 과거… 진실… 눈물을 흘리며 맞이할 수 없는 것들. 두려운 마음이 이는 것들…….

"나의… 과거와… 진실?"

"지워진 과거이고… 지워진 진실입니다……."

철웅은 진정 두려워졌다. 한 걸음만 더 내딛는다면 사내의 팔을 붙잡을 수 있었지만, 그곳으로 내딛는 그 한 걸음이 너무나 두려웠다.

"…당신을 위해 지워진 진실입니다. 당신이 원해서 지워진 진실입니다……."

철웅은 아무 말도 하지 못했다. 자신을 위해, 자신이 원해서 지워진 진실. 철웅은 위험을 느끼고 있었다. 진실이 가진 위험을…….

‘내가 모르는 진실… 내가 원해서 지워진 진실…….’

바람이 그를 밀어내고 있었다. 다가서지 말라 경고하고 있었다. 그도 물러서고 싶었다. 두려움이란 감정이 낯설긴 했지만, 그것을 무시하기엔 마음속의 떨림이 멈추질 않았다. 하나 그는 물러서지 않았다.

‘순응하며 살기로 했다. 천리를 따르기로 마음먹었다. 내 사부님과 그렇게 약속했다. 하나 내가 나를 잊은 채로 그 길을 걸을 수가 있을까? 내가… 나를 부정한 채로?

과거를, 진실을 지웠다고 했다. 그 누구도 아닌 자신이 원했기 때문에.

‘과거… 진실… 그 모든 것이 내 삶의 일부. 내가 살아온 삶을 부정한 채로 떳떳이 천리를 따를 수 있다 말하려는 것인가?

철웅은 아무 말이 없었다. 고개 숙이고 있던 자신의 진실 앞에서, 그 한 걸음 앞에서 움직일 줄을 몰랐다. 그는 선택해야만 했다. 나아갈 것인가, 돌아설 것인가… 그리고 그는 선택했다.

“…나는… 누구인가?”

패의 눈이 찢어질 듯 크게 떠졌다. 패는 그를 바라보았고, 그 역시 패를 바라보고 있었다. 패가 바라본 그의 눈빛. 두려움을 피하지 않은 그의 두 눈은… 진실을 원하고 있었다. 그의 기억 속에서 지워진 한 조각의 진실을……

“칠 년 전의 기억만 빼곤… 모두 기억하셨군요.”

이 말이 마지막이었다. 철웅과 함께 객잔으로 돌아온 패는 그 말을 끝으로 깊은 잠에 빠져들었다. 그는 철웅의 이야기를 듣고 싶다고 했다. 그가 기억하고 있는 것들, 그가 살아온 이야기를 듣고 싶다고 했다. 철웅은 자신이 기억하고 있는 모든 것을 말해 주었다. 잠든 패에게서는 칠 년 전의 기억을 제외하곤 모두 기억했다는 말을 들은 것이 전부였다.

패를 바라보던 철웅이 힘겹게 고개를 저으며 자리에서 일어섰다. 성치 않은 몸으로 말을 달렸다. 심신이 극도로 불안한 상태. 죽지 않은 것이 다행이란다. 장 의원이 철웅을 말리고 나섰다. 일단 사람이 살고 봐야 하지 않겠는가? 의형의 말이 아니었더라도 차마 그를 깨울 수는 없었을 것이다. 자제하였다고는 하나, 어찌 되었든 그의 어깨에 일검을 날린 자신이 아니던가. 길고 길었던 밤이 하얗게 변하고 있었지만, 고개를 파묻고 있던 철웅은 움직일 줄 몰랐다.

"그는 어떻소?"

"다행히 위험한 고비는 넘겼습니다. 어깨에 입은 상처도 그리 깊지는 않고……."

혁련웅의 물음에 패의 방에서 나오던 장 의원이 답했다. 나름대로 철웅을 위한다고 한 말이었지만, 혁련웅의 얼굴에 떠오른 수심은 깊어만 갔다. 평범한 사람에게는 우스울지도 모르는 상처이지만, 기식이 엄한 사람에게는 생사를 가를 수도 있는 상처다. 혁련웅이 그것을 모를 리 없었다. 혁련웅의 수심은 철웅이 왜 그러한 상처를 남겼느냐 하는 것이다.

'두 사람 모두 입을 다물고 있으니, 그들 사이에 무슨 일이 있었는지

알 도리가 없구나……'

철웅과 패. 두 사람은 약속이라도 한 듯 입을 다물어 버렸다. 철웅의 일행도 객방에 틀어박혀 있거나 객잔 주위를 어슬렁거릴 뿐, 이렇다 할 행동을 자제하고 있었다. 마치 명령을 기다리는 병사들처럼.

'후… 아무래도 안 되겠다.'

혁련옹은 자리에서 일어나 객방으로 걸음을 옮겼다. 사흘째 침묵을 지키고 있는 철웅과 사흘 만에 깨어난 패. 혁련옹의 발걸음은 패에게 향하고 있었다.

"몸은 좀 어떠한가?"

"…많이 좋아졌습니다."

패의 얼굴은 수척해져 있었다. 사흘간 물과 미음만 마신 탓도 있겠지만, 그보다는 마음이 평온치 못해 그러한 것이라는 것을 혁련옹도 짐작할 수 있었다.

"후우… 그날 무슨 일이 있었는지 물어봐도… 자네 역시 대답하지 않겠지?"

"……."

차라리 대답하지 않겠다라고 말했다면, 꼬투리라도 잡아 이야기를 걸어보겠건만, 이 답답한 친구는 대답은커녕 표정의 변화조차 일지 않고 있었다. 말을 꺼내기가 힘들어졌다. 하나 이대로 뒤돌아설 수는 없었다.

"자네가 나에게 보여주었던 것… 주작홍기라는 것 말이야……."

"……?!"

천만다행이었다. 이야기의 시작으로 주작홍기를 고른 것은 정말 천만다행스러운 일이었다. 패의 얼굴에 변화라고 할 만한 것이 일었으니.

"…역시 주작홍기가 맞았군. 실은… 철웅… 이거, 나도 헛갈리는군. 누구를 철웅이라고 불러야 하지?"

"저는 패입니다. 철웅이라는 이름은… 그분의 것이지요."

패가 너무나 덤덤히 입을 열었다. 너무 덤덤해서 오히려 씁쓸한 여운이 남긴 했지만.

"그래, 철웅 그 친구도… 자네가 찾는 그 주작홍기라는 물건을 찾는 모양이야."

반응이 조금 더 강렬해졌다. 무의식적인 반응이었지만, 패의 전신이 조금 굳어졌음을 혁련웅은 느낄 수 있었다. 분명한 긴장의 징후였다.

"자네가 속한 곳… 아마 백련교겠지?"

혁련웅은 마음 한편이 놓였다. 자신이 생각했던 그림들이 그 윤곽을 잡아가고 있었고, 패가 보여주는 반응들이 그 윤곽들을 뚜렷이 만들고 있었다. 이제는 확인만이 남았다.

"백련교에서… 철웅에게 주작홍기를 찾아오라고 한 모양이야."

"그… 그럴 리가?"

그럴 리가 없었다. 그의 정체를 알고 있는 사람은 천하에 오직 자신뿐이다. 그들이 철웅의 존재를 어찌 알았기에……

"철웅도 어쩔 수 없었겠지. 친딸처럼 아끼던 아이가… 볼모로 잡혀 있으니……"

혁련웅은 철웅과 장 의원이 말해 준 현실의 조각들을 꿰어가고 있었다. 낱알들만으로는 그 형체를 알 수 없었지만, 패라는 실로 꿰어낼 수만 있다면…….

"철웅은 주작홍기를 찾고 있네. 자네가 찾고 있던 바로 그 물건을…
그것만이 소소라는 한 불쌍한 아이를 구할 수 있는 길."

"……."

누굴까? 철웅에게 접근한 자가 과연 누구일까? 우사? 아니다. 우사
가 총단 밖으로 걸음하지 않은 것이 벌써 수년째다. 소교주? 소교주는
주작홍기의 정체를 아직 모른다. 주작기의 부재도 모를뿐더러 그 실물
을 본 적이 없다. 그렇다면 오직 한 사람만이 남는다.

"좌사……."

나직한 목소리. 혁련웅은 그의 목소리를 놓치지 않았다.

"역시… 자네는 알고 있었구먼."

"…몰랐습니다."

"그럼, 좌사라는 것은?"

"…그 아이, 볼모로 잡혔다는 그 아이. 그분께… 소중한 아이입니
까?"

엉뚱한 물음이었지만, 그것이 매우 중요한 물음이라는 것을 느낄 수
있었다. 그렇다고 거짓을 말할 필요는 없었다. 진실을 말해 주는 것으
로 충분했다.

"…그 아이는 말을 하지 못하네. 철웅 그 친구는… 그것을 자신의
책임으로 생각하고 있지."

소중하다? 그것은 혁련웅도 모른다. 철웅의 마음속을 들여다볼 재간
은 없으니, 그가 소소를 소중히 여기는지, 짐으로 여기는지는 알 수가
없다. 하나 한 가지만은 확실했다. 그는 소소에 대해 크나큰 책임을 느

끼고 있다. 패가 철웅을 잘 알고 있다면… 그것이 무엇을 뜻하는 것인
지 알 수 있을 것이다.

"반드시… 되찾아야 하는 아이군요."

역시 패는 그를 잘 알고 있었다.

"그분을… 만나봐야겠습니다."

그는 그를 잘 알고 있었다. 그에게 무엇이 필요한지도 잘 알고 있었
다. 도박이었다. 모든 것을 송두리째 뒤흔들지도 모르는 도박. 철웅의
인생뿐 아니라, 백련이라는 이름마저도 뒤흔들어 버릴 수 있는 그런 도
박을. 그리고 그 모든 결정은… 철웅의 몫이었다.

*　　　*　　　*

점창파와 청성파의 인물들이 먼저 자파로 돌아갔다. 만에 하나 마교
가 발호한다면 반드시 한 팔 거들겠노라 약속하고. 며칠 후 아미파 인
물들이 소림을 떠났다. 그 만에 하나를 준비하겠다는 말을 남기고. 소
림에 남은 인물들은 화산과 무당, 종남, 개방의 인물들뿐이었다. 끝내
곤륜과 공동, 해남파의 인물들은 찾아오지 않았다.

"어렵게 되었군요."

"아미타불. 예상치 못했던 일이지만, 예상했어야 했을 부분입니다.
다 빈승이 모자란 탓이지요."

혜원 대사의 말에 사람들의 안색이 어두워졌다. 무현 진인도 제자들
과 함께 화산으로 돌아갔다. 하나 그는 다른 이들과는 다른 말을 남기
고 떠났다.

‘…화산의 힘만으로는 부족합니다. 속가무문들에게 도움을 요청해 야겠습니다. 최대한 빨리 돌아오지요.’

그는 준비를 위해 떠났다. 구파일방 중 다섯이 빠졌으니, 그 공백을 메우려면 서둘러야 했다. 그것이 가능할지는 모르는 일이었지만.

“일단 마교의 힘이 얼마만큼인지를 알아야 합니다.”

“개방의 모든 방도들에게 명을 내렸습니다. 조만간 어떤 식으로든 꼬리를 밟을 수 있을 것입니다.”

혜원 대사의 말에 개방의 용두방주 나천풍이 걱정 말라는 듯 답했 다. 하나 혜원 대사의 노안은 쉽게 밝아지지 않았다. 개방의 정보력을 믿지 못하는 것은 아니었지만, 십 년간 철저히 자신들의 종적을 숨겨온 자들. 그들을 찾는 일이 결코 수월하지는 않을 것이다.

“어떤 식으로든 마각을 드러낼 것입니다. 요 몇 달간 그들이 공공연 히 자신들의 정체를 드러낸 것에는 그만한 자신감이 있기 때문. 그들 이 어떤 식으로 움직이게 될지, 그것이 관건입니다.”

무당파 현양 도장의 말에 모두 고개를 끄덕였다. 하나 그들이 움직 이고 난 후에는 너무 늦는다. 그것을 알기에 이토록 그들의 종적을 찾 는 일을 서두른 것이고.

“관부에 알려 도움을 요청하는 것은 어떨지요? 어찌 되었거나 그들 은 국법으로 금하는 종교를 따르는 자들. 관부에서도 백련교도라 하면 그냥 좌시하지는 않을 것입니다.”

종남파 현우단 장로가 꺼낸 말이었지만, 그의 의견은 채 하루가 지 나지 않아 사람들의 뇌리에서 잊혀지고 말았다. 소림을 방문한 언상으 로 인해.

“아미타불. 혜원입니다.”

“언상입니다.”

방장으로 든 언상은 평범한 옷차림이었다. 혜원 대사와의 인사에도 자신의 직책을 말하지 않았다. 관원이 아닌 강호인으로 소림을 찾았다는 간결하고도, 확실한 의지의 표명이었다.

“권절 언상 대협께서 이곳 소림에는 무슨 일로 찾아오셨는지…….”

“소림에 각 파의 분들이 모여 계시다는 전갈을 듣고 찾아왔습니다.”

전갈을 보낸 이가 없으니 전갈을 받고 온 것이 아닐 것이다. 하나 그를 박대할 수만은 없는 일. 혜원 대사는 언상의 청에 따라 각 파에서 온 사람들과의 자리를 주선해 주었다. 어찌 되었든 그는 독보십절의 일 인인 권절이었으니까.

“조정은 강호를 예의 주시하고 있습니다.”

언상의 말에 사람들의 인상이 밝아졌다. 관부의 힘을 빌리자 말했던 현우단의 표정은 뿌듯한 기운마저 어려 있었다. 하지만,

“구파일방. 강호에 있는 거대 문파들의 움직임이 그들의 심기를 자극하고 있습니다.”

“그게 무슨……?”

“음… 사실 저도 북평에 있었습니다.”

북평에 있었다는 말은 많은 의미를 담고 있었다.

“대호표국의 일을 말씀하시는 거군요.”

“그렇습니다.”

대화가 훨씬 쉬워졌다. 아니, 훨씬 어려워졌다. 그가 그들의 일을 알고 있다면, 마교의 이름을 듣지 못했을 리가 없었다. 그럼에도 자신들

에게 경고하고 있음은…….

"조정에서는 이미 백련이라는 이름을 잊어버린 지 오래입니다. 오히려 요즘같이 어수선한 정국에 강호의 문파들이 공공연한 움직임을 가지고 있다는 것을 불편하게 여기고 있습니다."

"하나 그 이야기는 조정의 인물들도 마교, 백련교에 관한 이야기를 알고 있다는 이야기가 아닙니까?"

상현 진인의 의문에 언상이 고개를 저었다.

"그들은… 백련교의 준동을 모르고 있습니다."

언상은 그들이 모르고 있던 몇 가지 사실을 알려주었다. 북평에서의 일에 대한 함구령이 내려진 것. 조정에서는 아직도 북평에서 일어난 사단을 모르고 있다. 조정으로 올라가는 상소의 대부분이 구파일방에 대한 것이라는 것. 눈에 띄는 움직임은 시선을 끈다. 그들이 힘을 가지고 있는 자들이고, 황위 계승과 관련해 정국이 어수선한 시점에서는 더욱더. 구파일방은 조정의 의심스러운 눈총을 받고 있었다.

"그… 그런 어처구니없는… 아니, 그럼, 우리가 역모라도 꾸미고 있다는 말입니까?"

현우단의 말에 언상은 가볍게 고개를 끄덕여 주었다. 사실 여부를 떠나 그들은 그렇게 바라보고 있었으니.

"갈수록 태산이라더니……."

평소 말이 없던 무당의 현진 도장마저 한마디 하지 않을 수 없었다. 천하의 안녕을 위한다는 대의 하나로 모인 자신들인데, 오히려 역적의 무리로 오인받고 있었다니……

"그리고 지금부터 제가 하는 이야기는 절대 외부로 발설하지 마시기

바랍니다."

좌중의 확답을 듣고 나서야 언상은 입을 열었다. 이어진 이야기는 그러한 확답이 필요한 만큼 중요한 이야기였다.

"조정의 기류도 심상치 않습니다. 역모의 움직임이 감지되었는데… 아무래도 백련교가 그들과 연관되어 있는 듯합니다."

"……."

좌중은 할 말을 잃고 있었다. 역모… 그리고 백련. 그 두 가지 낱말이 가지는 의미를 모르는 사람은 없었기에, 그 두 낱말이 합쳐졌을 때 나올 결과물을 짐작치 못할 사람도 없었다.

"…천하 대란이로군……."

상현 진인의 한마디에 모든 의미가 함축되어 있었다.

"아미타불. 하나 이 자리에서 역모라는 말이 나올 정도라면, 이미 조정에서도 그런 기류를 어느 정도 눈치채고 있다는 것 아닙니까?"

혜원 대사의 말에 사람들이 고개를 끄덕였다. 언상이 도찰원에 적을 두고 있다는 것은 모두가 아는 사실이었다. 역모의 움직임이 있다면, 그것도 도찰원에 적을 둔 자가 알고 있을 정도라면, 그것은 이미 분쇄된 것이나 다름없음이었다. 하나,

"알고는 있지만, 지금으로서는 그들을 단죄할 방법이 없습니다."

"증거가 없다는 말씀이시오? 하나 그런 거라면……."

현양 도장이 무언가를 말하려다 말꼬리를 흐렸다. 일단 용의자를 잡아들여 토설시키는 것이 그들의 방법이 아니던가? 고문을 하든 회유를 하든, 일단은 그들의 움직임을 먼저 봉쇄하고 전말을 파헤치는 것이 그들이 즐겨 쓰는 방법이 아닌가? 현양 도장이 흐린 말속에서 사람들은

이러한 답안을 유추해 내고 있었다. 하나 언상은 얼굴색 하나 변하지 않은 채 입을 열었다.

"상대가 누구냐에 따라 다르고, 어지를 받았느냐 받지 않았느냐에 따라 다릅니다. 역적의 주 모의자로 짐작되는 자의 권세가 하늘을 찌르고 있기에 섣불리 나설 수 없고, 황상께서 병환 중이신지라 함부로 전언을 올릴 수조차 없는 입장입니다."

황제가 노환으로 앓아누운 지 벌써 여러 해다. 지금 황제에게 '역적 모의가 있으니 그들을 단죄토록 어지를 내려달라' 말하는 것은, 황제의 심기를 불편케 해 명을 단축시키는 일밖에는 되지 않는다. 역모를 모의했다는 확실한 증거가 필요한 이유였다.

"아마 지금 당장 조정에서 구파일방에 대한 금제를 가하지는 못할 것입니다. 명분이 없으니까. 기껏해야 해당 도독부나 도지휘사에게 명을 내려 행동의 제약을 두는 정도겠지요."

'기껏해야' 가 아니다. 도독부는 차치하더라도 도지휘사에게 그러한 명이 내려진다면 당장 구파일방의 발목이 붙들리게 된다. 어디서 마교가 발호할지 모르는 상황. 전쟁을 방불케 하는 상황이 연출될지도 모른다. 그런 판국에 관병의 눈치까지 살펴야 한다면…….

"내우외환이로세……."

상현 진인의 한탄은 자리에 있던 모든 사람의 한탄이었다. 구파일방이 분열되어 있고, 마교의 본체도 알아내지 못했다. 게다가 조정의 의심 어린 눈초리까지… 도무지 손쓸 길이 보이질 않았다.

"저는… 이 모든 게 하나의 계략에서 나온 것이 아닌가 의심하고 있습니다."

“계략이라면······?”

“역모에 백련교가 연관되어 있다는 가정이 현실이라면······.”

“설마······.”

조정에서 역모를 꾸미는 자가 구파일방의 발목을 잡아 백련을 돕고, 백련은 조정의 주모자를 도와 조정을 장악한다. 끔찍하지만 충분히 가능성이 있는 가정이었다. 그리고 그것은 조금씩 현실이 되어가고 있었다.

“···언 대협의 고견을 듣고 싶습니다만······.”

혜원 대사가 답답한 심정을 억누르며 언상에게 말을 건넸다. 하나 언상이라 하여 뾰족한 방법이 있을 리 없었다. 다만······.

“제 생각이 맞는다면, 백련교가 다시 준동한다 해도, 이전처럼 민란을 일으키는 방법을 취하지는 않을 것입니다. 그것이 불가능하다는 것은 그들도 알고 있을 테니.”

명의 황권은 충분히 안정되어 있었다. 대부분의 민란은 황조의 교체기나 황실의 타락이 극에 이르렀을 때에나 가능한 일이었다. 그런 면에서는 분명 민란이 일어날 시기는 아니었다. 민란이 일어난다 하여도 백성들의 호응을 얻어낼 수가 없을 테니.

“어떤 식으로든 그들은 움직일 겁니다. 단지 이전처럼 천하 전체를 상대로 움직이는 것이 아니라··· 그들의 가장 큰 걸림돌이었던 강호를 장악하려 들 겁니다.”

혜원 대사는 눈을 감아버렸다. 어렴풋이 예상은 했던 일이지만, 조정에 몸담고 있는 언상의 입에서 직접 이야기를 들으니 새삼 가슴이 서늘해짐을 느꼈다. 역모가 성공한다면 백련교는 자신들이 직접 천하를 상대로 싸우지 않아도 된다. 새로운 황제의 칙명 한 줄이면 될 터이니.

'백련교를 호국교로 삼는다.'

그들이 노리는 것. 조금씩 그 실체가 확연히 드러나는 듯했다. 강호는 확실히 그러한 행보에 걸림돌이 될 것이다. 백련과 강호의 정도문파들은 세불양립. 천하 각지에 영향력을 행사하고 있는 강호의 문파들만 복속시킨다면… 백련의 행보를 막을 수 있는 자는 아무도 없을 것이다.

"아미타불……."

혜원 대사의 불호 소리가 방장실을 가득 채우고 있었다. 하나 방 안 가득 내려앉은 우울함은 노승의 불호 소리에도 아랑곳 않고, 좌중의 가슴을 무겁게 짓누르고 있었다.

*　　　*　　　*

"저는 당신의 과거를 말해 드릴 수 없습니다. 그것은 당신과 저와의 약속. 신의란 것은 당신에게 있어 가장 중요한 덕목이었으니… 그것을 깨뜨리지 못함을 이해하시리라 믿습니다."

패의 말에 철웅은 대답하지 못했다. 모든 것이 엉망인 상황에서도 패의 말은 진실처럼 들려왔다. 자신이 알고 있긴 했지만, 이제는 확신하지 못하게 된 진실.

"나는……."

"아니요, 당신은 말씀하실 필요 없습니다. 지금은… 제 이야기를 들어주시기만 하면 됩니다."

패의 짧은 한마디에 철웅이 입을 다물고 말았다. 하나 아무리 자신에 대한 신뢰가 사라졌다 하더라도 그는 철웅이었다.

"나는… 준비가 되어 있네. 진실을 받아들일 준비……."

패는 작게 미소 지었다. 철웅에겐 처음으로 보인 미소. 철웅은 그것이 낯설지 않았다.

"그때도 그렇게 말씀하셨지요. 그때도……."

패의 미소가 슬퍼 보였다. 하나 무엇을 결심했는지 이내 이야기를 이어나갔다.

"많이 변하셨더군요. 마지막으로 당신을 본 것이 칠 년 전. 마지막으로… 한 번만 더 당신을 믿어보겠습니다."

"믿어… 보겠다?"

철웅은 반문했다: 믿어보겠다는 말. 이전엔 자신을 믿었었다는 말이다. 그리고 그 믿음에 배신당했다는 뜻이었고. 기억도 나지 않는 사내에게 듣는 기분 나쁜 말이었지만, 철웅은 불쾌감 대신 미안한 마음이 더 크게 일고 있었다. 감정은 기억과는 다른 것인가? 기억은 잊었어도, 이 사내에 대한 감정은 남아 있는 것인가?

"칠 년 전… 당신은 스스로의 진실에 놀라 달아나고자 했습니다."

'달아났다고? 내가?'

"당신에게 그 진실을 전한 사람이 바로 저였고, 당신에게서… 그 진실을 지운 사람도 바로 저였습니다. 당신은 당신에게 씌워진 굴레에 고통스러워했고, 그 굴레를 벗어날 수 없다는 사실에 절망했습니다."

'굴레… 절망…….'

"저는 당신이 괴로워하는 모습을 더 이상 지켜볼 수가 없었습니다. 그래서 당신에게 제안했지요. 모든 것을 잊어버리고 살아가겠느냐고. 당신은… 그러마라고 대답했습니다."

'내가… 원했다?

철웅은 고개를 가로젓고 싶은 것을 억지로 참아냈다. 그가 말한 것들을 거짓이라 부정하고 싶었다. 하나 그것이 진실이라는 것을 인정하고 있었다. 머리가 아닌 가슴에서부터.

"당신은 범부로 살아가기를 원했습니다. 그래서 당신의 기억을 범부의 그것으로 만들었습니다. 한데 그 대법이 깨어진 것이지요. 공교롭게도… 대법이 시행되기 직전까지의 부분에서, 당신이 진실을 알고 괴로워하기 직전까지의 기억에서 대법이 깨어졌더군요."

대법. 낯설지 않은 이름이다. 하나 그것을 꺼내 패의 이야기를 멈추게 할 수는 없었다.

"제가 말씀드릴 수 있는 것은 여기까지입니다. 당신이 알고자 하는 진실을… 칠 년 전 당신은 이겨내지 못했었다는 사실. 당신이 스스로 원해 기억을 지우는 대법을 받았다는 사실. 그리고… 당신이 기억을 되찾게 된다면… 당신이 원하는 것을 얻을 수 있을 거라는 사실……."

"내가… 원하는 것이라고 했나?"

철웅의 물음에 패가 답했다. 작은 한숨을 쉬고… 마지막 고민을 끝내고…….

"주작홍기……."

"뭐?"

"당신이 찾고 있는 것. 주작홍기의 행방을 알고 있는 사람은… 천하에 오직 당신뿐입니다."

"어떻게… 그럴 수가……."

철웅의 떨리던 목소리는 동녘을 밝히던 여명에 묻혀가고 있었다.

第六十七章
우애(友愛)

우애
友愛

'태산으로 찾아가겠습니다.'

이것이 철웅의 마지막 말이었다. 철웅은 혁련웅에게 기솔들의 신변을 부탁했다. 그들이 머물고 있던 곳과 태산은 길게 잡아 닷새 길. 그들에게 있어 가장 안전한 선택이었다. 혁련웅은 철웅에게서 패와 나눈 이야기의 전말을 들을 수 있었다. 그에게 대법이 펼쳐졌다는 것도, 그 대법이 깨지면 주작홍기를 찾을 수 있다는 것도… 끝내 이겨내지 못했던 과거와 함께. 철웅은 떠나겠다고 말했다. 대법을 깰, 자신의 과거를 되찾을 방법이 있다고 했다. 확신에 찬 음성. 막을 수가 없었다.

그의 수하들이 그의 뒤를 따른다 했다. 철웅은 만류하지 않았다. 하지만 장 의원 일행은 함께 갈 수 없었다. 방법을 알았으니 이제는 촌각을 다퉈야 할 때였다. 소소가 그들의 손에 납치된 지 벌써 한 달이 넘었다. 더 이상 걸음을 지체할 여유가 없었다. 태산 행을 제의한 것은 혁련웅이 먼저였다. 철웅은 그 제의를 거절하지 못했다. 아니, 진심으로 고맙게 여기고 있었다. 아쉬운 마음이 드는 장 의원이었지만 고집 부릴 일이 아니었다. 철웅에게 있어 그 무엇보다도 다급한 일이라는 것을 알고 있기에. 주작홍기도… 그의 과거도.

"어서 가세나."

열 필의 말이 떠난 후, 한 대의 사두마차가 객잔을 출발했다. 검은색의 사두마차. 혁련웅과 패를 태운 그 사두마차는 태산을 향해 달리고 있었다.

*　　　　*　　　　*

"이제… 대계의 발동만이 남았다."

적유는 한 권의 책을 덮으며 자리에서 일어섰다. 붉은색으로 칠해진 서책. 지난 십 년간의 준비와 앞으로 진행할 대계의 모든 것이 담겨 있는 서책. 적유의 얼굴에는 뿌듯한 미소가 걸려 있었다. 문밖에서 조철산의 목소리가 들린 것은 바로 그때였다.

"주군, 아가씨께서 오셨습니다."

"들어오라 해라."

문이 열리자 붉은 궁장을 차려입은 한 여인이 들어서고 있었다. 뿌듯함으로 채워져 있던 적유의 미소에, 다정한 아비의 온정까지 깃들어가고 있었다.

"어서 오너라."

"……."

소소는 적유에게 엷게 웃어주며 다가왔다. 그녀를 알고 있던 사람들이라면 자신의 두 눈을 씻지 않을 수 없을 것이다. 청수곡이라는 촌구석에 살던 소소는 없었다. 저 아름다운 여인을 두고 어찌 그런 낭설을 퍼뜨릴 수가 있을까.

"요즘 바쁘신 것 같아서……."

"미안하구나. 지내는 데에 불편한 것은 없느냐?"

소소가 엷게 도리질을 쳤다. 모든 것이 만족스러웠다. 아름다운 옷들과 입 안을 녹이는 산해진미들. 평생 들어보지 못한 것들이 그녀 주변에 가득했고, 그녀를 위해 시중을 드는 시종, 시비들이 주변에 가득했다. 모든 것이 어색하고 낯설었지만… 그리 나쁘지는 않았다.

"죄송해요, 이렇게 불쑥 찾아와서."

"아니다. 언제든지 볼일이 있으면 걱정 말고 찾아오도록 하거라."

적유는 미소를 지우지 않고 소소에게 자리를 권했다. 소소 역시 말없이 자리에 앉았다. 소소가 찾아온 이유를 말하기까지는 제법 긴 시간이 흐른 뒤였다.

"저… 아저씨의 소식은……."

"음… 시간이 조금 걸리는 것 같더구나. 하나 걱정하지 말거라. 조만간 좋은 소식이 있을 것 같구나."

언제나 이런 식이었다. 힘겹게 그의 안부를 물으면, 걱정하지 말란 말만 되돌아왔다. 무엇을 찾는지, 어디에 있는지도 모른다. 볼을 꼬집어보고 싶을 만큼 꿈과 현실의 경계가 모호한 생활. 자유를 박탈당한 것인지, 인질이 맞는 것인지도 불분명한 존재. 그만 곁에 있다면, 더 이상 바랄 것이 없으련만…….

"아저씨가… 보고 싶어요."

또 눈물을 흘린다. 이 아이. 그에 대한 이야기를 꺼낼 때마다 눈물을 보이지 않은 적이 없었다.

'네 눈물을 볼 때마다… 내 가슴이 찢어지고 있다는 것을 왜 모르느냐…….'

모른다. 모를 것이다. 평생 모르고 지내는 것이 당연하다는 것을 적유도 알고 있었다. 넌 죽은 내 딸과 너무나 닮았다. 내 딸의 환생이라 할 만큼 너무나 닮았다. 아니, 너는 내 딸이다. 누구도 널 빼앗지 못한다. 백 번 천 번이라도 소리쳐 각인시키고 싶었다. 하나 그래선 안 된다는 것을 알고 있다. 그랬다가는 다시 돌아온 딸이 영영 자신을 보아주지 않을지도 모른다. 스스로 느끼게 해야 한다. 얼마나 아끼고 있는지… 얼마나 사랑하고 있는지…….

"그만… 울거라. 네 걱정이 이리 지극하니… 내 마음이 다 울적해지는구나. 내일은 사람을 보내보마. 네… 아저씨가 어디 있는지 알아보라 사람을 보내도록 하마."

"…정말요?"

순진한 아이. 세상의 때라고는 눈곱만큼도 찾아볼 수가 없다. 이런 아이가 존재할 수 있다는 것이 신기할 정도로… 순진하고… 순수하다. 이 아이의 눈물을 본다는 것은 그에게 있어 고통 그 자체였다.

'언젠가는… 알겠지…….'

적유는 한숨짓는 마음과는 달리 미소를 짓고 있었다. 자신의 딸이 웃어주고 있는데, 인상을 찌푸릴 수는 없었다. 아비 된 도리로… 그럴 수는 없었다.

＊　　　＊　　　＊

　육중한 굉음과 함께 석실의 문이 열리고 있었다. 석실의 양쪽으로 줄지어 있던 횃불들이 일제히 요동치며 출구가 열렸음에 환호했다. 그리고 타오르던 불꽃을 조심스레 갈무리하며 석실에서 걸어나오던 인영에게 경배했다.

　"출관을 경하드립니다."

　"기다리고 있었군요."

　누더기를 걸친 채 강자량의 인사에 고개를 끄덕이는 사내. 얼굴 가득 덥수룩하게 자리한 수염이 야수의 내음을 물씬 풍기고 있었지만, 두 눈 깊숙이 갈무리된 신광은 감히 상대로 하여금 쉽사리 다가서지 못하게 하고 있었다.

　"소교주의 혼원사십팔식은 본 교에 전해 내려오는 무공 중 수위를 다투는 절학. 이제 그 절학을 대성하셨으니, 교의 그 누구도 소교주의 권위에 도전하지 못할 것입니다."

　혼원사십팔식? 그런 무공은 이미 잊은 지 오래였다. 하나 사내, 백호 한수는 강자량의 말에 그저 가볍게 고개를 끄덕일 뿐이었다. 강자량은 그런 한수의 모습에 이채를 띠고 있었다.

　'변했다. 날카롭기만 했던 기세가 철저히 갈무리되어 있다. 큰 진전이 있었구나.'

　한수는 달라져 있었다. 걸음걸이 하나에도 주저함이 없었고, 곧게

편 어깨에는 당당함이 자리하고 있었다. 하나 그럼에도 평범해 보이기만 하는 행동 하나하나. 강자량은 그것이 자신감에 기인한 너그러움이라는 것을 알 수 있었다.

'고작 한 달간의 폐관 성과로는 믿을 수 없을 정도의 결과.'

강자량은 한수의 뒤를 따르며 자신도 모르게 긴장하고 있음을 느낄 수 있었다. 무인으로서의 긴장. 그의 몸은 한수의 기세에 절로 반응하고 있었다. 이전에는 느낄 수 없었던 느낌. 소교주는 자신과 상대해도 좋을 만큼의 고수가 되어 있었다.

"준비는 어떻게 되어가고 있습니까?"

한수의 목소리는 차갑지 않았으나 낮았다. 역시나 많이 달라진 모습. 강자량은 속으로 혀를 내두르고 있었다.

"천겁영의 개문이 목전으로 다가왔습니다."

"첫 제물은……?"

"대계에 변동은 없습니다. 소교주께서도 참가하시겠습니까?"

강자량은 자신의 속내를 숨기며 입을 열었다. 천겁영은 대계의 시작을 알리는 신호탄이었다. 그리고 가장 화려하고 확실한 방법으로 자신의 존재를 세상에 알리게 될 것이다. 그 피의 향연에 소교주를 초대했다. 첫 제물이 될 곳과는 구원도 있으니, 쉽게 고개를 끄덕일 것이라 생각했다. 그러나,

"아니오. 가지 않겠습니다."

"예?"

강자량은 되물을 수밖에 없었다. 그들이 피의 격랑 속에서 허우적대는 모습을 보지 않겠다니, 전혀 의외의 대답이었다. 그들에게 일패도

지하여 등을 보인 구원까지 있는 소교주였건만.

"제가 그런 자들과 일일이 상대해야만 합니까?"

한수는 낮지만 또렷이 파고드는 음성으로 강자량에게 물었다.

"아닙니다. 그자들을 치는 것쯤은 천겹영만으로도 충분합니다."

한수는 말없이 걷고 있었다. 강자량은 그런 한수의 뒷모습을 바라보며 고개를 젓고 있었다.

'무공만 높아진 것이 아니다. 도대체 소교주는 저 안에서 무엇을 깨닫고 나온 것인가?'

강자량은 힐끗 고개를 돌려 아직까지 입을 벌리고 있던 석실을 바라보았다. 하나 칠흑으로 가득한 석실이 대답해 줄 리 만무했다.

'…이제 나의 대계가 시작된다.'

석실을 나온 뒤 처음으로 한수의 입가에 미소라 불릴 만한 것이 걸렸다.

'천겹영을 시작으로 세상은 백련을 내버린 대가를 치르게 될 것이다. 그리고… 주가에게 빼앗겼던 천하를… 되찾을 것이다.'

한수의 눈에 섬광이 떠올랐다 사라졌다. 욕망이라는 이름의 섬광이…….

*   *   *

저자에서 빙당호로를 파는 호 노인의 말을 빌자면, 지난 칠십 년간 이런 더위는 처음이라고 했다. 사람들도 호 노인의 말을 반박하지 못했다. 유월 초순에 이 정도 더위니, 정작 불볕이 내리기 시작하면 어찌 여름을 날지 벌써부터 고민이 이만저만이 아니었다. 부디 더위가 가뭄으로 이어지지 않기만을 바랄 뿐이었지만, 양자강 위에서도 갈증을 느낄 정도의 더위니, 아무도 가뭄이 오지 않을 것이다 장담할 수 없었다. 뱃전을 가르는 시원한 물살도 사람들의 갈증을 해소시켜 주는 데에는 아무런 도움이 되지 못했다. 볕이 따가웠다. 사람들 모두 비좁은 배 위에서 그늘을 찾고 있었지만, 두 사람만은 뱃전에 서서 강물의 흐름을 바라보고 있었다.

"녀석… 정말 금을 잘 타는군."

"북평에서 금 선생 일성을 만나보지 못한 기녀는 대접도 못 받았을 정도였으니까요."

고작 반 장 정도의 그늘. 그 속에서 금을 타고 있던 일성의 주위로 모여 앉은 사람이, 배에 탄 승객의 절반은 돼 보였다. 금을 타는 솜씨는 정녕 예사롭지 않았다. 현과 현을 오가는 손가락이 분주하지 않음에도, 금을 타고 흐르는 선율은 사람들의 기분을 들뜨게 하고 있었다. 과년한 처자들은 이 곱상하게 생긴 사내에게 연정의 눈길을 보내느라 더위를 잊었고, 사내들은 눈이 반쯤 풀린 내자들을 단속하느라 더위를 잊었다. 철웅은 어느새 금음에서 깨어나 강물 위로 시선을 옮겨놓고 있었다. 양청이 그런 철웅을 보며 작게 한숨을 지었다.

"대장, 화산으로 가면… 정말 그 대법이라는 것을 깰 수 있는 겁니까?"

"마교의 대법이라면… 분명히 깰 수 있다."

"그 대법이 깨지고 나면……."

"청, 나는 괜찮다."

철웅의 말에 양청은 결국 입을 닫고 말았다. 철웅 일행을 태운 배는 양자강의 혼탁한 강물을 따라 화산으로 가고 있었다. 자신이 대법을 받았다는 사실은 상상해 본 적도 없는 일이었다. 잃어버린 기억이 있었다는 것 역시. 하나 진실을 알게 된 이상, 피할 수는 없었다. 그것이 어떤 결과를 낳게 되든지 간에.

'…내가 잊어야만 했던 기억. 그것이 나의 천명과 큰 관련이 있을 거라 생각을 한다면… 지나친 억측일까?'

아귀들로 가득한 세상. 사부는 세상이 혼탁해지면 하늘이 큰 재앙을 내려 세상을 올곧게 만든다고 했다. 자신에게 가르침을 내린 것 역시 그런 천리의 일부라 하였다. 사부는 자신을 제자로 받아들였음에도 명을 내린 적이 없다. 단지 길을 가르쳐 주었을 뿐이었다. 세상의 이치가 옳은 길로 이어져 있음을 가르쳐 주었고, 그 길을 따르는 것이 순리임을 가르쳐 주었다. 자신에게는… 그저 순리를 따르라 하였다. 그것이 어려운 것임을 알았기에 힘을 주셨을 것이다. 힘이 있고, 가야 할 길이 있고, 그 길이 어려운 길임을 알고 있다. 결정은 자신의 몫이었다.

'어쩌면… 나는 커다란 난관에 봉착한 것일 수도 있다. 그 난관을 헤쳐 나가는 일이 쉽지 않을지 모른다. 아니, 결코 쉽지 않을 것이다.'

사부는 천계로 오르기 직전까지 자신을 염려했다. 자신의 앞날에 가여워했고, 불쌍히 여겼다. 그 애처로운 눈빛이 아직까지도 선명히 남아 있다. 패가 말해 준 과거의 두려움과… 일맥상통하고 있었다.

'두려움을 부정하지는 않는다. 나 역시 인간인 이상 두려움이란 감정이 없을 수는 없다. 하나 그것을 피해 달아나지는 않겠다. 나를 부정하는 순간 그것은 순리가 아닌 역리. 천리를 따르는 자가 어찌 역리를 취할 수 있을까. 부딪혀… 이겨내는 수밖에…….'

철웅의 마음은 단단한 암석과 같이 굳어져 갔다. 감당해야 할 일이라면 감당한다. 두려움에서 도망치는 일은 두 번 다시 없을 것이라 스스로에게 다짐하고 있었다.

그의 과거가 그의 천명으로 이어짐까지는 알 수 없었지만, 그의 다짐은 양자강의 물결조차 피해갈 만큼 단단히 굳어져 가고 있었다.

"장 대협?!"

철웅은 정주에서 반가운 사람을 만날 수 있었다. 철웅이 타고 있던 배가 정주에서 잠시 멈추더니 또 다른 사람들을 태웠다. 그 사람들 속에 그가 있었다.

"아니? 임 대협!"

"이곳에서 만나게 되다니… 정말 반갑습니다."

철웅과 반갑게 손을 맞잡은 사내, 그는 무심박도 임정이었다. 생사고락을 함께했던 사람들이었기에 그들의 해후는 반갑기 그지없었다. 철웅은 그에게서 여러 가지 이야기를 들을 수 있었다.

"그랬군. 그럼 일삼의 시신은 지금 소림사에 있소?"

"예. 방장께서 직접 거두어주신다 했으니, 틀림없이 극락왕생했을 겁니다."

철웅은 고마운 마음에 고개를 끄덕이며 감사해했다. 철웅은 잠시 소림에 들러 그의 시신을 수습하여 돌아갈까 생각했다. 마음이 다급하긴 했지만, 그에 대한 도리를 생각하지 않을 수 없었다. 임정은 그런 철웅의 마음에 쐐기를 박을 만한 소식도 전해주었다.

"지금 소림에는 각 파의 인물들이 모여 있습니다."

"각 파라면……."

"구파일방의 인물들 말입니다. 저번 북평행 이후 소림에서도 많은 고심을 한 모양입니다. 마교의 준동을 알았으니 어떤 식으로든 대책을 마련해야 했겠지요. 한데 자세한 내막은 모르겠지만, 의견이 엇갈렸던 모양입니다. 몇몇 문파의 인물들이 자파로 돌아갔고, 몇몇 문파에서는 사람조차 오지 않았답니다."

"의견이 갈렸다고 했소?"

임정은 자신이 들은 이야기를 소상히 알려주었다. 북평행 이후 사형 제들과의 서먹했던 관계가 많이 좋아진 모양이었다. 고산덕이나 이승 수 같은 이들과는 제법 자주 보는 편이라 소림에서 일어나는 일들에 대해 제법 많이 들을 수가 있었다. 임정은 그들에게 들은 이야기를 철 웅에게 전해주고 있었다.

"그래서 지금 소림에는 화산과 무당, 종남파의 사람들만이 남아 있 는 상태입니다. 개방의 용두방주도 아직 있을 테고……."

"흠… 혹 화산파에서 누가 왔는지 아시오?"

"예. 화산팔선 중 무현 진인과 상현 진인이 제자들과 왔었는데, 무현 진인은 화산으로 돌아갔고, 상현 진인이 제자 몇 명과 아직 소림에 있 다고 들었습니다."

철웅은 소림으로의 행로 변경을 심각하게 고민했다. 화산파에서 자 신에게 가해진 대법을 깨려면 상현 진인의 도움이 절실히 필요했다. 물론 무현 진인에게 부탁해도 될 일이었지만, 대법에 정통한 남천궁에

도움을 받으려면, 남천궁의 장문인인 청상 진인과 친분이 두터운 상현 진인에게 도움을 요청하는 것이 확실했다. 아무래도 상현 진인을 만나는 것이 먼저라는 데에 마음이 떠나질 않았다.

"소림에 먼저 들러야겠군."

철웅의 말에 임정이 고개를 끄덕였고, 다른 일행은 무슨 뜻인지 궁금해하며 철웅에게 물었다. 철웅은 자신의 생각을 일행에게 설명하였고, 결국 철웅 일행은 임정과 함께 낙양에서 배를 내렸다. 철웅은 배에서 내려 곧바로 숭산으로 향할 예정이었으나 이미 해가 저물어가는 무렵이었는지라 낙양에서 하루를 보내고 숭산으로 향하기로 했다.

"대호표국으로 가시지요. 고 사형께서도 장 대협을 보시면 참으로 기뻐하실 것입니다."

"아니오. 우리는 그냥 객잔에 묵도록 하겠소."

"허허, 장 대협. 나중에 이 사실을 알면 고 사형이 참으로 서운해할 겁니다. 그러지 말고 대호표국으로 가시지요. 명색이 낙양 최고의 표국인데, 열 사람 묵어갈 방 없겠습니까."

거듭되는 임정의 청에 철웅도 어쩔 수가 없었다. 철웅은 일행과 함께 대호표국으로 향했다.

"아니? 이게 누구십니까?"

전갈을 받은 고산덕이 버선발로 뛰쳐나왔다는 말이 무색할 정도로 서둘러 나오며 그를 반겼다. 그 표정에 어린 반가움을 어찌 말로 다 표현할 수 있을까. 철웅 역시 그와 함께 반가움을 나누며 대호표국으로 들어갔다.

"히야~ 우리 대장 정말 출세했나 보네?"

"형님도 참, 명색이 섬서의 파검입니다. 이 정도 대우야 당연한 거지요."

환대를 받으며 들어서던 곽부의 말에, 위충겸이 핀잔을 주듯 말했다.

"아니? 혹시 북풍표국의 표두이신 풍호 대협과 노강 대협 아니십니까?"

그들을 바라보던 대호표국의 표두 역산이, 놀란 기색이 역력한 목소리로 입을 열었다.

"아니? 자네는 역산이 아닌가?"

"하하, 살아 있으니 이렇게 뵙는군요."

세 사람은 반갑게 포권하며 인사를 나눴다. 안으로 들던 고산덕이 역산을 불렀다.

"역 표두, 무슨 일인가?"

"아! 이분들은 북평 북풍표국의 표두이신 풍호 대협과 노강 대협이십니다."

그들의 이름을 알고 있었는지, 고산덕이 다가와 인사를 나눴다.

"대호표국 표국주 고산덕입니다. 북평 쌍호의 명성은 익히 들었습니다."

"별말씀을. 하남일검의 위명이야말로 귀가 따갑도록 들었습니다. 지금은 표국을 떠난 몸이니……."

나중에야 안 사실이었지만, 철웅의 수하였던 풍호와 노강은 표국의 표두로 지내고 있었다. 워낙 일신의 기예가 녹록치 않은 그들이었기에,

사십이 넘은 지금 표국 일에 몸담은 사람치고 북평쌍호라 불려지는 두 사람의 이름을 모르는 이가 없을 정도였다.

"야… 풍호랑 노강도 꽤나 유명했구나."

"형님도 참, 명색이 북평의 쌍호입니다. 표국에서 이 정도의 대우는 당연한 거죠."

곽부의 부러운 듯한 목소리에 이번에도 위충겸이 핀잔을 주었다. 그의 말에 곽부가 어깨를 축 늘어뜨리며 한숨을 내쉬었다.

"젠장… 내 이름 알고 있는 놈들은 죽은 돼지들뿐인가……."

투덜거리는 곽부를 마지막으로 대호표국의 문이 닫혔다. 잠시 후면 전갈을 받은 육당과 이승수, 전립 등이 오겠지만, 시끌벅적한 잔치 분위기가 새어나가지 않게 문을 굳게 걸어 닫아야 했다.

고산덕은 대호표국의 창고를 모두 털어버리겠다는 듯 온갖 음식들을 대청 가득 실어 나르게 하였다. 고산덕에게 있어 장철웅은 충분히 그만한 대접을 받을 만한 귀빈이었기에, 고산덕은 음식과 술이 끊이지 않도록 아예 창고의 열쇠를 주방장에게 던져 줘버렸다.

"하하하하."

"킬킬킬."

사람들은 삼삼오오 모여 앉아 즐거워하고 있었다. 철웅이 저리 즐겁게 술을 먹고 있으니, 잠시나마 무거운 숨을 뱉고 편안함을 가져도 좋을 성싶었다. 물론 철웅이 자신의 수하들을 위해 절반은 억지로 그런 분위기를 만들고 있다는 것을 모르는 일행이 아니었지만, 그런 성의를 무시하는 것도 수하 된 도리가 아니었기에, 상관이 바라는 만큼 즐거운 마음으로 분위기를 즐기고 있었다. 타지로 간 육당만 제외한다면 북평으로 함께했던 인원이 거의 다 모인 셈이었다. 그리고 자리에 늦은 마지막 인물이 대호표국으로 들어서고 있었다.

"어! 건이 왔구나!"

문을 열고 들어서던 인물은 하건이었다. 그리고……

"헛?! 지부대인을 뵈옵니다."

고산덕이 놀라 자리에서 일어서며 정중히 포권을 올렸다. 하건과 함께 온 사람은 다름 아닌 낙양부주인 유상지였다. 대호표국의 인물들은 하나같이 자리에서 일어서며 그에게 인사를 올렸다. 하나 철웅과 그의 일행은 그에게 예를 취하지 않았다. 철웅의 일행은 자신의 상관인 철웅이 예를 취하지 않았기에 예를 올릴 수가 없었다.

"자네는 내가 온 것이 마땅치 않은 모양이군?"

지부대인의 언짢아하는 듯한 목소리에 고산덕이 철웅을 바라보았지만, 그는 담담히 지어진 철웅의 미소만을 볼 수 있었다.

"사람 참, 왔으면 냉큼 나부터 찾을 것이지… 자네는 친구도 아니네."

유상지의 한마디가 가지는 의미는 컸다.

'북평에서 평범한 사람이 아니라는 것은 짐작했지만, 설마 낙양의 지부대인과 교우였을 줄은…….'

고산덕은 북평에서 자신들의 목숨을 구했던 철웅의 신위를 기억하고 있었다. 연왕이 직접 내려와 그의 손을 맞잡았다. 그리고 그의 청을 따라 자신들을 사면해 주었다. 결코 평범하다 할 수 없는 사람이었다.

"오랜만에 뵙습니다, 대인."

"아니? 양 교위도 함께 온 거요? 허, 거참. 연왕께서 너무 선심을 써 주신 게 아닌가? 아무리 친구가 좋다지만, 자기 오른팔을 잘라내 주다 니……."

점입가경이었다. 연왕이 친구를 위해 오른팔을 잘라내 주었고, 그 오른팔이 양청이라면… 연왕의 친구라는 사람이 누구인지는 물어볼 필요도 없었다. 고산덕과 다른 사람들이 놀라 입도 열지 못하는 상황 에서, 당황스럽기는 철웅도 마찬가지였다. 철웅은 유상지가 도대체 무 슨 생각으로 저런 말을 저리도 쉽게 하는지 이해할 수가 없었다. 보다 못한 철웅이 그의 입을 막기 위해 나섰다. 너무 늦은 감이 있었지만.

"이보게, 그만 하시게."

"왜? 내가 뭐 틀린 말이라도 했는가?"

"자네 정말 왜 이러는가?"

딱히 화를 낼 일도 아니었지만, 그렇다고 웃어넘길 일만도 아니었 다. 유상지가 이 자리에 모인 사람들과 자신의 관계를 넘겨짚고 말한 것일 수도 있었다. 북평까지 함께 다녀왔으니 모두 알고 있을 것이라 는.

"왕야께서 전갈을 보내셨네. 혹시나 자네를 만나게 되면 꼭 좀 전해 주라고……."

유상지는 다시 한 번 주위를 돌아보았다. 철웅과 그를 따르는 아홉 명의 수하, 고산덕, 이승수, 진립, 임정… 북평까지 함께했던 사람들. 자신의 말을 들어선 안 될 자는 이 자리에 없었다.

"자네가 당신의 친우임을 숨기게 하지 말라 하셨네. 당신이… 자네 에게 부끄러운 친우가 아니길 바란다고."

철웅은 유상지의 말에 눈을 크게 뜰 수밖에 없었다.

"두려워하지 말라 하셨네. 자네에게 닥칠 위난을… 결코 좌시하지 않겠다 하셨네."

옥영진을 말하는 것이리라. 자신이… 그를 두려워해 본신을 숨긴 것이라 생각하시는 것이리라.

"그리고 마지막으로… 북평에 내려앉은 한숨 소리에 잠을 잘 수 없으니, 훗날 잊지 말고 걷어가라 하셨네."

설화… 혜주… 그녀를 말씀하시는 것이리라. 웃음이 나와야 하는데, 눈물이 나오려 한다. 철웅은 유상지의 행동을 이해했다. 모르고 한 일이 아니었다. 왕야의 뜻을 따른 것이다. 그 역시… 그분의 뜻에 동조한 것이다.

"여기 있는 사람 모두 알아도 될 것 같아서."

유상지는 미소 짓고 있었다. 철웅도 마주 웃어주고 있었다. 큰 힘을 얻었다. 왕야의 믿음을 확인했다. 자신을 염려해 주는 친우가 있음도 확인했다. 마음의 평정을 얻지 못하고 있는 지금, 천군만마보다 더한 응원이었다. 철웅은 그런 친우에게 말했다.

"…언제까지 거기 그렇게 있을 텐가. 이리 와… 내 술 받게."

옳은 길을 따라가면 된다. 순리대로 흘러가면 된다. 자신의 두려운 과거마저 되찾으려 하는 이 마당에… 더 이상 무엇을 숨기고 두려워할 것인가. 자신을 믿는 사람들이 있는데… 이렇게 좋은 사람들이 있는데……

＊　　　＊　　　＊

소소는 잠들어 있었다. 그녀가 머물고 있는 곳은 적유의 장원에서 가장 깊숙하면서도 볕이 잘 드는 방이었다. 그녀의 방에 이르려면 여섯 겹의 경계와 두 겹의 호위를 뚫어야 한다. 장원 전체를 두르고 있는 여섯 겹의 경계야 그렇다 쳐도, 그녀의 방을 지키고 있던 두 겹의 호위는 인질을 위한 호위라 보기에 어려움이 많았다. 게다가 그녀를 가장 가까운 곳에서 지키는 자들이, 적유의 개인 호위이자 교 내 최강의 대라 불리는 적랑대라면, 이것은 인질의 감시가 아니라 요인의 보호라고밖에는 생각할 수가 없다. 정작 소소 자신은 그런 사내들이 자신의 주위에 있음을 알아차리지도 못하고 있었지만.

방으로 돌아온 소소는 입고 나갔던 붉은 경장을 벗어 곱게 접어놓았다. 그녀를 따라 들어온 시비 하나가 그녀를 도왔다.

"이제 됐어요. 혼자 있고 싶어요."

수수한 평복으로 갈아입은 소소의 말에 시비는 공손히 고개를 조아리곤 밖으로 나갔다. 소소는 그녀가 사라지고 나서야 입 안에 가두었던 한숨을 길게 내뿜었다.

"후우……. 숨 막혀."

편했다. 매일같이 그녀에게 차려지는 진수성찬들, 아름다운 옷, 장신구들, 그리고 그녀를 보필하는 시비들까지. 마치 황녀라도 된 듯한 착각이 들 정도로 호사스럽고 편안한 나날들의 연속이었다. 하나 그런 마음이 들 때마다 소소는 화들짝 놀라며 자신을 일깨웠다.

'이것은 너의 것이 아니야. 여기가 네가 있을 곳이 아니듯이…….'

꿈과 같은 생활이었지만, 꿈일 수밖에 없는 생활이었다. 자신이 이러한 생활을 해야 할 이유가 없었다. 그것은 만족스러움일 수도 있지만… 때로는 두려움이 될 수도 있다. 지금 소소가 느끼는 것처럼.

'나는 언제까지 이곳에 있어야 하는 거지? 이런 생활이 계속될수록… 점점 내가 변해가는 것 같아서 무서워…….'

솔직히 두려웠다. 익숙해져 가고 있다는 것이 두려웠다. 자신과는 맞지 않는, 상상해 본 일조차 없는 환경. 아무 생각 없이 그런 것들에 취해 살 만큼, 소소는 어리석지 않았다.

'내 것이 아니야… 여기 있는 그 어느 것도…….'

우울함이 더해갈수록 고향이 그리웠다. 청수곡이 그리웠다. 화산도 괜찮다. 아니, 어디라도 괜찮다. 언제 깨어질지 모르는 불안함만 느끼지 않을 수 있다면. 소소는 물끄러미 창밖을 바라보았다. 섬이라 그런지 창문으로 들어오던 바람의 냄새도 달랐고, 하늘을 날고 있는 새들도 달랐다.

"하아…….."

며칠이나 지났는지도 잊어버렸다. 이십여 일까지는 세었었는데, 어느 순간 잊어버리고 말았다. 한 달이 지났는지, 달포가 지났는지…….

"아저씨……."

나직하게 불러본 이름. 소소에게 있어 그의 존재는 쉽게 정의 내려지지 않았다. 하나 혼란스럽지는 않았다. 그가 필요하다는 마음. 그가 곁에 있었으면 하는 바람. 그는 자신을 이끄는 사람이었고, 자신을 지켜주는 사람이었다. 그의 부재에서 오는 마음의 공백. 말로 설명할 수 있는 성질이 아니었다.

“지금쯤 어디 계실까…….”

그의 잔영이나마 찾아보려 든 시선이었지만, 구름 한 점 없는 하늘
에서 그의 흔적을 찾는 것은 요원하기만 하였다. 기다림의 끝을 기약
하기가 요원하듯이…….

第六十八章
깨달음

깨달음

철웅이 숭산에 오른 것은 다음날 정오 무렵이었다. 봉문을 푼 지 얼마 되지 않았지만, 숭산을 찾는 사람들의 발길은 처음 숭산을 찾았을 때와 별반 달라지지 않은 것 같았다. 지객당에 배첩을 전하고 경내로 들기까지는 그리 긴 시간이 걸리지 않았다. 자리에 앉은 지 채 일각도 되지 않아 입산을 허락받았으니. 방장을 만나겠다는 배첩을 전넨 지 일각 만에 입산이 허락된 예는 없었다. 거리만 따져도 산문에서 방장실에 소식을 전하는 데만도 반 시진은 족히 걸릴 터이니. 하나 지객당의 혜윤 대사가 직접 그를 찾아옴으로써 모든 의문은 단번에 해결돼 버렸다.

"아미타불. 어서 오십시오, 장 시주."

"오랜만에 뵙습니다."

혜윤 대사는 제법 많은 사내들이 그의 뒤를 따른 것을 의아하게 여기는 듯하였으나 그들의 정체를 따져 묻거나 입산을 불허하지는 않았다. 철웅은 일행을 잠시 지객당에 기다리게 한 후 혜원 대사와 함께 소림의 경내로 향했다.

"봉문을 풀 때쯤 방장 사형께서 특별히 명을 내리셨습니다. 장 시주가 찾아오면 무조건 입산을 허락해도 좋다고."

정녕 파격적인 대우였다. 구대문파의 장문인이라 해도 이런 대우는 받아본 적이 없으리라. 하나 철웅은 그 이유를 내심 짐작하고 있었다. 자신에 대한 예우가 아니라, 사부에 대한 예우일 것이다. 전전대 소림의 방장이었던 요료 선사와 자신의 사부가 막역한 사이라 했다. 그러니 배분만 따진다면 철웅은 당대 소림의 방장인 혜원 대사보다도 한 배분이 높다고 볼 수 있었다. 혜원 대사는 그런 배분에 대한 예의를 이런 식으로 표현한 것이리라. 지객당주인 혜윤 대사가 자신을 직접 수행해 주는 것도 은연중 언질이 있었을 것이다. 참으로 부담스러울 만큼 고마운 일이었다. 이런저런 생각 속에 걸음을 옮기던 철웅이 혜윤 대사에게 물었다.

"혹시 화산파에서 온 사람들이 아직 소림에 있습니까?"

"예, 상현 진인과 그 제자 몇 분이 아직 소림에 계시지요."

철웅은 고개를 끄덕였다. 다행이었다. 일단 혜원 대사에게 인사를 올리고 난 후 그들을 만나야겠다 생각한 철웅이었다. 하나 철웅은 애써 그들을 찾을 필요가 없었다.

"아미타불. 어서 오십시오, 장 시주."

"그간 강녕하셨습니까."

방장실 앞에서 철웅은 혜원 대사를 만날 수 있었다. 방장이 직접 방장실을 나와 철웅을 맞이했으니, 철웅과 함께 온 혜윤 대사의 눈에 놀람이 이는 것도 무리는 아니었다.

"허허, 장 시주께서는 신수가 더욱 헌앙해지셨습니다."

"모두 대사님이 마음 써주신 덕입니다."

"무량수불. 오셨는가."

철웅을 기다리던 사람이 또 있었다. 철웅은 그의 목소리에 미소를 지으며 포권했다.

"소림에 계시다는 이야기는 들었습니다."

철웅의 포권에 상현 진인도 마주 손을 잡으며 인사했다. 평례. 상현 진인의 평례에 철웅은 의아해했으나 그 연유를 묻지는 않았다. 그저 화산이 아닌 소림이라 사람들의 이목 탓이려니 하고 쉽게 웃어넘겼다. 한데 그것이 아니었다. 방장실로 들어서자 낯선 얼굴들이 기다리고 있었다.

"이쪽은 무당의 현양 도장이시네."

"장철웅이라 합니다."

상현 진인의 소개로 인사를 나눈 사람들. 무당파의 장로들은 그의 내심을 꿰뚫어 보려는 듯 그를 살피기에 여념이 없었다. 개방의 용두 방주는 그를 바라보며 연신 고개를 끄덕였다.

"두주개의 경을 쳐야겠습니다. 보고를 이렇게나 엉망으로 했다니……."

"허허, 그게 무슨 뜻입니까?"

"아, 이놈이 글쎄, 섬서의 파검이라면 본 방의 오결제자들로 십팔타

구진을 펼친다면 평수를 이룰 수 있다 써서 보낸 겁니다. 한데 그 말을 믿었다간 애꿎은 오결제자들만 병신이 될 뻔했습니다.”

개방의 오결제자라면 총단의 당주급이다. 일류고수라 불리기 손색이 없는 자들. 그런 고수 열여덟 명과 평수를 이룰 수 있다라고 했다면 두주개의 평가는 참으로 후한 것이었다. 한데 나천풍은 그런 두주개의 경을 치겠다고 한다. 사람을 제대로 알아보지 못한 죄로. 한데 좌중의 누구도 그런 나천풍의 말에 이견을 달지 못했다.

‘몸의 균형이 곧고 바르다. 두 눈에는 혼탁함이 없고, 외부로 느껴지는 기운 역시 정제되어 있다. 몸가짐 하나만 보아도 나 방주의 말을 반박할 수가 없구나.’

현양 도장은 나천풍의 말에 수긍하고 있었다. 나천풍은 절정의 고수다. 그의 판단이 그러하다면… 일단은 믿는 수밖에 도리가 없었다. 오히려 당황한 것은 철웅이었다.

“과분하신 말씀. 아직 제 몸 하나 건사하지 못하는 소졸입니다.”

철웅은 진심으로 자신의 그릇을 나천풍이 말한 반열로 생각하지 않고 있었다. 사부가 전해준 단환으로 내력이 급성장하기는 했지만, 한 알에 십 년씩 내력이 중진된다는 사부의 말을 곧이곧대로 믿을 수는 없었다. 사부의 말대로라면 자신은 이미 칠십 년, 흔히 일 갑자라 불리는 내력을 가지고 있는 셈이다. 철웅은 그런 가벼운 계산을 믿지 않았다. 사부의 말을 의심한 것이 아니라, 자신의 성취를 믿지 못했다. 분명 효과는 있었다. 하나 같은 약을 쓰더라도 사람에 따라 약효가 다르고, 상황에 따라 성취가 다른 법이다. 이미 뼈가 굳어버린 나이. 자신이 단환의 효능을 절반만 취할 수 있어도 다행이라 여기고 있었다. 하나 사람들의 생각은 다른 모양이었다.

"자네가 소졸이라면 나는 얼굴도 못 들겠구먼. 화산팔선 중에서 자네와 겨룰 만한 사람은 아마 장문인과 무현 사형 정도밖에는 없을 것이네. 화산파의 장로인 자네가 그렇게 약한 소리를 하면 쓰나. 화산파의 입장을 생각해서라도 어디 가서 그리 말하지 말게. 허허."

상현 진인의 말에 철웅은 물론 무당파의 인물들까지 놀라는 눈치였다. 철웅은 자신을 그렇게 높게 쳐주는 상현 진인의 말이 가진 저의를 몰라 당혹스러워하고 있었고, 무당파의 사람들은 화산파의 장로라는 말에 당혹스러워하고 있었다.

"실례되는 질문이지만, 혹 화산팔선에 변동이라도……."

실례가 되어도 물어야 했다. 대외적으로 알려진 화산파의 장로는 모두 일곱 명. 일곱 장로와 화산파의 장문인을 합하여 화산팔선이라 부르는 것인데, 또 한 사람의 장로가 나타났으니 이것은 분명히 확인해야만 하는 문제였다.

"아닙니다. 이 사람은 매화조령의 주인입니다."

화산파의 여덟 번째 장로. 이미 소문마저 희미해져 버린 매화조령의 주인이 나타났다니. 무당파에 알려야 할 중요한 정보가 생긴 셈이다. 그가 매화조령의 주인이라는 사실을 알고 있던 곳은 소림과 개방뿐이었다. 이제는 천하가 알게 될 사실이 되어버렸다. 철웅은 자신을 대외적으로 끌어내려는 그들의 의도를 의심할 수밖에 없었다.

'이해할 수 없다. 나를 대외적으로 알리려 작정을 한 듯하지 않은가? 도대체 무슨 생각들이신지…….'

철웅은 그들의 행동을 지켜보기만 하였다. 나서 변명할 만한 이야기도 아니었을뿐더러, 딱히 거짓된 이야기라 할 만한 것도 없었으니. 그저 민망함을 감수하고 있을 뿐이었다.

"먼 길을 온 사람이니, 인사는 이쯤에서 끝내는 것이 좋겠습니다. 나중에 시간을 내어 이야기를 나누도록 하시지요."

혜원 대사의 말에 철웅은 안도의 한숨을 내쉬었다. 조금만 더 이야기가 계속되었다가는 민망함에 붉어진 얼굴을 보여줄 뻔하였으니. 상현 진인과 함께 방장실을 나서던 철웅에게 혜원 대사가 전음을 보냈다.

"장 시주, 오랜만에 달 구경이나 합시다."

심란한 마음으로 방장실을 나선 철웅이 상현 진인에게 물었다.

"무슨 일입니까?"

짧지만 많은 의문을 내포한 물음이었다. 하나 상현 진인은 엉뚱한 소리만 하고 있을 뿐이었다.

"차차 알게 될 것이네. 그보다는… 서둘러야 할 거야."

"예?"

상현 진인이 평소와는 다른 제법 짓궂은 표정으로 말했다.

"서두르지 않으면 그 아이 목이 늘어나 버릴지도 모르네."

"혹시……."

"죽림으로 가보게."

철웅은 상현 진인과 헤어진 후 죽림으로 걷기 시작했다. 그러나 조금씩 빨라지던 걸음은, 죽림에 닿을 때가 되어서는 달리는 것과 다를 바 없어져 버렸다. 그런 철웅의 신형이 우뚝 멈추어 섰다. 그녀가 있었다. 죽림 아래 서 있는 그녀의 고아한 자태. 푸름이 극에 달한 죽림은, 스스로 사내를 끌어들인다는 도화의 새빨간 염기마저도 희석시켜 버린

듯했다. 하나 차분히 걸음을 옮기는 것과는 달리 재희를 바라보는 철
웅의 두 눈은, 그 어떤 사내보다도 도화의 염기에 깊이 중독된 듯 보였
다.

"…가가."

울먹이는 목소리. 철웅은 그제야 자신이 꿈을 꾸고 있는 것이 아님
을 깨달았다. 철웅은 가만히 팔을 뻗어 그녀를 감싸 안았다. 아주 천천
히… 조심스럽게…….

"돌아왔소."

철웅과 재희가 서로의 온정을 확인하던 그 순간, 죽림들 사이로 불
던 바람마저 두 사람의 주위로 날아와 수줍게 맴돌고 있었다. 아무도
그들의 해후를 방해할 수는 없었다. 철웅과 재희가 서로의 사랑을 확
인하던 그곳은… 무림의 태산북두 소림사의 비지인 죽림이었다.

혜원 대사와 철웅이 다시 만난 것은 달이 중천에 다다랐을 무렵, 재
희의 온정이 아직 채 식지 않은 죽림에서였다. 철웅은 걸음을 옮기면
서도 자신이 해야 할 물음을 생각하고 있었다. 아직까지도 그의 뒷덜
미를 간질이는 이상한 느낌.

"무엇을 그리 생각하고 계신가?"

"낮에는 왜 그러셨습니까?"

"음?"

철웅의 물음에 혜원 대사가 고개를 갸웃거렸다. 무엇을 말하는 것인
지 짐작도 못하겠다는 듯.

"아까… 사람들 앞에서 저를 마치 대단한 사람인 것처럼 소개하신

것 말입니다."

"허허, 내가 그랬었나? 불제자가 어찌 헛말을 했겠소. 아마 평소 생각했던 것이 절로 입으로 나온 것이겠지요."

혜원 대사의 너스레에 철웅은 어이가 없다는 표정이었다. 아무리 좋게 생각해도 그리 쉽게만 이야기할 것이 아니었다. 서로 안면이 있거나 절친한 사이라면 모를까, 그곳에는 생전 처음 보는 사람들이 태반이었고, 그 사람들 모두 강호를 떠받치고 있다는 구파의 수뇌들이었다. 의도한 바가 없었다 단언할 수 있을 정도로, 혜원 대사와 상현 진인이 그리 호락호락한 사람들도 아니었고.

"얼마 전 소림에 귀빈들이 다녀가셨습니다."

"귀빈들이시라면……."

"다른 구파일방의 수뇌부들이지요. 당금 무림에 깃든 암운에 대한 각 파의 고견을 들을 수 있었습니다."

마교를 이름이다. 구파일방의 수뇌들이 회동을 가졌다면, 충분한 대책이 논의되었을 것이다. 한데 혜원 대사의 어두운 표정을 보니 결과가 마땅치 않은 모양이었다.

"의견이 모아지지 않았군요."

철웅의 말에 혜원 대사가 가만히 고개를 끄덕였다.

"구파일방 중 절반이 마교의 존재에 부정적인 시각을 보였습니다. 탕마멸사의 뜻은 같으나 마교의 준동에는 회의적인 것이지요."

눈뜬장님들. 마교의 증거가 적지 않거늘… 발등에 불이 떨어져야 움직일 사람들이었다. 철웅은 그런 자들을 숱하게 보아왔기에, 그다지 놀라워하지도 않았다. 권력을 가진 자들은 어딜 가나 비슷한 모습인 것 같았다.

"또 며칠 전에는 권절 언 대협이 다녀갔습니다."

"언상 대협이오?"

뜻밖의 소식이었다. 그는 병부의 음모를 파헤치기 위해 남경 웅천부로 향했었다. 옥영진의 꼬리를 잡는 일만도 눈코 뜰 새가 없을 것인데, 이곳 소림에는 무슨 일로 찾아왔단 말인가?

"그가 말하길 조정에서도 심상치 않은 움직임이 있다고 하더이다."

혜원 대사는 언상이 들려주었던 이야기를 철웅에게 전해주었다. 철웅도 익히 알고 있었던 이야기들, 그도 모르고 있었던 이야기들, 그리고 그 역시 짐작조차 할 수 없었던 이야기들까지…….

"조정에서… 강호의 움직임을 의심하고 있다는 말입니까?"

기가 차 말도 안 나올 지경이었지만, 되묻지 않을 수 없었다. 물론 혜원 대사는 고개를 끄덕여 줄 수밖에 없었다. 믿기 힘들지만… 그것이 사실이었으니까.

"아까… 왜 그랬냐고 물었지요?"

"……?"

혜원 대사의 말에 철웅이 고개를 들었다. 무슨 말을 하려는 것인지, 혜원 대사의 눈은 평소와는 다르게 더없이 진지해져 있었다.

"빈승과 상현 진인의 생각이었습니다. 미래를 대비한 포석으로 장시주를 선택한 것은……."

"……?!"

철웅의 놀람과는 상관없이 혜원 대사는 걸음을 옮기고 있었다. 철웅은 혜원 대사의 뒷말을 듣기 위해 그 뒤를 따랐다.

"조정에서 경계할 정도로 구파일방의 움직임은 만천하에 드러나 있습니다. 우리가 상대해야 할 마교는 그 꼬리조차 보이지 않고 있지요. 너무나 불리한 싸움입니다."

철웅은 말없이 걷고 있었다. 자신이 듣고 싶은 말은 아직 나오지 않고 있었다.

"소림과 화산, 그리고 무당과 종남, 개방에서 스무 명씩 차출할 생각입니다. 모두 공인된 고수들이고, 그들 모두에게 장문의 명을 받지 않아도 된다는 면죄부를 줄 작정입니다."

"일종의 별동대로군요."

설마 하는 마음이 있었지만, 철웅은 혜원 대사의 말에 고개를 끄덕여 주었다. 상대를 파악하지 못하고 있다면, 우리 측의 전력도 보이지 않게 보존할 필요가 있었다. 만일을 위한 대비로는 괜찮은 방법이었다. 한데,

"그들을… 장 시주가 맡아주었으면 하고 있습니다."

이것이 문제였다. 설마 하는 마음은 역시나 들어맞는다. 백 명의 고수. 각 파에서 고르고 고른 고수들이니 그 실력이 얼마나 출중하겠는가. 혜원 대사는 그런 큰 전력을 철웅에게 맡아달라 말하고 있었다.

"불가합니다."

단호했다. 단호히 거절해야만 했다. 말도 안 되는 일이었고, 생각하고 말 것도 없는 일이었다. 구파일방의 고수 일백. 마교의 뒤통수를 치기 위한 전력. 도저히 감당할 수 없는 중책이었다. 하나 혜원 대사의 생각은 달랐다.

"아니, 충분히 가능한 일입니다. 우리는 고수가 필요한 것이 아니라,

그 고수들을 지휘할 사람이 필요한 것이니."

철웅은 당장 반박하기 위해 입을 열었지만, 혜원 대사가 한발 빨랐다.

"언상 대협이 소림을 떠나기 전 남기고 간 말이 있습니다. 장 시주께서 전장의 장수, 그것도 용맹하기로 이름 높았던 명장이었다는 사실. 북평에서의 일도 모두 들어 알고 있습니다. 언 대협도 나름대로 조사를 해본 모양이더이다. 근 이십여 년간 전장을 누빈 장 시주, 아니, 이 시주의 전공은 참으로 놀라울 따름이더이다. 도찰원에 몸담고 있는 언상 대협의 말이니 믿지 않을 수 없었지요."

"그 이야기… 누가 또 알고 있습니까?"

분명한 노기였다. 언상이 자신의 과거를 캐고 다녔다는 말. 그리고 그 사실을 누군가에게 전했다는 사실이 그를 노하게 만들고 있었다. 하나 혜원 대사는 작게 미소까지 지으며 걱정 말라는 듯 말했다.

"아직은 나와 상현 진인만이 알고 있는 이야기라오. 그건 앞으로도 마찬가지이고… 그리고 언상 대협이 입이 가벼운 사람이라 그 사실을 말해 주고 간 것은 아닙니다. 언 대협이 소림을 찾기 며칠 전, 이미 낙양지부주가 소림을 다녀갔었습니다."

철웅은 눈에 어렸던 노기를 한숨과 함께 내보냈다. 그의 뜻이 아니었을 것이다. 아마도… 그분의 뜻이었겠지.

"연왕 전하의 친필 서신을 들고 찾아왔더이다. 소림의 죄과를 모두 사하여주신다는 은혜와 더불어… 자신의 친우가 가려는 길에 도움을 주라는 간절한 염이 담겨 있었습니다."

연왕이 어떤 식으로 서신을 보냈는지 짐작하고도 남았다. 아마 전심을 다해 철웅을 도우라 명했겠지. 소림의 죄과를 사해주는 대신… 참으로 연왕다운 방법이었다.

"장 시주라면… 틀림없이 그들을 잘 지휘할 수 있을 거라 믿습니다."

"…불가합니다."

"소림은 물론 다른 문파들 모두 합의한 일입니다. 장 시주가 아니라 하더라도 누군가는 맡아야 할 일. 빈승과 상현 진인은 장 시주가 이 일에 적임자라 생각하고 있습니다."

"…불가합니다."

철웅은 길게 한숨을 내쉬었다. 혜원 대사는 그가 내쉰 한숨 속에 중책에 대한 부담감이 아닌 다른 것이 섞여 있음을 느낄 수 있었다.

"번뇌가 가득한 숨이군요."

"저는… 그들을 지휘할 처지가 못 됩니다……."

철웅은 자신이 화산으로 돌아가야 하는 이유를 설명했다. 자신의 정신에 금제가 되어 있다는 이야기. 잃어버린 기억과 그 기억이 자신에게 어떤 식으로 다가올지 모른다는 것까지……. 철웅의 이야기를 듣고 있던 혜원 대사의 노안이 놀람으로 크게 떠지고 있었다.

"그런… 일이……."

전혀 예상치 못했던 일이다. 철웅에게 그런 일이 있었을 줄은, 소림의 방장인 자신조차 알 수 없는 일이었다.

"지금은 제 자신을 되찾아야 할 때입니다. 제 자신이 온전치 못하기에… 그런 막중한 책무는 맡을 수가 없습니다. 다른 적임자를 찾아보시는 것이 나을 것입니다."

혜원 대사는 더 이상 강요할 수가 없었다. 한참 동안 말이 없던 혜원 대사가 입을 연 것은 죽림으로 들던 바람이 잦아들고 난 후였다.

"강을 건너려 함에 주저하지 마시오."

"……?"

"옛날 부처께서 사위국 동남으로 걸음을 하신 적이 있으셨소. 그곳의 사람들은 도덕을 들은 일이 없어, 다른 이를 속이는 것을 업으로 사는 자들이었소. 부처님께서 그들을 교화하기 위해 강가 나무 밑에서 설법하셨으나 마을 사람들 중 그 법을 믿는 이가 없었소."

철웅은 혜원 대사가 무슨 이야기를 하려는 것인지 몰랐다. 다만 눈을 반개하고 이야기를 들려주는 혜원 대사의 진지한 표정에 조용히 동조하고 있었다.

"그때에 강 남쪽에서 강을 건너오는 어떤 사람이 있었는데, 참으로 놀랍게도 두 발로 강을 건너오는 것이었소. 사람들이 그 용한 재주를 보고 이유를 묻자 그 사람이 이렇게 말했소."

철웅은 달마가 갈댓잎 하나로 양자강을 넘었다는 일위도강의 신위는 들어 알고 있었지만, 맨발로 강을 건넌 사람이 있었다는 이야기는 금시초문이었기에 자신도 모르게 이야기에 집중하고 있었다.

"나는 강남에 사는 무지한 사람으로서, 부처님이 여기 계시다는 말을 듣고 오려고 했으나 배가 없었소. 그래서 저쪽 언덕 사람에게 물었더니 물이 발목밖에 안 찬다고 하였고, 나는 그 말을 믿고 강을 건너왔을 뿐 다른 재주는 없소, 라고. 그러자 부처님께서 찬탄하시며 말씀하셨소."

철웅은 혜원 대사의 모습이 너무나 생경해 넋을 잃고 바라볼 수밖에 없었다. 한없이 자애로운 미소. 마치 부처가 혜원 대사의 입을 빌어 자신의 뜻을 전달하는 것처럼 보였다.

"참으로 훌륭하구나. 대개 믿음이 진실하기만 하다면 생사의 바다도 건널 수 있는데, 그깟 몇 리도 못 되는 강이 무에 대수겠는가……."

"……."

철웅은 두 눈을 감고 있었다. 진실한 믿음. 철웅은 자신에 대한 믿음을 곱씹고 있었다.

'내 마음에 이는 두려움은 결국 나 자신에 대한 두려움. 나는… 나를 온전히 믿지 못했던 것이다. 나 스스로를 믿지 못하면서 어찌 진정 두려움을 떨쳐 내었다 말할 수 있을까.'

철웅의 전신이 가늘게 경련하고 있었다. 장강의 물결을 바라보며 두려움을 이겨내겠노라 다짐했었다. 피하지 않겠노라, 주어진 숙명을 거슬러 오르리라 스스로 맹세했었다. 하나 결코 깨어지지 않을 것이라 믿었던 그 다짐은 허상일 뿐이었고, 자기기만일 뿐이었다. 굳게 다짐을 하던 마음의 내면에서는 고통을 감내하리란 마음이 자리잡고 있었다. 참아내는 것과 이겨내는 것은 분명히 다르다. 이제는 알 것 같다. 자신이 왜 스스로의 기억을 지워달라 했는지. 칠 년 전의 자신은 진실이 주는 고통을 이겨내지 못했을 것이다. 지금의 마음 역시… 그때와 그리 다르지 않을 것이다. 그저 견뎌내리라는 다짐뿐이었다. 이대로 또다시 진실과 부딪치게 되었다면… 그는 또 한 번 좌절하고 말았을 것이다. 그는… 참오하고 있었다.

'마음… 모든 것은 마음먹기에 달린 것이다. 내가 누구이든, 어떤 비밀을 가지고 있든… 그것이 무에 중요할까. 나라는 존재는… 결코

변하지 않는 것을. 내가 나를 믿는 한… 나는 나인 것을……'

죽림에서의 시간은 세상에서의 시간보다 더디게 흐르는 것 같았다. 천 번 만 번의 고뇌와 반성이 이어지고 있음에도, 그들을 스치는 바람은 아직도 그 자리에 머물고 있었으니…….

'스스로를 믿는다. 내가 모든 역경을 이겨낼 것임을 믿는다. 헛된 진리에 현혹되지 않을 것임을 믿는다. 내 사부가 보여준 길이 옳은 길임을 믿고, 내가 살아온 과거가 틀리지 않았음을 믿는다. 내가… 천리를 옳게 따를 것임을 믿는다.'

스스로에 대한 자각과 그 자신에 대한 믿음을 가진다는 것은 결코 몇 마디 말로 가능한 일이 아니었다. 자신의 내면에 대한 관조. 철웅은 혜원 대사가 밝혀준 길을 따라 스스로를 바라보고 있었다. 믿음이란 온전히 그것을 바라보는 것에서 시작된다. 스스로를 바로 볼 줄 아는 것. 철웅은 자신이 걸어왔던 길을 돌이켜 보고 있었다.

나고 자라 가르침을 받았던 시절, 첫 전투와 첫 살인, 첫 희생… 가문의 멸문과 목숨을 부지하기 위해 군적을 버리고 달아나야 했던 기억. 그 수치스러운 과거와 그것을 회복하기 위해 처절히도 싸웠던 지난 시간들. 자신을 위해 죽어간 수하들. 온전히 기억할 수조차 없을 만큼 많은 전투. 모든 것이 그의 삶이었고 진실이었다. 부끄러운 기억, 후회스러운 기억들이 주마등 달리듯 그의 머리 속을 스치고 있었다. 하나 이제는 부끄럽지 않았다. 후회스럽지도 않았다. 그때는 그것이 옳았다 믿었고, 지금도 그런 선택이 틀렸다 말하지 않을 수 있다. 현재의 눈으로 과거를 돌아보는 것은, 바라볼 수만 있을 뿐 어찌할 수 없는 것임을 깨달았다.

‘과거라는 것도… 온전히 받아들여야만 한다. 그 모든 것이 지금의 나를 있게 한 시간들. 나를 이루는 작고 작은 조각들이다. 내가 나를 믿는다면… 그 모든 것을 인정하고 받아들여야 한다. 내가 그 모든 것이 나인 것을 믿고 있는 한… 나는 흔들리지 않을 것이다.’

죽림의 바람이 철웅을 중심으로 불어오고 있었다. 혜원 대사의 눈에 잔잔한 파문이 일고 있었지만, 함부로 움직여 철웅의 관조를 방해할 수는 없었다. 이것이야말로 무인으로서, 한 인간으로서 스스로의 벽을 깨는 중대한 작업임을 너무나 잘 알고 있었기에.

‘내가 나를 알고 올곧이 선다면… 내가 가는 길 역시 곧고 단단할 것이다. 그것이… 천리다.’

얼마의 시간이 흐른 것인가? 잘게 경련하고 있던 철웅의 입에서 한 모금의 선혈이 터져 나왔다.

“쿨럭!”

혜원 대사는 그런 그의 모습에 오히려 기뻐하며 철웅의 등 뒤로 향했다.

“장 시주, 마음을 가라앉히고 진기를 유도하시오.”

철웅의 등 뒤로 웅혼한 기운이 스며들고 있었다. 철웅은 그 기운을 따라 운기하기 시작했다. 얼마의 시간이 흐른 후, 철웅의 잔경련이 멎자 혜원 대사는 조심스레 손을 떼어냈다.

“…참으로 대견스럽소. 참으로 장하오…….”

혜원 대사의 노안에 흐릿한 물기가 고여 있었다. 철웅의 입가에 흐른 핏줄기만큼이나 진한 여운을 남기는 흔적이었다.

“그래… 무엇을 깨달으셨소?”

혜원 대사의 물음에 철웅은 한동안 아무 말이 없었다. 그 자신도 스스로에게 일어났던 시간을 곱씹어 정리하는 듯했다. 그리고 한참이나 지난 후에야 어느 정도 정리가 된 듯, 철웅은 입가의 핏줄기를 손으로 훔치며 입을 열었다.

"…깨달은 것은 없습니다. 그저 제가 알고 있던 것들을… 다시 한 번 확인했을 뿐입니다."

"장 시주께서는 무엇을 알고 계셨소?"

물기가 가신 혜원 대사의 눈에는 밝은 빛이 돌고 있었다. 그의 물음에 담긴 희열만큼이나 밝은 빛이…….

"…저는 아무것도 모르고 있었습니다. 그것을 확인했습니다."

"허허… 그래, 이제는 조금 아시겠소?"

혜원 대사의 물음에 웃음기가 담겼다. 철웅 역시 덤덤히 마주 웃으며 입을 열었다.

"아직도 잘 모르겠습니다만… 한 가지는 알겠습니다."

"그것이 무엇인가요?"

철웅은 고개를 들어 하늘을 바라보았다. 그리고 허공의 누군가에게 말을 하듯 미소를 지으며 말했다.

"아직… 가야 할 길이 멀다는 것은 알겠습니다."

혜원 대사는 철웅의 말에 고개를 끄덕였다. 만족스러운, 더없이 만족스러운 표정이었다. 철웅을 바라보던 혜원 대사가 웃으며 말했다.

"허허, 장 시주도 이제 도인이 다 되셨구려. 허허허."

철웅은 가볍게 미소 지으며 혜원 대사의 농을 웃어넘겼다. 철웅이 바라보던 하늘에서도, 혜원 대사의 그것만큼이나 유쾌한 웃음소리가 들려오는 듯했다.

“도가 별것이더냐. 바른길로 가는 것이야말로 진정한 도이니라. 허허허.”

*   *   *

백련의 기억이라 불리는 지하 광장. 연화도의 지하에 건설된 이곳은 백련의 역사였고, 박해의 증거였다. 이곳에 자리하고 있는 일천에 달하는 인물들 모두 그 사실을 알고 있었다. 공중에 부유하고 있는 습한 공기야말로 죽어간 선조들의 숨결이었고, 자신들의 두 발을 떠받치고 있던 석판이야말로 눈 감지 못한 선대 교도들의 무덤이었다. 그들 모두 그러한 사실을 알고 있었기에, 감히 숨소리조차 크게 쉬지 못하고 있었다. 광장의 중앙으로 문이 열리며 세 사람이 나오고 있었다. 이륜거에 몸을 실은 노인과 그 양옆을 호위하듯 나오는 두 사람. 백련의 당대 교주인 한림아와 좌우쌍사였다. 사람들, 일천 청년 교도들의 시선이 그들에게 꽂히고 있었다.

“모두… 잘 자라주었다.”

한림아의 갈라진 목소리가 지하 광장을 가로지르고 있었다. 바늘귀 떨어지는 소리조차 들을 수 있을 만큼 조용하였기에, 한림아의 목소리는 일천의 귓가로 고루 퍼져 나가고 있었다.

“이제… 너희는 나가야 한다.”

일천 청년 교도들의 눈에 빛이 어리는 듯했다. 지난 십 년간의 준비가 드디어 결실을 맺으려 하고 있다는 것을 그들도 느낄 수 있었다.

"너희 아비들과 그들의 아비들이 걸어왔던 길을… 이제는 너희가 걸어야 한다."

숨 막힐 듯한 정적 속에서 광장의 공기가 점점 팽창됨을 느낄 수 있었다.

"백련의 길은 고난의 길이었다. 미륵의 가르침으로 빼어 든 칼이었으나 그 칼을 빼앗긴 죄로 우리는 빛을 잃어야만 했다. 용화세계를 건설해야 하는 사명을 가진 우리였으나 우리는 단 한 뼘의 땅조차 마음껏 누리지 못하고 살아야 했다."

한림아의 목소리가 조금씩 높아지고 있었다. 그리고 그 열기에 감염되어 버린 듯, 청년 교도들의 숨소리 역시 조금씩 거칠어지고 있었다.

"지난 삼십여 년을 숨죽여 지내야 했다. 우리에게서 빼앗은 밝음으로 그들의 나라가 세워졌을 때도, 우리는 마교라는 이름 아래 죽어야만 했다. 빼앗긴 밝음을 돌려달라 말하는 자는 역도라는 이름으로 낙인찍혀 죽어야 했고, 우리의 밝음을 되찾기 위해 일어선 자는 마교도라는 이름으로 죽어야 했다."

지하 광장은 사람들의 열기로 들끓고 있었다. 그들의 피가 끓어오르고 있었고, 그들의 붉어진 두 눈들이 끓어오르고 있었다. 분노라는 이름의 화산이 그 거대한 분출을 준비하고 있었다.

"우리는 그들의 피를 마시고 살아야 했고, 그들의 살을 먹고 목숨을 부지해야만 했다. 수많은 교도들의 피와 땀으로, 이 자리에 너희가 설 수 있게 되었다. 이제는… 너희 차례다."

지하 광장이 흔들리는 듯한 착각이 들었다. 일천의 청년들이 뿜어내는 강렬한 기세에, 지하 광장의 석벽이 공명하듯 울고 있었다.

"그들이 흘린 피를 되찾아와야 한다. 미륵의 품으로 가지 못한 그들의 원한을, 그들의 자식들인 너희가 풀어야만 한다. 너희의 자식들이 마교도란 이름으로 학살당하지 않기 위해… 용화세계에 강림하실 미륵의 품에서 너희 자식들이 살아 숨 쉴 수 있도록, 너희가 들고 있는 검을 빼 들어야만 한다."

청년들의 눈에 일던 혈기가 점차 짙어지고 있었다. 강호에서 마인이라 불리는 자들의 징조였고, 백련에서는 원한의 증거라 부르는 그것이었다.

"…미륵께서 너희를 용서하실 것이다."

한림아의 마지막 말에 청년 고수들은 일제히 검으로 바닥을 쳐 울리기 시작했다. 당장이라도 무너져 내릴 듯한 굉음과 진동이 지하 석실을 가득 메웠다. 그들의 성난 울림을 바라보는 한림아의 눈에는 흡족한 미소가 어려 있었다.

"돌아가세. 이들의 모습을 본 것만으로도, 나는 내 할 일을 다 했다 여기네."

한림아의 말에 적유가 이륜거를 밀며 말했다.

"이제 대계가 코앞으로 다가왔습니다. 교주께서는 분명 용화세계의 강림까지 함께하실 수 있으실 겁니다. 아니, 반드시 건재하시어 새로운 세상이 도래했음을 증거해 주실 것입니다."

적유의 말에 한림아의 고개가 끄덕여지고 있었다. 그들의 뒤를 따라 걸음을 옮기던 강자량의 눈에 차가운 빛이 흘렀다.

'그랬으면 오죽이나 좋겠소이까, 좌사. 미륵의 뜻이 그렇지 아니한

것이 안타까울 뿐이지요… 후후.'

강자량의 소리없는 웃음은 지하 광장의 어둠 속으로 빨려 들어가 버렸다. 그의 마음속에 일고 있던 야망의 흔적과 함께…….

*   *   *

날이 밝음에 때맞춰 소림을 떠나는 사람들이 있었다. 하루에도 수천 명씩 들고나는 소림이었지만, 오늘 떠나는 사람들은 평상시에는 볼 수 없는 진풍경을 만들어내고 있었다. 적어도 소림의 방장이 외산문까지 나와 손님을 배웅하는 예는 좀처럼 보기가 힘든 일이었으니.

"배려에 감사합니다."

"아미타불. 무슨 그런 말씀을……."

철웅의 인사에 지객당주인 혜윤 대사가 조용히 합장하며 사례했다. 철웅 일행의 등 뒤로 세워져 있는 작은 마차 한 대. 혜윤 대사는 일삼의 시신을 화산으로 옮기려는 철웅의 뜻을 듣고는 선뜻 마차를 내어주었다. 의도없는 호의로 내어준 마차였기에, 철웅의 입장에서는 고맙지 않을 수 없었다.

"아미타불. 진인도 살펴가십시오."

"무량수불. 대사께서도 강녕하시기를……."

혜윤 대사와 상현 진인도 인사를 나누었다. 북평의 일 이후 소림과 화산의 유대는 전무후무하다 할 정도로 끈끈해져 있었다. 인사를 나누는 두 사람의 눈길에는 그런 정이 담겨 있었다.

"긴 이야기를 나누지는 못했지만, 장 시주를 따르시는 분들이니 무운을 빌어드리도록 하겠습니다. 아미타불……."

혜원 대사의 합장에 양청은 물론 다른 철웅의 일행 모두 다급히 손을 모아 인사를 올렸다. 상대는 대소림사의 방장이었다. 그런 사람의 예를 받는다는 것은, 그들의 입장에서는 황송하기 이를 데 없는 것이었다.

"그럼, 이만 떠나도록 하겠습니다."

철웅의 말에 혜원 대사가 고개를 끄덕이다, 문득 잊었던 말이 생각난 듯 그녀를 불렀다.

"재희 시주."

"예, 대사."

자신을 부를 줄은 꿈에도 몰랐던 재희가 조심스레 답했다. 그런 재희를 바라보는 혜원 대사의 눈에는 정이 넘치고 있었다.

"장 시주를 잘 붙잡아주시길 바랍니다. 먼 길을 가는 사람이니, 많이 외로울 것입니다."

"…예."

면사 위로 보이는 눈동자 주위가 벌게지고 있었다. 그곳에 모여 있던 사람들의 시선을 한 몸에 받게 되었으니, 어찌 그러지 않았겠는가. 철웅이 짐짓 헛기침을 하고는 손을 들어 마지막 인사를 올렸다.

"그럼 이만……."

"부디 가는 길이 곧고 평탄하기를 바라겠습니다."

혜원 대사의 마지막 인사에 철웅은 고개를 깊이 숙여 보임으로 대답을 대신했다. 평탄치 않아도 그 길만을 갈 것이라는 이야기는, 그들에게 있어 불필요한 시간 낭비일 뿐이었으니까.

철웅 일행과 상현 진인 일행이 숭산을 떠나고 있었다. 이미 일출을 모두 마친 태양이 그들의 머리 위로 높아만 가고 있었지만, 그들의 길어진 그림자가 혜원 대사의 노안을 붙잡고 놓아주질 않고 있었다.

"들어가시지요."

"조금만… 조금만 더 있다 들어가도록 하지."

혜윤 대사의 말에 혜원 대사는 가만히 고개를 저었다. 혜윤 대사가 다시 한 번 들어가기를 청했다. 그로서는 아무래도 그들의 마지막을 바라보는 사형의 행동을 이해할 수 없는 모양이었다.

"이젠 들어가시지요."

"자네는 내가 저들을 배웅하는 것이 마땅치 않은 모양이구먼."

혜윤 대사는 대답하지 않았다. 배웅하는 것이 마땅치 않은 것이 아니라, 그들의 마지막 모습까지 담아두려는 사형의 내심을 짐작키 어려웠던 것이다. 엄연히 자신의 사형은 대소림사의 방장이었으니, 예의를 따져도 먼저 모습을 감추는 것이 합당해 보였다. 하나 이어진 사형의 말에 혜윤 대사는 더욱 큰 의구심만을 느끼게 되었다.

"내가 만약 먼저 이 자리를 떠난다면, 성불하신 사조께서 불호령을 내리실 것이네."

"예? 그게 무슨……."

"허허, 아닐세. 들어가세나."

혜원 대사는 너털웃음을 흘리며 뒤돌아서고 있었다. 혜윤 대사는 뒤돌아서 멀어지는 혜원 대사를 바라보며, 그의 이해할 수 없는 말에 고개를 흔들었다. 문득 고개를 들어보니 이미 철웅 일행은 고개 아래로 완전히 모습을 감춘 뒤였다.

혜윤 대사는 경내로 드는 내내 사형의 말을 곱씹어보았지만, 결국 그 의미를 알아내는 것을 포기하고 말았다. 그가 어찌 짐작이라도 할 수 있었겠는가. 선대의 인연을 따라 철웅을 바라보는 혜원 대사의 지극한 그 눈빛을…….

화산으로 돌아오다

화산으로 돌아오다

화산을 오르는 길목에 만들어진 분지. 이제는 파란 풀들이 무릎께까지 자라나 화마의 흔적은 찾을 수 없었지만, 그곳을 지나는 철웅의 감회는 함께 오르는 상현 진인만큼이나 남달랐다.

"풀이 많이 자랐군요."

"그러게 말일세. 이렇게라도 흉터를 덮어주니, 그저 고마울 따름이지."

상현 진인은 이 분지를 화산의 치부로 여기고 있었다. 본산의 초입까지 적도들의 난입을 허락하고 얻은 상처이니, 주인 된 입장에서 딱히 기분이 좋을 리 없었다. 화산을 오르는 길목에는 제법 많은 사람들이 오가고 있었다. 여름의 목전에 다다른 화산은 그 수려한 경관을 사람들 앞에서 유감없이 뽐내고 있었다. 사방에 가득한 꽃들과 우거진 숲.

화산의 상징이라 할 수 있는 매화는 이미 모두 지고 없었지만, 매화가 지고 난 자리에 달려 있던 오매(烏梅)들이, 달큰한 과향을 풍기며 푸른 화산을 만들어내는 데 일조하고 있었다. 철웅은 화산의 초입에서 방향을 틀어 자신의 집으로 향했다. 양청 일행은 물론 상현 진인과 화산의 제자들도 그의 뒤를 따라 잠시 그곳으로 향했다. 함께 화산으로 오를 수 없는 이를 쉬게 해야만 했기에.

"소림에서 호사를 마쳤으니, 이젠 편히 잠드는 일만 남았구먼."

관을 바라보던 철웅의 눈에 작은 파랑이 일고 있었다. 새로운 삶에 대한 희망을 안고 화산을 떠났으나 그 희망을 채 피워보지도 못한 채 관 속에 누워 있는 일삼. 철웅은 짧은 시간이었지만, 깊은 족적을 남기고 떠난 일삼을 바라보고 있었다. 그에게는 큰 빚을 진 셈이다. 지켜주어야 했으나 지켜주지 못했으니.

'자네에게 진 빚은 꼭 갚아주겠네.'

이제는 잊으려야 잊을 수 없는 얼굴. 일삼의 얼굴에 겹치던 한수의 얼굴이, 철웅의 망막 속에서 한껏 조롱을 보내고 있는 듯했다. 그런 한수의 모습에도 철웅은 덤덤하기만 했다. 같잖은 환영 따위에 성낼 필요는 없었다. 가슴 깊숙이 품어진 노기는, 언젠가 그의 손으로 풀어낼 수 있을 테니.

철웅의 집 뒤쪽으로 작은 봉분이 만들어졌다. 이상타 여길 정도로 집과 봉분의 거리가 가까웠지만, 그것이 죽은 자와 산 자의 생전의 거리였다는 것을 사람들도 느낄 수 있었다. 봉분의 마무리 손질까지도 철웅이 손수 마쳤다. 그리고 마지막으로 그가 직접 만든 위패가 봉분 앞에 깊숙이 꽂혔다. 철웅은 한참을 말없이 봉분을 돌아보다, 이내 일행과 함께 화산으로 올랐다.

'망우 여양 후인 진기 영가(亡友 汝陽 后人 振起 靈駕).'

강호의 무사로 풍진강호에 몸을 던져 큰 위명은 얻질 못했으나 그를 안타까이 여기는 사람들의 마음을 얻고 죽었기에 여한은 없을 봉분이었다. 유월의 태양도 그런 안타까움을 느꼈는지, 화산에 새로 생긴 봉분을 보듬듯 따스한 볕을 촘촘히도 뿌려주고 있었다.

화산으로 오른 일행이 처음 향한 곳은 남천궁 옆의 자소각이었다. 외부의 귀한 손님들을 모시는 곳이었지만, 철웅 일행이 그곳에 드는 데에는 아무런 문제 될 것이 없었다. 오히려 문제라면 그곳에 먼저 머물고 있던 사람들과 인사를 나누느라 정신이 없을 지경이었다는 것뿐.

"장 대인!"

"아니? 이게 누군가?"

철웅은 예상치 못했던 사람들을 만나 놀란 표정이었다. 태진문의 이철성이 달려나와 깊숙이 포권을 하였다. 철웅은 만면에 미소를 지으며 그들을 일으켜 세웠다.

"아니, 자네가 이곳엔 어쩐 일인가?"

"하하, 당연히 화산파의 전갈을 받고 온 것이지요. 화산파의 다른 속가무문들도 전갈을 받고 속속 집결하고 있습니다."

혁련웅이 섬서에 나타났을 때와 비슷한 상황이었다. 이야기를 들어보니 이미 일백이 넘는 속가무인들이 화산에 올랐고, 그중 얼마는 벌써 몇몇 중요 지점으로 파견되었다고 했다.

"화산파에서는 단단히 각오를 하고 있는 모양입니다. 섬서 전역에 연락망을 구축해 놓고 있고, 중요하다 여기는 지역에 제자들을 파견해 동정을 살피도록 하고 있습니다.”

“흠… 화산파의 의지가 대단하군요.”

“이미 한 번 수난을 겪은 전례가 있으니까…….”

양청의 말에 철웅이 고개를 끄덕이며 말했다. 이외에도 이철성은 많은 정보를 알려주었다.

“초씨세가에도 전갈이 간 모양입니다. 막 사제의 전갈을 보니, 초씨세가에서도 단단히 준비를 하고 있는 모양입니다.”

“음? 막 사제라면 고위를 말하는 것 아닌가?”

철웅이 의아하다는 표정을 지으며 물었다. 이철성은 그제야 자신의 이마를 치며 말했다.

“아! 제가 미처 말씀드리지 못했군요. 막 사제는… 이제 초씨세가의 사람입니다.”

“음? 그럼 초 소저와?”

막고위는 한 달쯤 전에 초미와 혼례를 올렸다고 한다. 화산에서 닿은 인연으로 부부의 연을 맺은 것이다. 제법 급하다면 급하게 올린 혼례였기에, 이런저런 수군거림이 있긴 했지만, 두 사람의 행복해하는 모습은 그런 소문들에 전혀 개의치 않는 듯했다. 막고위는 사부의 양해를 얻어 초씨세가의 데릴사위가 되었다. 딸자식뿐인 초씨세가이다 보니 어쩔 수 없긴 했지만, 여기에서 또 한 가지 문제가 생겨 버렸다.

“뭐? 막고위가 검절 어른의 무기명제자가 되었다고?”

“예. 막 사제를 어여삐 보신 검절 어른께서 본 문에 찾아오셨었습니다. 어차피 제자를 둘 생각은 없었던 분이셨는지라, 잠시 가르침을 전하는 것으로 만족하신다고 하셔서…….”

천하의 검절이 가르침을 내리겠다는데, 태진문의 문주가 감히 싫다 말할 수는 없었을 것이다. 또 달리 보자면 막고위에게는 기연이나 다름없는 복이 아닐 수 없었다. 자신에게 가르침을 내려주겠다는 사람이 천하의 독보십절 중 일 인인 검절이었으니, 바짓가랑이를 붙잡아야 할 쪽은 오히려 막고위 쪽이었다. 정작 문제는 막고위의 사부가 된 검절과 장인이 된 도절의 사이가 천하가 다 아는 앙숙이라는 것이었다.

“한동안 그것 때문에 막 사제의 고민이 이만저만이 아니었지요. 한참 신혼의 꿈에 빠져 있어야 하는데, 두 어른의 신경전을 비켜날 수는 없었기에 고생 좀 했지요.”

이철성은 뭐가 그리 재미있는지 이야기하는 내내 미소가 떠나질 않았다. 사제에게 닿은 연이은 기연들에 배가 아플 만도 하련만, 이철성의 얼굴 어디에서도 그런 감정은 찾아볼 수가 없었다.

“어찌 되었든 검절 어르신의 가르침이 먼저였기에 도절 어른께서 한 발 물러서실 수밖에 없었지요. 중간에 나선 초 소저와 그녀의 어머니인 옥절 어른 덕이기도 했고요. 요즘 사람들 사이에선 이러다가 초씨 세가가 천하제일세가가 되는 게 아니냐는 이야기가 자자합니다. 하하.”

도절과 옥절이 부부이고 검절의 진전을 이은 막고위가 그 집안의 사위. 독보십절 중 삼 인이 연결되어 있으니 그런 추측도 불가능한 것은 아니었다. 철웅은 그들의 이야기에 오랜만에 즐거운 표정을 지을 수 있었다.

“잘되었군. 정말 잘되었어.”

철웅의 말에 이철성은 고개를 끄덕이며 철웅을 바라보고 있었다.

'그 인연이 모두 장 대인으로부터 시작된 것입니다. 막 사제와 초 소저의 인연도 그렇고, 검절 어르신과의 인연도… 막 사제가 장 대인 을 얼마나 흠모하고 있는지 아신다면…….'

이철성은 철웅을 바라보며 생각에 잠겼다. 짧다면 짧은 시간. 강호 에 출두한 지 고작 육 개월밖에 안 된 철웅이었지만, 이 사내가 걸어간 발자국 중 깊지 않은 것이 없고, 인연 아닌 것이 없었다. 생각을 이어 가던 이철성이 문득 입을 열었다.

"그나저나 장 의원님이 보이시질 않는군요?"

이철성의 물음에 철웅의 즐거워하던 표정이 조금 어두워졌다.

"형님께서는 일이 있으셔서 지금 태산에 계시네."

"태산이오?"

그들이 북평으로 향했었다는 사실까지는 모르고 있던 이철성이기에, 태산이라는 이름에 고개를 갸우뚱거릴 수밖에 없었다. 하나 철웅이 무 언가를 설명하기 위해 입을 열려던 찰나, 그들이 있던 내실의 문이 열 리며 화산파의 한 제자가 찾아왔다.

"장 장로님, 상청궁으로 드시라는 전갈입니다."

문을 열고 전갈을 전한 이는 상현 진인과 함께 소림에 갔었던 화산 파의 제자였다. 철웅이 가볍게 고개를 끄덕이며 방을 나섰다. 장 장로 라는 호칭에 어리둥절해하던 이철성을 남겨둔 채.

"궁금한 게 많으실 것 같습니다."

이철성에게 말을 건 것은 양청이었다. 아무래도 함께 온 일행 중 강 호의 인물들과 쉽게 말을 터놓을 수 있는 상대는 신창양가의 후손인

양청뿐이었으니, 당혹해하는 이철성에게 무엇인가를 설명해 주는 건
그의 몫일 수밖에 없었다.

상청궁. 흔히 상궁이라 부르는 화산파의 내전과 같은 이곳에는 제법
많은 인물들이 모여 이야기를 나누고 있었다. 화산파 제자와 함께 상
청궁으로 들던 철웅의 귀로 그들의 수군거림은 너무나 크게 들려오고
있었다.

"저분이 파검 장 대협이시군."

"이보게, 장 대협이 뭔가? 엄연히 매화조령의 주인이니 장 장로라고
해야지."

"한눈에 보기에도 정말 기도가 범상치 않은 분이군. 과연……."

자신에 대한 이런저런 이야기들. 검절과 겨룬 후 화산을 떠날 때만
하더라도, 사람들의 저런 수군거림이 듣기 거북하기만 하였는데…….

'그래도 민망스러운 것은 어쩔 수가 없구나. 마치 몸에 맞지 않는
옷을 입고 걸어 다니는 기분이니…….'

철웅은 사람들이 자신을 알아본다는 것에 아직도 익숙하지 못했다.
그의 강호 경험이라고 해봐야 이제 겨우 반년. 지난 반년 새 그 자신의
변화 말고도 주변의 많은 것이 변했다. 파검, 매화조령의 주인. 그는
이미 강호의 유명인사가 되어 있었다. 그 자신도 모르는 새…….

"무량수불. 오랜만에 뵙소."

"그간 안녕하셨습니까."

철웅을 맞이한 것은 상현 진인이 아니라 목현 진인이었다. 목현 진
인과는 딱히 친분이 있지 않았지만, 철웅을 맞이하는 목현 진인의 태도

는 확실히 이전과는 다른 면이 있었다.

"매화조령의 인연이 장 대협에게 이어진 것을 감축드립니다. 아니지, 이제는 장 장로라고 불러 드려야겠군요. 허허."

목현 진인의 말에 철웅은 가만히 고개를 숙여 보였다. 목현 진인이 철웅과 함께 걸으며 말했다.

"상현 사제에게 들었습니다. 자하신공이 돌아온 것에 장 장로의 역할이 매우 중했다고요. 장문인을 대신해 고맙다는 말씀을 드리겠소."

"본래 화산의 물건이었습니다. 그리고 저는 잠시 보관만 했을 뿐, 공이 있다면 그것은 혁련 노야에게 돌아가는 것이 마땅한 것이지요."

"허허, 장 장로에게 큰 공이 있었음을 진작 알았다면, 장 장로에게도 사례를 하였을 것을… 그리고 보면 매화조령이 장 장로에게 전해진 것도 다 하늘의 안배였나 봅니다."

목현 진인은 대화를 나누는 내내 철웅을 유심히 관찰하고 있었다. 그가 이제껏 알고 있었던 철웅이라는 존재는 상현 진인과 친분이 있는 정도, 많이 생각해 준다면 마교가 침입했을 때 제법 큰 도움을 주었던 사람 정도였다. 검절과의 일전도 알고 있긴 했다. 하나 그 결과를 자세히 알고 있는 목현 진인에게 철웅은 그리 큰 비중을 차지하지 못하고 있었다. 하나 이제 강호에서 파검의 명호를 모르는 이가 없었고, 어찌되었거나 당대 매화조령의 주인이다. 상대를 파악해야 할 필요성이 생긴 것이다.

'이자는 소림의 북평행에서 큰 전공을 올렸다. 마교의 강시들을 물리칠 정도라면 절대 녹록치 않은 실력. 하나 얼마 전 검절과 겨루었을 때만 해도, 나의 이목을 끌 정도는 아니었건만… 확실히 주시해야 하

는 자임에는 분명하다.'

일신 우일신이라곤 하지만, 반년 만에 만난 이 사내는 여러모로 달라져 있었다. 강호에서의 위치도 그렇거니와 그의 전신에서 알게 모르게 풍겨 나오는 기운 역시.

목현 진인과 철웅의 걸음이 다다른 곳은 상청궁의 한 내실. 이미 많은 사람들이 자리에 앉아 그를 기다리고 있었다.

"무량수불. 옥현이라 하네."

"장철웅입니다."

상석에 앉아 철웅을 맞이한 노인. 당대 화산파 장문인인 옥현 진인이었다. 물론 철웅과 옥현 진인은 처음 보는 사이는 아니었다. 다만 그들이 서로 안면을 익히고 지낼 만한 사이가 아니었을 뿐. 화산에서 철웅과 이어진 일들은 모두 상현 진인과 목현 진인, 그리고 무현 진인을 통해 이루어졌었다. 옥현 진인은 혁련웅에게 자하신검을 받자마자 폐관 수련에 들어갔기에 그를 만날 이유도, 여유도 없었다. 좌중의 인물들은 모두 여덟 명. 상현 진인과 무현 진인을 비롯하여 철웅과도 안면이 있는 청상 진인까지, 이른바 화산팔선이라 불리는 여덟 명의 도인이었다. 청상 진인은 가만히 눈을 감은 채 철웅을 외면하고 있었다. 철웅은 그런 청상 진인에게 잠시 시선을 주었다가 고개를 돌렸다. 자신을 바라보는 시선. 옥현 진인의 눈은 철웅에게 향해 있었다. 그가 무엇을 찾기 위해 그를 바라보는지는 몰랐지만, 철웅은 담담히 그의 눈빛과 마주하고 있었다.

"놀랍군. 정말 놀라워."

옥현 진인의 입에서 불쑥 튀어나온 말에 철웅은 물론 좌중의 인물들도 의아해하며 그를 바라보았다. 하나 이어진 옥현 진인의 말이야말로 정말 놀라운 것이었다.

"듣기로 도문, 아니, 강호와 인연이 없었다는 것 같던데, 장 대협은 어찌 도문의 진기를 지니고 있는 것인가?"

도문의 진기. 쉽게 말해 도문의 심법을 익혔다는 이야기였다. 상현 진인조차 철웅을 바라보며 의문을 나타내었다. 어떤 이유에서인지 내력의 증진이 있었다는 것은 알고 있었지만, 그것이 도문의 것이었다니…….

"제가… 도문의 진기를 가지고 있다는 것을 어찌 아셨습니까?"

"알지, 나는 알지. 다른 사람들은 몰라도 나는 알 수가 있지. 그대와 혁련옹이 전해준 자하신공의 후반부는 내력과 연단의 장. 그것이야말로 모든 화산 무공의 원류. 다른 이는 생경히 느낄지도 모르나 그 원류를 깨달은 나는 느낄 수 있지. 자네가 지닌 내력은 분명 도문의 것이네."

옥현 진인의 말에 사람들의 시선이 철웅에게 향해 있었다. 하나 철웅은 쉽게 입을 열지 않고 있었다.

"죄송합니다. 화산에서 인연이 닿아 배움을 얻었지만, 은사께서는 당신의 존재를 밝히시길 꺼려하셨습니다."

철웅의 말에 몇몇 장로들의 안색이 침중해졌다. 화산에서 배움을 얻었다면, 그것도 사부를 모셔 배움을 얻었다면 그 연원만큼은 분명히 짚고 넘어가야만 했다. 화산의 인물에게 사사를 받았다면, 그는 분명 화산의 제자. 매화조령은 화산의 인물이 지닐 수 없는 것이니 그에 따른 조치가 필요한 것이었다.

"장 장로에게 무공을 사사한 사람이 누구인지 밝혀주었으면 합니다. 화산파의 인물이라면 우리에게 밝히지 못할 까닭도 없지 않습니까?"

목현 진인이 침중한 음성으로 철웅에게 말했다. 일이 이상한 방향으로 흐르고 있었지만, 매화조령의 회수라는 면에서는 지금이 적기였다. 하나 철웅은 고개를 저었다.

"죄송합니다. 사부의 유지를 어길 수는 없는 일. 양해해 주시길 바랍니다."

철웅의 말에 목현 진인이 다시금 무어라 하려 하였지만, 손을 들고 제지하는 옥현 진인의 목소리에 그만 입을 다물어야만 했다.

"되었네. 그만 하게. 지금은 그런 것이 중요한 것이 아니야."

목현 진인이 놀라 옥현 진인을 바라보았다. 이것은 매우 중요한 일이었다. 매화조령의 회수도 그렇고, 장철웅의 내력을 알아내는 것도 중요했다. 하나 옥현 진인의 단호한 눈빛을 보곤 이내 입을 다물고 고개를 숙였다. 지금은 물러서야 했다. 옥현 진인이 웃으며 다시금 철웅을 바라보며 말했다.

"내가 자네를 보자고 한 이유는 보다 정확한 사실을 확인하고 싶었기 때문이네."

"하교하시지요."

옥현 진인은 철웅과 좌중의 인물들을 한번 바라보곤 말을 이었다.

"상현 사제에게 들었네. 소림의 방장께서 중임을 맡아달라 했는데, 자네가 거절하였다고?"

"그런 사실이 있습니다."

옥현 진인은 철웅의 대답에 미소 지으며 말했다.

"나는 자네가 그 일을 맡아주었으면 하네."

"……?!"

"상현 사제에게 대강의 이야기는 들었네. 그리고… 청상 도우와도 이미 이야기를 끝냈고. 일에는 선후가 있겠지만, 자네의 일이 끝난 다음에라도 나는 소림에서 제안한 그 역할을 자네가 맡아주었으면 하네."

"그 이야기는……."

"그래, 물론 화산파 장로로서 말이야."

단도직입적인 이야기였다. 옥현 진인은 철웅을 바라보고 있었다. 그러고 보니 다른 이들은 자신을 모두 장로라 칭하는데, 유독 옥현 진인만큼은 장 대협이라 칭하고 있었음을 깨달았다. 그는 자신이 화산파의 일원이 되기를 원하고 있었다. 화산의 위명을 드높일 전공을 세우는 조건으로.

"…불가합니다. 그런 이유라면 더욱더……."

철웅의 짧지만 단호한 대답에 옥현 진인의 표정이 굳어져 갔다. 그것은 자리에 있던 다른 팔선들도 마찬가지. 단호한 거절. 옥현 진인이 굳은 안색으로 입을 열었다.

"내가… 무엇을 원한다고 생각하는가?"

"힘입니다."

"힘?"

옥현 진인은 철웅의 대답에 너털웃음을 지었다.

"힘… 힘이라……. 내가 힘이 필요해서 자네에게 이런 부탁을 하는 것이라? 하… 하하하."

옥현 진인의 웃음에 기운이 실리기 시작했다. 웃음이 내실을 맴돌며 광소로 변했다. 옥현 진인의 광소에 팔선의 표정이 굳어져 갔다.

'노… 놀라운 공력?!'

옥현 진인의 주위로 맴돌던 기세가 세차게 회전하기 시작했다. 그의 주변은 이미 하나의 막을 형성하고 있었다. 바람의 막, 강기의 막. 좌중의 인물들 모두 다급히 내력을 끌어올려 그 기세에 맞서고 있었지만, 옥현 진인이 보이고 있는 신위는 상상을 초월하는 것이었다.

'우욱! 이것이… 진정한 자하신공의 위력인가?!'

목현 진인이 인상을 쓰며 옥현 진인의 공력에 대항하고 있었다. 그나마 평정심을 유지하며 버티는 것은 굳은 표정의 무현 진인과 그리고…….

'저… 저자가?'

무현 진인을 바라보던 목현 진인의 눈에 놀람을 넘어 경악의 빛이 떠오르고 있었다. 무현 진인만큼이나 당당히 기세에 버티고 있는 사람은 다름 아닌 철웅이었다.

'흠… 기연이라도 얻은 것인가? 정녕 장족의 발전을 이루었구나.'

철웅을 바라보던 무현 진인 역시 놀라고 있었다. 무현 진인의 몸 주위로도 기세에 맞서는 벽이 생겨나 있었다. 천하제일장의 신위는 과연 명불허전이었다. 그에 반해 철웅의 주위에는 이렇다 할 변화는 보이지 않고 있었다. 하나 무표정한 얼굴과 사심없는 눈빛은 그가 옥현 진인의 기세에 크게 흔들리지 않고 있음을 보여주는 것이었다. 하나 철웅의 내심은 크게 흔들리고 있었다.

'이것은… 이 기운은 내가 얻은 기운과 비슷하다. 내가 도문의 내력을 가지고 있다는 것이 이런 뜻이었던가?

철웅은 기세에 크게 반발하지 않고 있었다. 오히려 그에게 닥치던 기세를 받아들이고 흘려보내고 있었다. 반발심이 생기지 않는 기운. 옥현 진인의 기운과 철웅의 기운은 거의 같은 빛을 띠고 있었다. 잠시의 시간이 지난 후 옥현 진인에게서 뿜어지던 기세가 가라앉고 있었다. 급격한 기운의 소멸에, 모두 끌어올렸던 내력을 거두며 놀라고 있었다. 기세를 내뿜는 것만큼이나 서둘러 거두어들이는 일도 어려운 일이었으니, 이미 옥현 진인의 경지는 자신들보다 서너 단계는 위에 있다고 봐야 했다. 자세를 바로 한 옥현 진인은 철웅을 바라보고 있었다.

"그대가 틀렸다. 나는 힘을 바라는 것이 아니다."

"……."

"내가 원하는 것은 화산이 화산에만 있지 않음을 알리는 것이다. 천하에 도문의 선법을 알리고자 함이다. 천하에 도문의 교리를 전파하고자 함이다. 그러기에 앞서 화산의 이름을 널리 알릴 필요를 느꼈기에 그대에게 그 자리를 권했던 것이다. 천하를 안정시키기 위해 무엇이 필요하다 생각하는가? 세인들에게 진정 필요한 것이 무엇이라 생각하는가? 그들에게 필요한 것은 참 삶을 살아가는 법도가 필요하다. 선하고 올바르게 살아가는 가르침이 필요하다. 그것이 도문이 해야 하는 일이다."

옥현 진인의 눈에서 신광이 뿜어지고 있었다.

"우리 도문이 지금껏 이룩한 가르침들은 인간의 몸으로 선계에 이르는 방법을 깨닫고자 함에서 비롯되었다. 바로 신선이 되고자 하는 길이다. 신선이 되려는 방법을 따르니 절로 옳고 바른길이 무엇인지 깨닫게 되었다. 그 법, 그 선법을 세상에 널리 알린다면, 세상의 죄악들을 스스로 정화케 할 수 있다. 천하에 널린 혹세무민하는 가르침들. 마교라는 사악한 무리들의 거짓된 가르침으로 인해, 결국 천하는 도탄에 빠지고 말 것이다. 그것을 막고자 마교와 대적하려는 것이고, 그것을 막기 위해 선법을 널리 알리려는 것이다. 힘? 힘이 필요하다면 힘을 써야겠지만, 다른 이의 힘을 빌려 쓸 필요는 없다. 도문의 힘은 이미 이 자체로도 완벽하다."

옥현 진인의 눈에서 일던 신광이 조용히 갈무리되고 있었다. 그리고 자신의 장광설을 마무리하듯 조용히 입을 열었다.

"이제 도문이 가야 할 길은 암동에서의 고독한 수련이 아니다. 혼탁한 세상이야말로 바른길을 걷는 자들이 가야 할 곳이다. 화산이 천하에 그 이름을 알려야 함은, 천하에 바른길을 전파하는 보다 빠른 길이다. 천하의 안녕을 위한……."

옥현 진인의 말에 대다수의 팔선들이 고개를 끄덕여 그 뜻에 동조했다. 하나 모든 이가 그것에 동조한 것은 아니었다.

"…희생을 발판으로 삼으시려는 것입니까?"

사람들의 시선이 이 발칙한 목소리의 주인을 찾았다. 상현 진인은 그런 사람들의 시선을 받으면서도 동요없이 자신의 주장을 이야기하고 있었다.

"우매한 중생을 구제하기 위해 세상에 나가야 한다는 것은 이미 오래전부터 이어져 온 도문의 전통입니다. 이 자리에 계신 분들도 모두 경험이 있으시지 않습니까? 표주(漂周)하며 세상을 떠도는 것만으로도 도문은 손이 모자랍니다."

"표주를 하여 얼마나 많은 중생에게 가르침을 내릴 수 있는가? 사람들의 운세나 봐주고, 소동들이나 가르치는 것이 고작. 병든 자를 간병한다 해도 그들은 그것을 금세 잊어버리지. 또한 정도일척(正道一尺)이면 마고일장(魔高一丈)이라 하지 않는가? 마교의 뿌리가 뽑히지 않는 것도 따지고 보면 우리 같은 도문의 가르침이 널리 퍼지지 못한 까닭 아닌가? 만약 도문이 마교와의 일전에서 위명을 떨쳐 세인들의 관심이 모아진다면, 그것을 기화로 더 많은 이들에게 가르침을 내릴 수 있을 것 아니겠는가? 그것이야말로 세상을 평안히 하는 지름길이 아니겠는가?"

상현 진인의 말에 목현 진인이 반박하고 나섰다. 상현 진인은 고개를 저으며 그의 말에 다시금 반박하고 나섰지만, 결국 옥현 진인의 중재로 이야기를 멈출 수밖에 없었다.

"지금은 마교의 발호에 대비하고 있는 상태네. 나는 화산이 그런 마교의 발본색원에 앞장서야 한다고 생각하고. 여기 있는 사람들 중 천하의 안녕을 바라지 않는 사람이 있는가? 하나 그들은 쉽게 뿌리 뽑히지 않네. 세상의 악한 것들을 정화하는 것은 결국 세상을 살아가는 이들의 몫. 우리가 그 길을 가르쳐야 한다는 것에 반대하겠는가?"

옥현 진인의 말에 상현 진인은 침묵했다. 물론 그도 반대하지 않는다. 그 자신도 십 년간이나 표주를 행했었다. 그만큼 세상에는 배우지 못한 자가 많고, 힘써야 할 곳이 많다. 하나 아무리 그렇다 하더라도, 제자들과 인명의 희생을 발판으로 교세를 넓히겠다는 생각에는 찬성할 수가 없었다. 그리고 그가 반대한다 하여 달라지지 않을 것이라는 것이 그를 괴롭게 하는 것이었다. 더 이상 이야기를 나누어도 아무것도 달라지지 않을 것이라는 현실이…….

"오늘 장 대협을 부른 이유는 다른 것이 아니었네. 화산이 나아갈 길을 함께 가자는 것이었네. 천하를 위한 길이고, 우매한 중인들을 구원하는 일이네. 자네의 성정이 곧고, 대의를 중히 여김을 아네. 자네가 그 길을 원치 않는 것이 아님도 아네. 대답은… 나중에 듣기로 하겠네."

옥현 진인이 무엇을 말하는 것인지 철웅도 알 수 있었다. 자신이 대법을 받기 위해 화산에 왔다는 것을 알고 있다는 뜻, 대법을 받고 난 후 다시 이야기하자는 뜻이었다. 헛웃음이 나왔다.

'내가 도문의 진전을 이었기에 이러는 것인가? 그들이 가는 길은 정녕 옳은 길인가?'

철웅은 상청궁을 나서며 하늘을 바라보았다. 오늘따라 구름이 많은 하늘. 차라리 바람 따라 흘러가기라도 한다면, 그 구름이 흐를 방향이라도 짐작해 보련만, 오늘따라 구름들은 하늘에 못이라도 박힌 듯 움직일 줄을 모르고 있었다.

"너무 신경 쓰지 마시게. 어차피 자네가 판단할 일. 누가 강요한다 될 일이 아니니……."

함께 나온 상현 진인이 철웅의 어깨를 다독였다. 철웅은 가만히 고개를 끄덕여 보이는 수밖에 없었다.

"급한 일 없으시면… 잠시 시간을 내주시지요."

상현 진인의 등 뒤로 들린 목소리에 철웅과 상현 진인이 뒤를 돌아보았다. 청상 진인의 표정은 목소리만큼이나 차고 건조했다. 철웅은 청상 진인의 뒤를 따라 남천궁으로 향했다. 상현 진인이 함께 가려 하였으나 청상 진인은 가볍게 고개를 저어 그의 동행을 불허했다. 그가 있다면, 청상 진인은 자신이 하고 싶은 말을 절반도 채 꺼내지 못할 것이 분명했기에…….

　청상 진인은 남천궁의 내실에서 철웅과 마주 앉았다. 함께 오는 길이 제법 멀었건만, 청상 진인은 오는 내내 단 한 마디도 철웅에게 건네지 않았다. 자신이 철웅에게 가지고 있는 감정이 어떤 것인지 알리려는 의도였다면, 참으로 시기적절하고 효과 만점의 방법임에 분명했다. 차를 내오고 나서도 한동안 청상 진인은 말이 없었다. 철웅은 그런 답답함 속에서도 그녀의 입이 열리기만을 기다렸다.
　"…금제가 걸렸다고 들었습니다."
　청상 진인의 극히 사무적인 태도에, 철웅은 자리를 박차고 싶은 충동을 억지로 내리눌러야 했다. 그녀의 태도에서 오는 압박감. 자신을 대하는 눈빛 하나 손짓 하나마다 그에 대한 좋지 않은 감정이 묻어 있었다. 하나 그런 철웅의 마음을 아는지 모르는지 청상 진인의 말과 행동은 아무런 변화가 없었다.
　"상궁 장문인의 청도 있고 하니, 금제를 해제하는 대법을 펼쳐 드리도록 하겠습니다."
　"…감사합……."
　"단, 조건이 있습니다."
　"……?!"
　철웅은 청상 진인의 날카로운 말에 하려던 말을 잘리고 말았다. 하나 이어진 청상 진인의 말에는 신경의 한쪽이 잘리는 듯한 충격을 맛

봐야만 했다.

"금제를 풀어주는 대신……."

"……."

"…내 제자를 돌려주십시오."

청상 진인은 그 말을 마지막으로 눈을 감아버렸고, 철웅의 부릅뜬 두 눈은 그가 들고 있던 찻잔 위에서 힘겹게 물결치고 있었다.

언상의 선택

언상의 선택

내 일을 방해하면… 결코 용서하지 않을 것이다

"내가 부탁했던 일들은 어떻게 되었소?"

"이미 모든 지시는 끝난 상태, 영감께서 바라시는 그대로입니다."

병부와 금의위의 밀접한 관계야 이미 어제오늘의 일이 아니다. 만천하가 다 아는 그 사실을 쉬쉬하는 모습까지 닮아 있을 정도로. 물론 지금처럼 병부의 영반인 상서와 상직위친군(上直衛親軍) 예하 금의위(錦衣衛) 통령이 한자리에 앉아 있는 모습을 누가 보기라도 한다면, 병부나 금의위 모두 큰 곤욕을 치러야만 할 것이다. 물론 주변에 은잠해 있는 병부와 금의위 고수 수십의 장벽을 뚫고 들어온다는 가정 하에서.

"한데… 영감께서 그들을 너무 신뢰하고 계신 것이 아닌지……."

"허허, 유 통령. 신뢰라는 말은 나와 유 통령 정도의 사이에나 어울리는 말이라오."

금의위 통령 유문충(柳文忠)은 옥영진의 말에 낮은 미소를 지어 보였다. 옥영진의 후광이 없었다면 아직도 장성의 변방을 돌고 있을 그였기에, 옥영진의 입에서 나온 신뢰라는 말에 필요 이상으로 수긍하고 있었다.

"하면, 그들과는……."

"일단은 그들의 계획을 따라주어야겠지. 적유라는 자의 계획은 좀 미덥지 않았지만… 강자량이란 자가 들고 온 계획은 제법 구미가 당기지 않소?"

"그들의 속을 어찌 알겠습니까. 말로야 호국교의 인정만을 바란다고 하지만……."

"물론 바라는 것이 더 있겠지. 하나 어찌 되든 일단은 그들도 그들의 계획대로 움직이는 수밖에는 없소. 나중에야… 그들이 어찌 나오든 상관없는 일이지. 누구 발이 더 빠른지를 겨루는 셈이니까."

옥영진의 하얗고 두터운 손이 술잔을 들었다. 그의 비대한 몸집 그 어딜 보아도 무인의 그것은 찾아볼 수가 없었기에, 저런 이가 어찌 대장군의 칭호까지 받을 수 있었는지 궁금해하지 않을 수 없었다. 그에 반해 금의위의 유문충이란 자는 각이 뚜렷한 이목구비를 갖추고 있어, 제법 무인다운 구석이 있었다. 양옆으로 길게 찢어진 눈만 제외한다면.

"일단 유삼오와 제태 등을 앞세워, 황상께서 승하하셨을 때 영지를 가진 군왕은 응천부로 들지 못하게끔 손을 써놨소."

"그렇다면……."

"덫을 놓는 일은 순조롭게 마무리되었소."

옥영진의 장담에 유문충이 고개를 끄덕이며 입을 열었다.

"저희도 일단 준비는 끝마친 상태입니다. 거사 당일 연판장에 서명한 금의위 위사 일천이 황성 주위에 잠입해 있을 겁니다. 어차피 황성 내에서는 무력 충돌이 없을 터이니, 계획대로라면 저희는 외부에서 황성으로 찾아오는 자들만 차단시키면 되지요."

"혹시 모르니 만전을 기해주시오. 알게 모르게 연왕을 따르는 이들이 천하에 산재해 있소. 낙양지부주로 있는 유상지 같은 자들 말이지……."

"유상지는 마교의 거사에 맞춰 제거 대상에 올라 있는 자 아닙니까?"

"뭐… 그렇다는 거요. 허허허."

옥영진은 살집이 푸들거릴 정도로 웃어 젖히곤 다시 술잔을 입으로 가져갔다. 함께 술을 마시던 유문충이 문득 무엇인가 생각났다는 듯 입을 열었다.

"한데 언상이란 자가 아직도 병부를 들쑤시고 다닌다면서요?"

"흥! 배워먹지 못한 자 하나가 코앞에서 웽웽거리고 있소. 신경이 쓰여서 원……."

"그냥 조용히 제거해 버리시지요?"

옥영진은 유문충의 말에 코웃음을 쳤다.

"유 통령, 유 통령은 언상이 어떤 자인지 몰라서 그러시는 거요?"

"강호에서 제법 이름이 나 있다는 소문은 들었습니다. 하나 제가 데리고 있는 위사 중 솜씨 좋은 자들을 골라 추리면……."

"그 이야기는 되었소. 내가 알아서 처리할 테니 신경 쓰지 마시구려."

옥영진은 술잔을 털며 입을 훔쳤다. 그리고 한심하다는 눈빛으로 유문충을 쓸어보았다.

'얼간이 같으니라고… 언상 하나를 없애려고 애꿎은 수하를 다 죽일 셈이냐? 괜한 꼬투리만 잡힐 뿐이다. 지금은 그냥 저 혼자 날뛰다 지치게 놔두는 편이 낫다. 거사가 코앞인데 괜한 분란을 일으킬 필요가 없지…….'

옥영진은 입가의 조소를 지우고 뿌듯한 미소를 입가에 그려 넣었다.

'계획은 완벽하다. 결코 빠져나갈 수 없는 황명이라는 덫을 놓았으니…….'

술잔 위로 떠오른 달이 옥영진의 시선을 잡아끌었다. 옥영진은 술잔을 입으로 가져가 술잔 위에 떠 있던 달을 삼켜 버렸다.

'달이 지고 나면… 새로운 해가 뜨는 것이 당연한 이치… 이제 주가의 달은 지고… 옥가의 해가 뜬다. 후후후.'

옥영진이 내려놓은 술잔, 그 비워진 술잔에선 만월의 흔적을 찾을 수가 없었다.

*　　　*　　　*

"…이유가 무엇입니까."

찻잔 속의 찻물은 이미 차디차게 식어 있었다. 시간이 흐르기는 한 것인지, 청상 진인의 감겨진 눈은 찻잔에 김이 피어오르던 때의 모습과 한 치도 달라진 점이 없었다. 철웅은 그런 청상 진인을 일깨우고 있었다. 이 지독한 침묵을 깨려면 그 수밖에는 없었다.

"…제가 그녀를 얻어선 안 되는 이유가 무엇입니까?"

철웅의 낮은 목소리가 청상 진인의 눈꺼풀을 헤집고 있었다. 그 낮은 목소리의 중량감이 버거웠는지, 청상 진인의 눈이 조용히 떠지고 있었다.

"장 대협이 그 아이를 얻지 못하는 것이 아니오."

"……."

"천하의 그 어떤 사내도 그 아이를 얻을 수 없소."

철웅은 반개한 청상 진인의 두 눈을 바라보고 있었다. 하나 그녀의 두 눈에 흐르는 감정은 그로서도 이해하기가 쉽지 않았다.

"알고 있습니다. 그녀에게 씌워진 저주라는 것. 하나… 그녀는 제가 지킵니다."

"말로는 선계를 오르는 것도 쉬운 일이라오."

청상 진인의 눈에 어린 단호함. 결코 재희를 놓지 않겠다는 그 의지는 철웅도 느낄 수 있었다. 청상 진인은 낮게 한숨을 쉬며 철웅에게 속삭였다.

"내가 그 아이를 처음 본 것이 십오 년 전이었소. 이제 갓 열 살이나 되었을까 싶은 아주 작고 어여쁜 아이였지. 한데 그 어여쁜 얼굴에서 찾을 수 있었던 것은… 고통과 혼란뿐이었소."

"……."

"그 아이가 처음 저주의 기운을 풍긴 것이 아홉 살 무렵이라 들었소. 처음에는 그 아이의 숙부란 자가 홀렸고, 그 다음에는 그 아이의 오라비가 홀렸다고 했소. 자신의 허리께에도 미치지 못하는 아이를 겁탈하려던 사내들이 그 아이의 숙부였고 오라비였소. 그 아비 된 자의 성정이 올곧지 않았다면, 정녕 상상키 힘든 패륜이 자행될 뻔하였소."

"…그럴 수가……."

철웅의 눈에 일던 놀람은 이내 연민으로 바뀌고 있었다. 그런 과거를 그녀가 기억하고 있는지, 철웅은 그것을 가장 먼저 염려했다.

"다행히 그 어미 된 자가 그 아이를 데리고 이곳을 찾았소. 아홉 살 난 딸아이가 화냥년 소리를 듣는 것을 참을 수 없어 그 아이를 데리고 온 거요. 그 아이를 두고 가며, 차마 어미의 손으로 내칠 수 없어 맡긴다 하였소. 그 후 십오 년간 그 아이의 얼굴에서는 면사가 걷힌 적이 없었소. 내가 직접 주관한 대법만 수십여 차례. 하나 그 아이의 기운은 걷어낼 수가 없었소."

"그녀의 신변은 제가……."

"천하의 모든 사내들을 상대로 싸울 자신이 있소?!"

"……?!"

"하면 아무도 없는 깊은 산골에 숨어 평생 나오지 않을 자신이 있소?! 그 누구와도 마주치지 않고, 평생 단 두 사람만 살아갈 자신이 있냔 말이오!"

청상 진인의 목소리엔 엄한 꾸짖음이 담겨 있었다.

"그것이 정녕 그 아이를 위한 길이라 생각하시오! 지금 당장의 마음 동요로 평생을 후회하려 하시오!"

철웅은 청상 진인의 말에 쉽사리 대답치 못했다. 그녀가 살아온 세월에 대한 이야기만으로도 충분히 충격을 받고 있었다. 하나 앞으로 다가올 미래에 대한 충격은 그에 비할 바가 아니었다.

"그 아이는 이곳을 벗어나면 살 수가 없는 아이라오. 절대 사람들의 틈바구니에서는 살아갈 수가 없는 아이라오. 그 아이를 본 문 밖으로 내보낼 때마다 내 마음이 얼마나 타 들어갔는지 아시오? 절대 사람들 앞으로 모습을 보여선 안 되는 그 아이의 심정을 아시오? 나도 들어 알고 있소. 그대는 그 아이의 저주에서 용케도 벗어나 있다는 것을. 하나 세상은 두 사람의 마음만으론 살아갈 수 있는 곳이 아니라오."

철웅은 이제야 알 것 같았다. 청상 진인의 눈에 흐르던 감정의 정체를. 그 단호하고, 고집스러우며… 안타까움 가득한 그것…….

'당신은… 그녀를 자신의 딸 이상으로 아끼고 계시군요.'

청상 진인이 내지른 호통의 의미를 알 것 같았다. 그녀의 눈에 어린 단호함이 무엇을 말하는 것인지 알 것 같았다. 자식을 걱정하는 어미의 마음. 혹여 자식의 신변에 무슨 일이 생길까 걱정하는 지극한 마음. 철웅은 마음에 일던 노기와 억울함을 가라앉혔다.

"…뜻을 따르겠습니다."

"……?!"

청상 진인의 눈이 부릅떠졌다. 하나 이내 그 눈빛에 짙은 노기가 어렸다.

'이런 마음으로 그 아이를 넘보았다는 말인가? 이런 갈대와 같은 가벼운 마음으로…….'

청상 진인의 손이 노기로 떨리고 있었다. 그리고 그녀의 입에서 노여운 일갈이 터져 나오기 직전, 철웅의 입에서 낮지만 차갑지 않은 목소리가 흘러나왔다.

"그녀를 얻을 수만 있다면… 그 어떤 것이든 당신의 뜻에 따르겠습니다.”

철웅이… 고개를 숙이고 있었다. 청상 진인은 그의 그 동작 하나에 놀라 노기를 잊어버릴 정도였다. 그는 섬서의 파검이었다. 천하의 검 절에게 인정받은 자였고, 매화조령의 주인이었다. 화산의 장로. 자신과 같은 화산팔선과 어깨를 나란히 할 수 있는 장로의 신분이었다. 상청궁의 장문인이 직접 나서주길 바랄 정도의 인물이었고, 소림의 신뢰마저 한 몸에 받고 있는 그런 사람이었다. 그런 사내가 고개를 조아리고 있었다.

‘이것이… 이것이……’

무언가 말을 해야만 했다. 그런 방법은 없다. 남만의 오지로 들어가 평생 나무와 벗하며 살아라. 화산의 암동에서 진토가 될 때까지 나오지 말라. 어떤 말이든 해야 했다. 하지만 반쯤 벌어진 청상 진인의 입에선 아무런 말도 나오지 못한 채, 숨소리만 가늘게 이어지고 있었다.

“정녕… 어떤 것이든 따르겠는가?”

“……”

철웅은 고개를 들고 청상 진인을 바라보았다. 그는 그녀의 뜻을 기다리고 있었다.

“지금까지 쌓아온 그대의 위명이 사라질지도 모르네.”

“상관하지 않습니다.”

“범부보다도 못한 삶을 살아야 할지도 모르네.”

“범부가 되고자 찾아온 화산이었습니다.”

“평생을… 싸워야 할지도 모르네.”

청상 진인의 마지막 말에 철웅이 옅게 웃으며 답했다.

“평생을… 싸워왔습니다.”

청상 진인은 그의 두 눈에 어린 다짐을 보았다. 그 마음이 청상 진인의 가슴을 시리게 파헤치고 있었다.

‘지난 삼십 년간… 그토록 듣고 싶어했던 말이었건만…….’

청상 진인의 입에서 작은 한숨이 토해지고 있었다. 그녀는 기운없는 몸짓으로 자리에서 일어섰다. 철웅은 그녀를 바라보고 있었지만, 문을 열고 나가는 그녀를 차마 불러 세우지는 못했다. 철웅의 표정에 어두운 빛이 일고 있을 때, 그 어둠을 물리치는 목소리가 들려왔다.

“내일… 미시경에 찾아오시게. 대법을 펼쳐 드리겠네. 목욕재계(沐浴齋戒)하고 내일 하루 옳고 바른 것만 생각하시게.”

“…….”

“그리고…….”

문을 열고 반쯤 몸을 내밀고 선 청상 진인이 뒤도 돌아보지 않고는 입을 열었다.

“…재희는 여린 아이일세… 부디… 아끼고… 아껴주시게.”

청상 진인은 철웅이 놀랄 틈도 주지 않은 채 문을 닫고 사라져 버렸다. 철웅은 감히 흥겨움에 미소 짓지 못하고 있었다. 청상 진인의 안타까워하는 마음을 생각한다면, 차마 그럴 수는 없는 일이었다.

*　　　*　　　*

“후우… 이거야 원, 주워 모은 자료만 이 정도이니…….”

감찰호부 공유유가 탁자 위에 가득한 서류들을 정리하며 한숨을 내

쉬었다. 그러자 그 옆에서 직접 서류들을 책하던 호덕영이 맞장구를
쳤다.

"그러게… 무슨 부스러기를 이렇게 많이 흘리고 다니는지… 잡아넣
을 이유가 너무 많아서 걱정이구먼."

"이거 혹시 읽어봤나?"

"음?"

호덕영은 공유유가 건넨 서류를 받아 읽어 내려가기 시작했다.

"금의위 통령 한 달 잡비가 은자 이백 냥? 이거 순 날강도 아냐?"

"저번 달에는 절강 순찰 간답시고 여비를 은자로 백오십 냥이나 가
져갔어."

"환장하겠네. 백오십 냥이면 내 몇 년치 녹봉이야?"

공유유와 호덕영의 투덜거림은 끝없이 이어지고 있었다. 서류가 모
여 책으로 만들어지기까지는 그리 오랜 시간이 걸리지 않았다.

"휴우… 명색이 감찰호부가 이런 서리들이나 하는 일을 해야 하다
니……."

"어쩌겠어. 서리에게 금의위 내부 비밀 감찰 서류를 맞길 수는 없는
일 아닌가? 하하."

총 네 권에 달하는 책을 들고 일어서는 두 사람의 표정엔 긴장이라
곤 찾아볼 수가 없었다. 도찰원의 문을 나선 두 사람은 말에 몸을 싣고
남경의 대로를 달리기 시작했다.

두 사람이 당도한 곳은 남경의 외성 지역에 있던 한 주루였다. 그들
은 주루의 최상층인 삼층으로 올라갔다.

“속하 공유유입니다.”

“…들어와.”

주루의 내실로 든 공유유와 호덕영은 살짝 인상을 찌푸리고 있었다. 흐트러진 차림으로 술을 마시고 있던 사내. 도찰원 좌첨도어사이며 독보십절의 일 인인 권절 언상이 취기 가득한 얼굴로 기녀를 품에 안고 술을 마시고 있었다. 공유유와 호덕영의 눈에 실망감이 스쳤지만, 이내 그런 기색을 지우며 언상에게 다가갔다.

“말씀하신 것입니다.”

“…어, 고생들했네.”

언상은 공유유가 내민 네 권의 책자를 받아 자신의 옆자리에 아무렇게나 내려놓았다. 그 모습에 잠시 눈살을 찌푸렸지만, 공유유는 고개를 숙여 보이곤 자리에서 물러섰다. 하나 호덕영은 하고 싶은 말이 남아 있는 모양이었다.

“대인.”

“…음?”

기녀가 따라준 술을 마시기 위해 술잔을 들고 있던 언상이 호덕영을 바라보았다. 취기 가득한 눈이었지만, 호덕영은 그에 개의치 않고 입을 열었다.

“갑작스레 금의위 비밀 감찰 자료를 가져오라 하신 이유가 무엇입니까?”

언상은 잠시 호덕영을 바라보다 히죽 웃어 보이곤 입을 열었다.

“…다 잡아다 모가지를 치려고 생각 중이다.”

“예?”

호덕영은 물론 옆에서 듣고 있던 공유유까지 대경실색해 되물었다.
금의위의 자료를 원한 이유가 그것이었다니…….

"그건 안 될 말입니다. 저희가 저들의 빈틈을 알고 있듯 저들도 우리의 빈틈을 알고 있습니다. 서로의 치부는 들추지 않는 것이 감찰부의 불문율. 대인 독단으로 처리하실 일이 아닙니다."

"…우리는 철저히 눈과 귀가 막혀 버렸어."

언상이 달아오른 숨을 내쉬며 말을 이었다.

"병부의 꼬리도 잡지 못했는데… 상부의 압력 때문에 일에서 손을 떼게 되다니……. 내가 누군지 다들 잊고 있어. 이 언상을 모두 잘못 보고 있어……."

"하나 그것은 원주님의 명으로……."

"원주고 뭐고… 나는 옥영진이의 속셈을 꼭 알아내고야 말겠어. 그러기 위해선… 금의위의 손발부터 잘라내야지. 옥영진이의 개를 먼저 때려잡고… 그놈을 잡아넣을 것이다."

만취한 모습. 상상하기 힘들 정도로 만취한 그의 입에서, 상상조차 할 수 없는 엄청난 말들이 쏟아져 나오고 있었다. 병부를 치기 위해 금의위를 친다고? 그것이 얼마나 위험천만한 일인지 모를 그가 아니건만…….

"엄청난 일이 벌어질 겁니다. 어쩌면… 도찰원은 조정 전체와 척을 지게 될지도 모릅니다."

"크흐흐, 어차피 그놈들에게 인사 한번 제대로 받아본 적 없는 우리 아니냐? 이참에 금의위 놈들을 아주 뿌리째 뽑아버리지 뭐. 하하하."

광인의 광소라고 생각되었다. 금의위에서도 가만히 있지 않을 것이다. 폭로전이 시작된다면, 도찰원도 무사하기 힘들다. 어차피 같은 길을 걷는 자들, 같은 잘못이 너무나 많았다.

"재고해 주십시오. 그렇게 되면 한두 명 죽는 걸로 끝나지 않을 겁니다."

"걱정 마라… 옥영진이만 잡으면 모든 것은 끝나. 역모만 밝혀낸다면… 지금의 과오는 모두 덮어버릴 수가 있다. 그리고… 나는 누구도 모르는 비밀 하나를 알게 되었다. 사실… 이 비밀 감찰 자료 따위가 없어도 옥영진의 역모를 증거할 수 있지만, 이참에 꼴 보기 싫은 금의위 놈들을 함께 엮기 위해 이것을 가져오라고 한 것이야."

"역모를 밝힐 수 있을 만한 증거?"

"그래… 그렇게만 된다면 더 이상 금의위 놈들과 아옹다옹할 필요가 없지. 물론 나를 따른 자네들 역시… 그에 합당한 포상을 받을 것이고……."

위험했지만… 솔깃한 이야기이기도 했다. 공유유는 고민하는 눈치였지만, 호덕영은 이내 고개를 가로저었다.

"아무래도 안 되겠습니다. 그런 비밀까지 알고 계시다니… 좌도어사께 보고하겠습니다."

"보고? 항명이라도 하겠다는 건가?"

언상의 눈에 노기가 뻗치며, 동시에 전신으로 엄청난 기운이 폭사되었다. 손도 닿지 않은 주안상이 떨릴 정도의 강맹한 기운이었으니, 그것을 온몸으로 받아야 하는 호덕영과 공유유의 안색이 멀쩡할 리 없었다.

"너희도 나를 우습게 보는 거냐? 후후, 멍청한 놈들… 나는 도찰원의 사람이기 이전에, 천하를 이 두 주먹 아래 놓았던 사람이다. 감히 나를 배신하겠다고? 크흐흐."

언상의 눈빛에서 이성을 찾기는 힘들어 보였다. 이를 악물고 그의 기세에 대항하는 호덕영과 공유유는 그의 전혀 다른 모습에 질려가고 있었다. 하나 어느 순간 그들의 전신을 옥죄던 기운이 씻은 듯 사라졌다.

"…물러가라. 옛정을 생각해 목숨은 취하지 않겠다. 나를 따르지 않겠다면… 떠나도 좋다. 단…….""

기세를 갈무리한 언상의 눈빛이 송곳처럼 두 사람의 망막으로 파고들었다.

"내 일을 방해하면… 결코 용서하지 않을 것이다."

공유유는 마른침을 삼켜야 했다. 언상의 목소리에 실려 있던 그것은 분명한 살기였다. 그는… 그의 말에 책임을 질 것이다.

"…물러가겠습니다."

호덕영이 굳은 표정으로 언상에게 예를 올렸다. 언상은 그의 모습에 눈길조차 주지 않았다. 공유유는 한참을 갈등하는 듯했지만, 이내 대례를 올리곤 호덕영의 뒤를 따랐다. 희망에 부풀기엔 위험 부담이 감당하기 어려울 정도로 컸기 때문이다.

"겁쟁이들……."

언상은 내실을 나서는 두 사람을 바라보며 코웃음을 쳤다. 그리고 옆에서 바들바들 떨고 있던 기녀를 보며 술잔을 내밀었다. 기녀는 두려움 가득한 눈빛을 하면서도 조심스레 언상의 술잔을 채워주고 있었다. 일개 주루의 기녀에겐 선택의 여지 따위는 없었다.

"정말 실망했어."

"그러게 말일세… 그래도 한때는 도찰원의 자랑이셨던 분인데……."

"아무리 원주의 뜻에 의해 맡았던 임무를 포기해야 했다지만, 그래도 사람이 저렇게 망가질 수가 있는가?"

호덕영의 말에 공유유가 고개를 저으며 답했다.

"나는 이해할 수 있을 것도 같아. 누가 뭐래도 병부와 관련된 역모 사건 아닌가? 어쩌면 옥사의 재현이 될지도 모르지만, 어찌 되었든 그로 인해 입신양명한 사람들이 적지 않지 않은가."

"나는… 설마 대인이 출세에 눈이 멀어 이 지경이 될 줄은 몰랐네……."

"그러게… 사람 속 누가 알겠는가……."

말을 타고 멀어져 가는 두 사람의 어깨는 땅이라도 꺼진 듯, 축 처져 있었다. 기운이 빠져 버린 그들의 모습은 불과 십여 장 거리에서 숨죽이고 있던 그림자가 몰라볼 수 없었다.

'언상…….'

그림자는 빠르게 왔던 길을 되돌아 움직이기 시작했다. 만약 자신이 들은 것이 사실이라면 시간이 없었다. 자신들에게 있어 목에 가시와 같던 도찰원 최고 고수 권절 언상을 잡을 기회는 그리 흔한 것이 아니었으니까.

*   *   *

철웅은 잠들어 있었다. 무엇이 그리 피곤했는지 가슴 위로 올려진 두 손은 미세한 기복만이 일고 있었고, 그의 코로 빨려 들어가던 홍황

청의 기류들의 움직임은 조심스럽기 그지없었다. 잠든 그의 주위로 세 사람의 여인이 다가와 그를 내려다보고 있었지만, 깊은 잠에 빠져든 철웅은 깨어날 줄을 모르고 있었다.

"종령이가 지를 맡고, 종홍이가 인을 맡아라. 의식은 내가 직접 주관하겠다."

제자들에게 지시를 내린 청상 진인이 직접 철웅의 머리맡으로 가 자리했다.

'사부님께서 직접 의식을 주제하신다니……'

종령의 눈가에 잔잔한 미소가 떠올랐다 사라졌다. 이미 종령은 재희와 철웅의 관계를 알고 있었다. 사문의 대사저에게 거짓을 고할 만큼 재희의 심성이 야무지지 못한 탓도 있었지만, 이미 재희와 함께 소림으로 가던 그때부터 미심쩍은 점을 느꼈을 정도로, 종령의 눈치가 빨랐다고 보는 게 옳았다. 어찌 되었든 종령은 재희의 편이 되어주었다. 그리 큰 힘은 아니었지만… 대전 밖에서 무사히 의식이 진행되기만 빌고 있을 재희에겐, 자신을 이해해 주는 종령보다 더 큰 힘은 없었을 것이다.

'정신의 금제가 깨어지며 기억의 일부분을 잃어버렸다고 했다. 그렇다면 기억을 되살리는 것보다 깨어진 금제의 조각을 걷어내는 것이 이 사람의 정신을 위해 나을 것이다.'

의식을 주제하기 위해 자리에 선 청상 진인은 철웅을 내려다보며 생각에 잠겨 있었다. 아직은 그리 탐탁지만은 않은 사내였지만, 이미 허락한 이상 언제까지나 미운 구석만 볼 수도 없는 일이었다.

'의식이 끝나고… 어떤 기억을 되찾게 되더라도… 부디 변함없이 그 아이를 아껴주시게……'

청상 진인은 가만히 눈을 감으며 마음을 진정시켰다. 사람의 정신을 다루는 의식은 그 어떤 의식보다도 마음의 안정이 필요했기에, 그와 재희에 대한 생각은 잠시 접어두어야 했다. 잠시 후, 청상 진인의 입에서 낮은 주문이 흘러나오기 시작했다. 길고 긴 의식의 시작을 알리는 그녀의 주문이, 향연이 자욱한 내실을 맴돌고 있었다.

남천궁의 대전 밖에서는 면사로 얼굴을 가린 재희가 안절부절못한 채 서성이고 있었다. 그에게 펼쳐지고 있던 의식이 얼마나 중요한 것인지 알고 있기에, 떨리는 마음을 쉽게 주체할 수가 없었다. 그런 재희의 이목에 몇 개의 인기척이 잡혔다.

"오셨습니까."

재희는 공손히 인사를 올렸다. 그녀의 인사를 받은 상현 진인이 살짝 굳은 표정으로 남천궁을 바라보았다.

"벌써 시작된 것이냐?"

"…예. 방금 전에……."

재희는 상현 진인에게 대답을 한 후 그의 뒤를 따라온 사내들에게 다시 인사를 올렸다. 그녀가 인사를 올리자 오히려 사내들이 서둘러 손을 모아 그녀에게 인사를 올렸다.

"인사를 거두십시오. 저희는 그분의 수하들입니다."

"아닙니다. 어찌……."

양청의 말에 재희가 고개를 저었다. 하나 양청은 반쯤 내리깐 눈으로 입을 열었다.

"예가 바르지 못하다 너무 노여워하진 마십시오. 그분과 혼례를 올리신 후에, 정식으로 주모(主母)의 예를 올리겠습니다."

양청의 말에 재희의 면사 속이 달아올랐다. 주모… 그의 아내.

"고맙… 습니다."

재희는 부끄러워하는 가슴을 진정시키고 나서야 겨우 감사의 인사를 건넬 수 있었다. 양청은 살짝 미소 지으며 고개를 숙였다. 양청은 시종일관 재희와 눈을 마주치지 않았다. 어떤 언질을 받은 것인지는 몰라도, 철웅의 수하들 모두 재희를 마주함에 약간의 주저함을 가지고 있었다. 그것 역시 재희에게 있어서는 못내 부끄러운 일이었다.

"근데… 이거 오래 걸립니까?"

곽부가 남천궁을 바라보며 말했다.

"예. 정확한 시간은 알 수 없지만, 대략 한두 시진 정도는……."

"그게… 말씀 놓으십시오. 이게 꼭 대장한테 존댓말 듣는 기분이라… 흐흐."

곽부가 그 큰 덩치로 뒷머리를 긁는 모습에, 뒤에 있던 사람들이 억지로 토하는 시늉을 해댔다.

"야! 내가 뭐 어때서 지랄들이야!"

"그겁니다. 형님은 그냥 평소대로 하시는 게 제일 어울립니다. 지금처럼요. 하하하."

일성의 말에 사람들이 키득거렸다. 곽부는 손을 들며 일성에게 다가가려다 재희를 한번 힐끗 바라보곤 손을 내리며 투덜댔다.

"염병… 그래 나한테 욕먹으니 좋냐, 이 자식아?"

"하하, 저는 형님한테 욕 듣는 게 가장 좋습니다. 그게 가장 형님다우니까요."

짓궂은 농담이 오가고 있었지만, 남천궁을 바라보던 양청의 한마디
에 사람들 모두 장난을 멈추고 남천궁을 바라보았다.

"…대장도… 대장다운 모습을 잃지 않으시길……."

남천궁의 하늘 위로 구름이 흘러가고 있었다. 그 구름이 허공에서
흩어질지, 비구름이 되어 돌아올지는 아무도 모를 일이었다.

*　　　*　　　*

"뭐? 돌아가겠다고?"

혁련옹의 놀란 목소리가 모옥 안을 울리고 있었다. 하나 그의 시선
을 받고 있던 패의 목소리는 덤덤하기만 하였다.

"언젠가는 제 종적을 발견할 것입니다. 더 늦기 전에 돌아가는 것이,
어르신이나 그분께 해가 되지 않을 것입니다."

패의 모습은 많이 좋아져 있었다. 태산에 든 지 열흘. 장 의원의 의
술은 혁련옹이 찬사를 아끼지 않을 만큼 훌륭했다. 그리고 장 의원의
수발을 들던 강추 역시, 이제는 강호인의 피 냄새 대신 약재 냄새가 맡
아지고 있었다.

"아무리 그래도… 그 위험천만한 곳에 어찌 자네를 그냥 보낼 수가
있는가?"

"허허, 아직은 저에게 그리 위험천만한 곳은 아닙니다."

'이래 뵈도 소교주의 노예니까요.'

패는 뒷말을 삼킨 채 자리에서 일어섰다. 패는 백련에 대해 철저히

함구했다. 그가 도움을 준다면 그들의 발호를 막는 데에 큰 힘이 되겠건만, 그는 아직 백련의 그늘을 벗어나지 못하고 있었다. 혁련웅은 그런 그를 붙잡을 수가 없었다. 화산으로 떠난 철웅조차 그의 행보에 대해 한마디 언질조차 하지 않았으니, 집으로 돌아가겠다는 그를 막아설 명분이 없었다.

"이곳의 비밀은 무덤 속까지 가져가겠습니다."

패의 말에 혁련웅이 고개를 저었다.

"무슨 대단한 일이라고… 어차피 때가 되면 다 알게 될 터."

패는 혁련웅의 배려에 고마워하며 모옥 밖으로 향했다. 모옥의 문을 열자 사방에서 나무 패는 소리가 들려왔다. 태산의 기슭으로 이어진 벌목장. 패는 가슴 깊숙이 숨을 들이마쉬곤 모옥에서 걸어나왔다. 그의 등 뒤로 장 의원의 외침이 들렸다.

"자네 지금 어딜 가려는 겐가?"

헐레벌떡 달려온 장 의원이 패의 손을 붙들고 물었다. 패는 장 의원의 손에서 느껴지는 온기를 느끼며 입을 열었다.

"교로 돌아가려 합니다. 형님께서도 부디 몸 건강히 지내십시오."

패는 장 의원을 형님이라 불렀다. 당연한 일. 패야말로 군역을 받아 청수곡을 떠났던 진짜 장철웅이었으니, 씨족이었던 장 의원에게 형님이라 부르는 것은 당연한 일이었다. 지난 열흘간 패는 장 의원에게 많은 이야기를 들려주었다. 철웅이 미처 들려주지 못했던 그들의 이야기. 장 의원은 몇 번이나 눈물을 흘렸는지 모른다.

"정말 가야 한다면… 막진 않겠네만… 꼭… 고향으로 돌아오게."

"…예."

장 의원의 말에 패는 눈시울을 붉혔다. 그새 정이 붙었는지 혁련옹과 장 의원은 패가 탄 말이 점이 되어 사라질 때까지 못이라도 박힌 듯 움직일 줄 몰랐다.

'지금 당장은 백련의 울타리를 벗어날 수가 없습니다. 죄송합니다, 어르신.'

말을 달리는 패의 얼굴 위로 바람이 달려와 부서지고 있었다. 패는 그 바람을 느끼며 자신이 해야 할 일들을 정리하고 있었다.

'당신이 기억을 되찾고, 자신의 존재마저 되찾는다면⋯ 그때는 당신의 명을 따르겠습니다. 당신이 교를 떠나라면 떠날 것이고, 죽으라면 죽어드리지요. 하나 지금은 백련으로 돌아가야 합니다. 이해해 주시리라 믿습니다.'

패는 철웅을 떠올리며 말을 달리고 있었다. 관도는 길게만 뻗어 있었고, 가야 할 길은 관도를 넘어 한참을 가야만 했다.

'일단은 좌사를 만나야 한다. 내가 나서 그의 이목을 흐려야만, 그분의 안전을 도모할 수 있다. 그리고 인질로 잡혀 있다는 소녀도 알아봐야겠지. 어찌 되었든⋯ 그분께 돌아가야 할 사람이니까.'

패는 좌사와 만나 해야 할 이야기들을 정리하고 있었다. 그 늙은 여우가 의심하지 않을 만큼 확실한 변명을 준비해야만 했다. 그리고 그의 눈을 피해 소소라는 아이에게 접근할 방법도. 가야 할 길이 멀었지만, 생각해야 할 것들을 떠올리니 그리 많은 시간이 있는 것은 아니었다. 운하를 타고 남하한 후 장강을 따라 물길을 거스르면, 태산과 파양호의 거리는 고작 열흘 남짓한 거리일 뿐이었다.

패가 사라진 곳으로 지는 낙조를 바라보던 혁련홍의 뒤로 건장한 청년 하나가 다가왔다.

"어르신, 일과가 모두 끝났습니다."

한 손에 나무 팰 때 쓰는 부를 들고 서 있는 청년. 다부진 몸을 보자니 한두 해 나무를 한 것처럼 보이진 않았지만, 청년의 눈 속에 갈무리된 기운은 범부의 그것이라 하기엔 너무나 강렬한 빛을 띠고 있었다.

"그럼… 수련을 시작하게."

혁련옹의 말에 청년이 고개를 깊이 숙여 보이곤 모옥의 뒤편으로 걸어가기 시작했다. 오솔길을 따라 걸어가던 청년이, 한순간 손을 휘둘러 들고 있던 부를 날렸고, 그의 손을 떠난 부가 파공성을 울리며 날아가 목부들이 모여 있던 나무 둥치에 깊숙이 틀어박혔다. 거리를 따지면 아무리 못해도 십오 장은 넘겠건만, 그런 신기를 목도한 목부들의 표정에서는 놀라워하는 기색을 찾을 수가 없었다.

"자, 수련할 시간이다."

사내의 외침에 자리에 앉아 노닥거리던 목부들이 하나둘 자리에서 일어났다.

"오늘은 나랑 한번 해볼까?"

"싫소. 형님의 쇄천도법(碎天刀法)을 상대하느니, 한송(寒松)이의 천애팔도(天涯八刀)와 어울리는 게 낫지."

두 사내의 말에 한쪽에서 걸음을 옮기던 사내가 발끈하며 외쳤다.

"좋소, 오늘 어디 한번 해봅시다. 내 천애팔도가 나은지, 문허(文墟) 형님의 수라십이검(修羅十二劍)이 나은지."

사내들의 목소리가 우거진 숲 속으로 사라지고 있었지만, 사내들이 남기고 간 이름들은 그들이 놓고 간 철부 곁에 고스란히 남아 있었다. 가히 일절이라 불리며 강호를 위진시켰던 잊혀진 무공들의 이름.

이곳은 산동의 태산이었다.

*　　　　*　　　　*

"뭐야? 좌첨도어사가 사라져?"

탁자를 박차고 일어선 마양수의 외침에, 공유유는 굳어진 얼굴을 펼 엄두도 못 내고 있었다.

"그를 마지막으로 본 사람이 누군가?"

"그게… 저와 호덕영입니다."

"그의 마지막 종적은?"

마양수의 물음에 공유유는 그날의 모습을 소상하게 아뢰었다. 그의 이야기를 듣던 마양수는 기가 막힌다는 표정을 지으며 자리에 털썩 주 저앉고 말았다.

"그렇게까지… 힘들어했던 건가?"

마양수의 목소리에 공유유가 걱정스럽다는 듯 입을 열었다.

"문제는 좌첨도어사께서 금의위의 비밀 내사 자료를 가지고 계시다 는 것입니다. 그리고…….."

"그리고?"

"분명 그 내사 자료 없이도 병부의 역모를 입증할 만한 증거를 가지 고 있다고 했었습니다."

마양수의 눈이 휘둥그레지며 또다시 자리에서 벌떡 일어섰다.

"그게… 사실인가?"

"예."

마양수는 턱에 손을 괸 채 방 안을 서성이기 시작했다.

"사라졌다… 사라졌다라… 그가 타의에 의해 사라질 수 있는 사람이었나?"

마양수의 시선을 받은 공유유가 잠시 움찔했지만, 이내 마양수의 물음에 정답과 비슷한 답을 내어놓고 있었다.

"당시만 해도 좌첨도어사께서는 한눈에 알아볼 수 있을 정도로 만취한 상태였습니다. 게다가 심적인 고통이 크셨는지, 적절한 사리 분별이 힘들어 보였습니다."

공유유의 말에 턱을 괴고 있던 마양수의 손이 이마를 눌렀다. 정황으로 보자면…….

"조용히 찾아보게."

공유유는 고개를 숙이곤 마양수의 방을 나섰다. 마양수는 말없이 창밖을 바라보고 있었다.

'무언가 이상해. 전혀… 자네답지 않아…….'

마양수의 시선이 어디를 바라보고 있는지는 알 수 없었지만, 그가 누구를 생각하는지는 누구라도 짐작할 수 있었다. 하나 그가 무엇을 생각하고 있는지는, 나는 새와 잠든 쥐들로는 결코 알아낼 수가 없었다.

되찾은 기억

되찾은 기억

이마에 맺힌 땀이 떨어져 이룬 작은 내의 흔적이, 현재 청상 진인의 심력 소모가 얼마나 심한지 잘 말해 주고 있었다. 청상 진인은 철웅의 정신과 교감하고 있는 상태였다. 그가 무엇을 기억하고 있는지까지는 알 수 없었지만, 그가 느끼고 있는 감정의 물결은 고스란히 청상 진인의 뇌리로 전해지고 있었다.

'금제의 흔적이 너무나 뚜렷이 나타나고 있다. 하나 그것은 의식을 거행하고 나서야 알 수 있을 만큼 교묘하고 지고한 것. 대법을 펼친 자가 누구인지는 몰라도, 어설피 배운 배교의 잡술이 아니구나.'

정신의 교감을 이루면 수천, 수만 갈래의 공명을 느낄 수 있게 된다. 청상 진인은 그런 공명들 중 온전치 못하게 흔들리고 있는 느낌들을 찾아 다스리고 있었다. 청상 진인의 오른손에서 작은 기운이 흘러나오자, 그녀의 우측에 있던 종령이 보다 큰 목소리로 주문을 외우기 시작했다. 공명을 다스리는 것은 그녀 혼자 할 수 있는 일이 아니었다. 의식의 주관자로 다른 지와 인의 기운을 조절하여 온전한 길을 인도하는 것이 그녀의 자리였다. 향로에서 피어오르던 연기들이 철웅을 중심으로 회오리치며 뒤섞이고 있었다. 둥근 테를 연상시키던 기류의 흐름이, 이내 작은 줄기를 이루며 철웅의 칠공으로 스며들고 있었다.

철웅은 철저한 망아의 상태에 놓여 있었다. 의식의 움직임은 정지되어 있었고, 무의식의 영역은 청상 진인과의 교감으로 열려진 상태였다. 흔히 빈사 혹은 가사 상태라 불리는 지경이었기에, 철웅의 영혼은 그의 육체를 떠나지도 머물지도 못하는 중간의 위치에 존재하고 있는 형국이었다.

'기이하구나……. 내가 나이면서도 내가 아닌 듯한…….'

철웅은 부유하고 있었다. 정신과 육체가 어긋나 있는 상태. 그것은 누군가 설명해 주지 않아도 느낄 수가 있는, 참으로 오묘한 경험이었다.

'평화롭다…….'

철웅은 흐르고 있었다. 그것이 의식의 상태인지, 무의식의 상태인지는 그도 알 수가 없었다. 그리고 그의 그런 상태가 청상 진인과 엮인 교감의 기류를 따르고 있다는 것도 물론 알 수가 없었다. 평화로운 상태가 깨어진 것은 시간이라는 개념이 없던 어느 상태의 어느 순간이었다. 이동의 느낌이 잦아진 그의 눈앞에 펼쳐진 것은, 어느 거대한 장원의 뜰이었다.

‘이곳은… 나의 집.’

한 소동이 검을 휘두르는 모습이 보였다. 아니, 수십 명의 소동 사이에서 유독 그 소동이 눈에 확연히 들어오고 있었다. 또래들보다는 조금 작은 키. 하나 다른 소동들보다 매섭게 휘둘리는 목검이 바람을 가르고 있었다. 아이들을 바라보는 사람들도 있었다. 청년도 있었고, 중년인도 있었다. 하나같이 갑주를 차려입히면 어울릴 것 같은 사내들.

‘아버지…….’

철웅의 시선이 한 중년인의 코앞까지 다다라 있었지만, 그 중년인은 철웅을 보지 못하는 듯했다. 손이 있었다면 손을 뻗어 만져 보고 싶었다. 다부진 그의 어깨를, 굳게 다문 그의 입술을, 거목처럼 우뚝 서 있던 그의 존체를 다시 한 번 매만져 보고 싶었다. 서자인 자신으로서는 감히 생각지 못할 불경한 행동이었지만, 자신이 한 번도 서자임을 느끼지 못했을 정도로 자상하셨던 아버지. 그런 아버지의 뚜렷한 영상에 철웅은 목이 메고 있었다. 하지만 그는 이미 그곳에 없었다. 낮은 어둠으로 바뀌었고, 장원은 수십 개의 막사들로 바뀌었다. 그리고 그곳에서 자신을 발견할 수 있었다.

‘그래…….’

모닥불을 앞에 두고 여러 병사들과 함께 어울려 마유주를 마시던 시절. 장성 너머에 있던 이름 모를 초원. 자신의 청춘은 질풍노도라는 말이 무색할 만큼 강렬했고 격정적이었다.

‘저런 때가 있었지…….’

철웅은 미소를 짓고 싶어졌다. 젊은 양청과 어린 일성. 이제 갓 검을 들고 창을 잡은 자신의 수하들. 그때도 곽부의 얼굴에 저리 수염이 많았던가? 철웅은 자신이 무슨 말을 했었는지 기억해 내고 있었다.

'등을 보이라 했지. 서로에게 등을 맞기라 했었지…….'

혈기방장한 시절의 그는 자신감에 차 있었고, 거칠 것이 없다 믿었었다. 그런 그들의 모습이 지워지고, 차가운 수풀을 헤치고 달리는 자신의 모습이 보였다. 그때는 만월을 가린 구름에 감사했었다.

'내 생애… 처음으로 뒤돌아섰던 때…….'

그는 정신없이 달려가는 자신을 바라보며 안쓰러워하고 있었다. 역모에 휘말린 가문. 그리고 자신을 잡기 위해 찾아온 사람들을 피해 달아나는 자신. 자신과 함께 몸을 피했던 가신들 모두 그 차가운 초원 위에 몸을 뉘어야만 했다. 결국 그도 그들의 손에 잡히고야 말았다. 장사 이씨 가문은 초원의 추격전을 끝으로 그 하나를 남긴 채 멸문당했다.

'…내 나이 서른. 세상에 내동댕이쳐지고 말았다.'

기억의 흐름을 따른다는 것은 신기한 경험이었지만, 잊었던 기억을 이토록 생생히 들추어본다는 것이 반갑지만은 않았다. 다시 그가 흘러간 곳은 남경의 성문 앞. 그곳에서 그는 정녕 잊고 싶었던 기억과 만나고 말았다.

'…아버지…….'

비루한 말 한 마리가 끄는 허름한 수레에, 낡은 거적 하나만을 걸친 그가 누워 있었다. 수레를 끌던 철웅은 눈물 흘리지 않았다. 자신의 목에 칼이 떨어지기 직전 누명이 벗겨진 것이 감격스럽진 않았다. 아비의 머리와 몸통을 꿰맨 자국을 보면서도 울지 않았다. 장사 이씨에 내려졌던 추살령이 거두어진 것도 고맙지 않았다. 모든 것은 끝났다고 생각했다. 그때는 모든 것이 끝난 것이라 생각했다. 그때… 수레를 따르던 그들이 없었다면… 어느 이름 모를 언덕에서 목을 베었을지도 모른다.

'그래… 그게 그들과의 첫 만남이었지.'

마흔여덟 명에 달하는 사람들이 그의 수레를 뒤따랐다. 그들의 표정에 떠올라 있던 비장함과 고통스러움은 아비와 가문을 잃은 그에 못지않았다. 북평대장군 이정인은 아들이 손수 판 무덤에 몸을 뉘었다. 철웅은 그 누구도 모를 곳에 아비를 묻었다. 그때는 아비를 미워한 옥영진이 시신에 해코지할지 모른다는 생각이었지만, 돌이켜 생각해 보면 철없는 생각이었다. 차라리 볕이 잘 드는 양지바른 곳을 찾았어야 했는데…….

'저들을 따라 하남도지휘사 강덕술의 밑으로 들어갔었지…….'

철웅은 하남에서의 생활을 기억하지 못했다. 거의 남아 있지 않은 기억. 유일한 기억이라곤 자신을 따라주던 마흔여덟 명의 용자뿐이었다. 그들은 강했다. 하나로 뭉쳐 있기에 강했다. 그들은 충심으로 자신을 따라주었다. 아비가 남긴 유산. 북평대장군 이정인의 가신을 자처하던 그들. 그들이라면, 그들이 자신을 따라만 준다면 가문의 재건도 꿈만은 아닐 듯싶었다. 하나… 그는 강덕술의 손을 거쳐 남옥의 휘하로 들어가게 되었다.

'후후… 내 인생에 있어… 최악의 선택이었다.'

가문의 재건이라는 미끼를 물지 않았어야 했다. 평소 아비를 흠모했다는 거짓부렁을 간파했어야 했다. 십 년간 그를 대신해 전장을 누빈 대가로, 그 생지옥으로 떨어지게 될 줄 알았다면… 결코 그의 손을 잡지 않았을 것이다. 철웅은 어느새 아비규환의 지옥도 속으로 들어가 있었다. 꿈에서도 잊지 못할 그곳. 꿈에라도 잊고 싶은 그곳…….

'이세민은… 이곳에서 죽었다…….'

철웅은 좌우를 둘러보고 있었다. 자신의 우측에서는 반군의 목이 떨어지고 있었고, 자신의 좌측에서는 휘하 무사의 심장이 꿰뚫리고 있었다. 철퇴에 머리가 깨어진 자, 군마에 짓밟혀 팔다리가 부러진 자. 사방 어디에도 피가 고이지 않은 곳이 없었고, 시선 어디에도 시체가 쌓이지 않은 곳이 없었다. 시산혈해……. 그때는 이 저주받을 피의 바다를 빠져나갈 길 따윈 없었다.

'그래… 지독한 함정이었어……. 구원의 손길 따윈… 어디에도 없었다…….'

오만 대 오천의 싸움이었다. 일당백의 용사임을 자처하던 철웅의 수하들이었지만, 결국 파도에 휩쓸린 조각배처럼 부서지고 깨어져 버렸다.

'내 인생의 두 번째 도주… 비참하고… 부끄러운 일이었다…….'

철웅은 수하들의 손에 이끌려 그 피바다를 벗어나고 있었다. 혈로를 헤치며 하나둘 죽어갔다. 아버지의 기억들이, 가문의 재건이라는 자신의 꿈이 산산이 부서지고 있었다. 결국… 사흘 밤낮을 뛰고 구른 뒤에는… 단 두 사람만이 남았다.

'내 기억은… 여기까지이다…….'

철웅은 생경한 풍경이 다가오고 있음에 떨고 있었다. 이제 잠시 후면 잃어버린 기억들이 자신의 눈앞에 펼쳐질 것이다.

'자… 어서 오라… 나의 기억들이여…….'

철웅의 의지가 굳어진 순간, 그의 앞으로 또 다른 풍경이 펼쳐지고 있었다. 잊었던… 지워야 했던 기억들이…….

＊　　　＊　　　＊

"끄으응……."

힘겹게 고개를 든 그가, 칠흑 같은 어둠에 적응하는 듯 이리저리 두리번거리고 있었다. 하나 그는 이내 어둠의 한곳에 서 있던 그를 느끼곤 입을 열었다.

"여긴 어딘가?"

어둠 속에 서 있던 그가 혀를 차며 앞으로 나섰다.

"조금은 긴장된 목소리로 물어봐도 됩니다, 도찰원 좌첨도어사 어르신."

언상의 눈이 이채를 발했다. 하나 이내 굳어진 목소리로 입을 열었다.

"내가 누구인지 알면서도 이런 짓을 했다는 것인가?"

언상은 묶여 있던 자신의 두 팔과 두 다리를 움직여 보고 있었다. 하나 어둠 속의 사내는 고개를 저으며 말했다.

"소용없는 짓입니다. 아무리 권절 어르신이라 해도, 내공이 없는 상태에서 금룡사를 끊을 수는 없습니다."

"금룡사(金龍絲)?"

언상은 놀랐다는 표정으로 사내를 바라보았다. 이미 어둠에 적응을 끝마친 그였기에, 사내의 이죽거리는 표정을 볼 수 있었다. 금룡사는 천하에 질기기가 따를 것 없다는 교룡삭과 설산의 천잠사를 꼬아 만든 기물이었다. 어지간한 보도로는 흠집 하나 내기가 어렵고, 제아무리 내가의 고수라 하여도 완력으로는 끊기가 요원하다는 이것은, 또 한 가지 이유로 유명세를 타는 물건이었다.

"천하에 금룡사를 사용하는 곳은 단 한 곳뿐이지. 이곳은 금의위인가?"

금룡사는 금의위의 전유물과 같은 것이었다. 금색의 포승. 그것은 그 강도의 지고함을 떠나 포박하는 자들의 위엄을 나타내는 물건이었다. 황제의 손발인 금의위와는 무척이나 잘 어울리는 물건인 것이다.

"그렇습니다. 이곳은 금의위의 비밀 금옥 중 한곳. 어딘지는 말해 줘도 모르겠지만……."

"여기가 어딘지 말해 준다는 것은… 살려둘 가치가 모두 떨어졌다는 뜻인가?"

언상의 인상이 찌푸려지고 있었다. 하나 사내는 별일 아니라는 듯 이죽였다. 상대는 금룡사에 묶여 있고, 산공독으로 내공이 사라진 상태. 지금의 그는 독보십절의 권절이 아니라, 금의위에 붙잡힌 수인에 불과했다.

"그것까지는 저도 모르겠습니다. 대인이 가지고 있던 금의위 비밀 감찰 자료는 이미 수거되어 소각되었지만… 상부의 지시라 그냥 살려 두고 있는 겁니다. 솔직한 심정으론… 당장이라도 목을 베어버리고 싶지만……."

사내는 허리춤에 차고 있던 검집을 손가락으로 툭툭 치며 미소 짓고 있었다. 하나 언상은 그런 사내의 위협에도 눈썹 한 올 움직이지 않았다. 오히려 사내를 바라보며 낮게 웃어주었다.

"아마 날 죽일 수는 없었겠지. 나를 잡아들였다면, 내가 네놈들의 비밀을 알고 있다는 걸 눈치챘다는 뜻일 테니까."

"음?"

검집을 두드리던 손가락이 멈추며 사내의 눈빛이 굳어졌다.

"어디서 무엇을 주워들었는지 모르지만… 그따위 허풍은 염라전에나 가서 떠시지."

언상은 사내의 모습에 짓고 있던 미소를 더욱 깊숙이 말아지었다. 사내의 눈꼬리가 살짝 떨렸다.

"내가 알고 있는 비밀이 무엇인지 알고 싶었겠지. 그리고… 그 비밀을 누가 또 알고 있는지도……."

"시끄럽다니까. 그런 것 따위가 정말 있다면, 당신을 없애고 당신과 어울렸던 자들 모두 잡아들이면 끝날 일. 당신이 걱정할 문제가 아니오."

사내의 살기 어린 목소리에도 언상은 미소를 지우지 않았다. 언상을 억압하고 있던 사내의 입장에선, 참으로 기분 나쁜 일이 아닐 수 없었다.

"뭐… 나도 이참에 공을 세워 정계에나 진출해 볼 생각이었지만, 어차피 강호에서 살다 온 몸. 이렇게 죽는 게 그리 두렵진 않아. 먼저 가서 네놈들이 내 뒤를 따라오는 것을 기다리는 것도 그리 나쁘진 않을 테니까. 하하하."

언상의 웃음에는 믿음이 들어 있었다. 그것이 사내의 신경을 자극했다.

"그따위 말로 감언이설에 흔들릴 우리가 아니다."

"그래? 하지만 이름 석 자도 못 밝히는 걸 보면, 금의위가 그리 대단한 무리란 생각은 안 드는구나. 후후."

"…뭐, 곧 죽을 자이니 이름 정도는 가르쳐 주지. 금의위 좌영반 휘하 참장인 위일운(衛日雲)이다. 네놈 뒤를 따를 생각은 없으니, 나를 보려면 한참을 기다려야 할 것이다."

언상의 미소는 득의의 미소였다. 위일운이란 자는 쉽게 흔들리고 있었다. 자신을 향해 하대하는 것만 보아도, 그가 얼마나 동요하고 있는지 쉽게 느낄 수 있었다.

"글쎄… 나라의 녹을 받는 자들이, 국법으로 금한 도당의 무리와 결탁하고서도 살아남길 바란다면… 너무 과한 욕심이 아닐까?"

"뭣이?!"

위일운은 눈에 띄게 동요하고 있었다. 설마 하니 그런 사실까지 알고 있을 줄이야 하는 표정이었다. 하나 그도 엄연히 금의위에 몸담고 있던 자, 언상의 격장지계에 넘어가 주는 것도 한계가 있었다.

"소문은 소문일 뿐이지. 그렇다고 당신이 이곳에서 죽게 될 거라는 사실은 변하지 않을 테니, 너무 걱정하지 않아도 돼."

"별로 걱정하지는 않네. 적어도 나 홀로 죽을 일은 없으니 말이야. 하하하."

위일운의 표정은 굳어 있었다. 만에 하나라는 것이 있었다. 언제나 거사는 그런 만에 하나 때문에 발목이 잡히곤 한다. 위일운은 직속 상관인 금의위 좌영반에게 이 사실을 보고했고, 이미 그런 사실을 알고 있던 금의위 좌영반 은중악(銀中岳)은 그 만에 하나를 확인하기 위해 금옥을 찾아왔다.

"오랜만이오, 좌첨도어사."

"아니, 이게 누구십니까. 금의위 좌영반께서 직접 찾아오시다니…… 저 친구가 보기완 다르게, 제대로 보고를 하긴 한 모양이군요. 허허."

언상의 말에 위일운의 표정이 굳어졌다. 하나 은중악은 조용히 의자에 앉아 언상에게 말했다.

"우리에게 말해 줄 것이 있다 들었소."

"저 친구가 그러던가요? 보고를 제대로 했다는 말은 취소하도록 하지요."

언상의 말에 은중악이 손을 들어 위일운을 내보냈다. 붉으락푸르락하던 위일운이었지만, 이내 어두운 금옥에서 사라져 버렸다.

"무엇을 알고 계시오?"

은중악의 물음에 언상의 표정이 일변했다. 지금까지의 경박했던 표정이 사라지고, 권절이라는 명성에 걸맞는 모습으로 되돌아가고 있었다.

"많은 것을 알고 있소."

"알려주실 수 있소?"

"저승 가는 선물로 드리기엔 너무 과하다 생각하오."

은중악과 언상의 대화는 막힘이 없었다. 금의위 위사 따위와 나눈 대화와는 그 격이 달랐다.

"기분이 상한 것 같은데…… 이렇게 모셔온 것을 먼저 사과드리겠소."

"술이 좀 과했던 모양이오. 저런 아이들 손에 끌려올 정도로. 말하기도 민망한 일이니 그 이야기는 그만 합시다."

언상은 고개를 저으며 말을 회피했다. 은중악은 가볍게 웃으며 고개를 끄덕였다.

"좋소. 그 이야기는 그만두고… 본론으로 들어가서, 사실 그대가 무엇을 알아냈는지는 중요하지 않소. 물증의 존재 여부를 떠나 이미 심중으로는 우리를 역모의 도당으로 생각하고 있을 테니."

"……."

"당신의 목숨 역시 별로 중요한 일이 아니오. 죽여도 그만, 살려 보내도 그만이지. 이만한 일로 우리에게 앙심을 품을 사람이 아니란 걸 아니까."

"후후, 나도 알고 보면 그리 속이 넓은 사람은 아니라오."

언상의 말에 은중악이 미소 지었다. 그리고 조금은 낮은 목소리로 언상에게 속삭였다.

"제안을 하나 하겠소. 금의위를 위해 일해 주시오."

"…불가."

언상은 은중악의 제안에 고민없이 고개를 저었다. 그리고 잘게 웃으며 말했다.

"그래도 명색이 친우가 도찰원의 수뇌부인데… 사람이 그럴 순 없지요."

"어쩌면… 생전의 마지막 기회일지도 모르오."

"…더 이상 비참하게 만들지 마시오."

언상은 고개를 돌렸다. 은중악은 고개를 저으며 자리에서 일어섰다. 그리고 아쉽다는 눈초리로 언상을 바라보며 말했다.

"아쉽구려. 당신 정도의 인물과 함께 일해보고 싶었는데……."

“가는 길이 다르니 하는 수 없지요.”

은중악은 고개를 저으며 걸음을 옮겼다. 그리고 금옥을 나서며 조용히 말했다.

“어차피 며칠 후면 세상이 변할 것인데, 지금의 선택을 후회할 거요…….”

언상의 시선은 문을 닫고 나서는 은중악에게 고정되어 있었다. 그리고 잠시 후 닫혔던 문이 다시 열리며 위사 몇이 들어왔다.

“결국 명을 재촉하고 말았군.”

위일운이 허리에 차고 있던 검을 뽑으며 이죽거렸다. 그와 함께 들어온 위사들도 함께 검을 뽑았다. 언상의 목을 치는 일. 금제되어 있다고는 하나 만일을 대비하는 듯했다.

“허… 거참. 내가 예상했던 최후와는 너무 달라 어이가 없을 정도군.”

“너무 섭해하지 마시오. 이래 뵈도 금의위에서는 제법 알아주는 실력이니까.”

검을 들고 다가서는 위일운의 눈에는 살기와 함께 쾌감이 일고 있었다. 상대는 독보십절이라 불리는 권절이었다. 천하를 위진하던 그가 자신의 검 아래 죽을 것이니, 죽을 때까지 자랑하고도 모자랄 자랑거리가 생기게 된 것이다. 그런 위일운을 바라보며 언상이 조금은 힘없는 목소리로 물었다.

“기왕지사 죽는 것, 하나만 물어보세.”

“음?”

위일운이 다가오던 걸음을 멈췄다. 언상의 시선은 바닥을 향하고 있었다.

“자네 부영반이 그러더군. 며칠 후면 세상이 뒤바뀔 거라고.”

“그렇게 될 거요.”

위일운의 대답은 조심스러웠다. 아무리 호랑이 간을 삶아 먹은 자라 하더라도, 역모를 논함에는 주저할 수밖에 없을 테니. 언상이 한숨까지 내쉬며 다시 입을 열었다.

“한데 그의 이야기에서 도저히 알 수 없는 것이 있어. 마교도들을 이용해 세상을 뒤흔들어 이목을 흐린다는 것도 알겠고, 병부상서가 자기 영향력 안에 있는 좌, 우, 중, 전 네 개 도독부의 이목을 막겠다는 것까지도 알겠는데… 도대체 후군도독부와 북평 연왕을 무슨 수로 막겠다는 것인가?”

“그게 그렇게 궁금하시오?”

언상은 은중악과 나누지도 않은 말을 하고 있었지만, 위일운은 한 치의 의심도 없이 이죽거리며 다가섰다. 들고 있던 검은 바닥을 향한 채 좌우로 건들거리고 있었다.

“황상의 어지는 아무리 연왕이라 하여도 어길 수 없소. 황상께서 유언으로 자신의 사후, 영지를 가진 제왕은 수도로 오르지 못한다는 칙명을 내리실 것이오. 아무리 연왕이라 해도 그 명을 어길 수는 없지.”

“그렇다면……?”

“결국 거사가 끝날 때까진, 연왕의 발목을 잡아놓을 수가 있지. 만약 거사 전에 연왕이 움직인다면? 그때는 선황의 유지를 따라 연왕을 역모를 꾀했다는 죄명으로 잡아들일 수가 있지.”

언상의 눈에 차가운 한광이 일고 있었지만, 득의해하고 있던 위일운의 눈에는 그 빛이 보이지 않았다.

"거사 당일, 우리가 남경의 외곽을 막아 소리 소문 없이 거사를 지원할 것이고… 뭐, 마교도들이 무슨 수를 썼는지는 모르지만, 이미 한림학사들마저 구워삶아 놓은 상태. 게다가 천하의 이목은 한동안 강호의 싸움에 쏠려 있을 터이니… 우리의 역성혁명을 막을 만한 힘은 그 어디에도 없다고 봐야겠지."

위일운은 건들거리던 검을 바로잡았다. 죽이라는 명을 받았고, 죽여야 할 이유도 충분했다.

"이제 저승 가는 길이 편안하시겠소?"

위일운은 검에 기운을 집중시키기 시작했다. 명색이 권절이라 불리던 그. 혹시나 검을 휘둘러 한칼에 베지 못하면 뒤따라온 위사들에게 망신살이 뻗칠 터이니. 하나 언상은 별반 동요없는 목소리로 위일운에게 말했다.

"저승길은 잘 모르겠지만, 이곳을 나가는 마음은 편안할 것 같군."

"뭐?"

위일운의 반문에 언상은 양팔에 힘을 주는 것으로 대답을 대신했다.

후두둑!

금의위의 상징인 금룡사가 맥없이 끊어져 나갔다. 위일운이 다급히 검을 휘둘렀지만, 권절의 맨손에 검이 사로잡히고 말았다.

"헉!"

"…아직도 나를 모르는 이가 많군. 나… 권절이야."

쨍!

권절의 손에 힘이 들어가자, 잡고 있던 위일운의 검이 두 동강으로 부러져 버렸다. 위일운이 주춤 뒤로 물러섰고, 그 뒤에 있던 위사들이 제각각 들고 있던 검을 휘두르며 언상에게 달려들었다. 언상은 검을 휘두르며 달려들던 그들을 향해 자유로워진 두 손을 휘둘렀다.

퍼버버벅!

위일운과 함께 들어온 위사 다섯이 비명조차 지르지 못한 채 바닥을 나뒹굴었다. 권절이라는 외호는 다섯의 금의위 위사들로 어쩌기엔 너무나 높은 벽이었다.

"이익……."

금옥 밖으로 신형을 날리며 다급히 소리를 지르려던 위일운의 목줄을 움켜쥐는 손이 있었다. 위일운은 그 손에 매달려 허공으로 떠올랐다.

"좋은 정보 고맙다. 그리고… 한 가지 부탁을 들어줘야겠다."

위일운은 뒤도 돌아보지 못한 채 버둥거리고 있었다.

"은중악에게는 내가 죽은 것으로 보고해라. 여기서 죽은 위사들도 적당히 둘러대 주고……."

위일운은 언상의 말에 놀라는 동시에 자신의 앞에 나타난 두 명의 인물을 보며 또 한 번 놀라야 했다.

'도찰원… 감찰호부?'

호덕영이 품에서 꺼낸 약을 목줄이 잡힌 위일운의 입으로 밀어 넣었다. 위일운은 반항할 겨를이 없었다. 목줄을 쥐고 있던 언상의 손가락이 움직이는 대로, 그는 입을 열고 닫을 수밖에 없었으니.

꾸르륵.

단환이 목으로 넘어가는 것을 확인하고 나서야 언상은 그의 목을 놓아주었다. 바닥으로 힘없이 떨어진 위일운이 목을 붙잡은 채 고통스러워하고 있었지만, 이어진 호덕영의 말에 고통의 표정 대신 절망의 표정을 지어야 했다.

"지금 네가 삼킨 것은 당가에서 만든 독이야. 독 이름은 나도 몰라. 그저 열두 시진 안에 해약을 먹지 않으면 독수로 변해 죽는다는 것밖에는 들은 바가 없어. 상부에 보고하고 나서, 내일 정오까지 풍현루(楓峴樓)로 와."

호덕영은 그 말을 끝으로 밖으로 나서는 언상의 뒤를 따랐다. 위일운의 고개가 참혹하게 죽은 위사들에게 향했다가 다시금 바닥으로 향했다. 고개 숙인 그의 머리 위로 호덕영의 목소리가 메아리처럼 들려오고 있었다.

"개똥밭에 굴러도… 이승이 났지……."

절망감에 휩싸여 있던 위일운의 눈에 조금씩 생기가 돌고 있었다. 조금이라도 서둘러야 했다. 그간 축적해 둔 재산을 처분하는 데에 하루라는 시간은 모자라기만 한 시간이었다. 달아날 때 달아나더라도, 빈손으로 달아날 수는 없었으니까.

*　　　*　　　*

남천궁 위로 몰려들던 구름은 기어이 비구름으로 변해 화산에 가는 빗줄기를 뿌려대고 있었다. 남천궁의 처마 아래로 모여든 사람들은 내리는 빗줄기를 바라보며 각자의 상념에 잠겨 있었다. 날이 어두워진 것이 구름 탓만은 아니었다. 이미 대법이 펼쳐진 지 세 시진이 다 되어

가고 있었다.

"이거… 너무 오래 걸리는 것 아닙니까?"

처마 끝으로 떨어지는 빗물을 손으로 받던 등상사가 예의 무미건조한 목소리로 말했다. 하나 그의 마른 목소리 속에는 한 줌 불안함이 담겨 있었다.

"별일이야 있겠냐? 기억할 게 쪼끔 많은 모양이지……."

등상사의 말에 곽부가 쉽게 답했지만, 곽부의 입에선 벌써 몇 번째 한숨이 새어 나왔는지 모른다. 시간은 쉬지 않고 흘러가고 있건만, 의식은 좀처럼 끝날 기미가 보이지 않고 있었다. 한편에 서 있던 재희는 아무 말 없이 눈을 감고 있었다.

"걱정되느냐?"

"…아닙니다."

상현 진인의 물음에 재희는 작게 도리질 쳤다. 하나 그녀의 눈동자에 떠 있던 수심은 상현 진인의 노안을 피할 수 없었다.

"아무 일 없을 것이다. 분명… 무탈하게 돌아올 것이다."

상현 진인의 목소리엔 바람이 들어 있었다. 부디 그러하길 바라는 간절한 마음이 주문처럼 담겨 있었다. 모여 있던 사람들 모두 철웅이 겪고 있는 의식이 무사히 끝나길 바라고 있었다. 그것이 어떤 결과로 나타날지는 아무도 몰랐지만… 지금은 빌고 또 비는 수밖에는 방법이 없었다.

사람들의 염원이 닿았는지, 철웅의 머리 위로 맴돌던 기류들은 이제 그 빛이 희미해진 상태였다. 거의 대부분이 철웅의 칠공으로 스며들어갔고, 청상 진인의 입에서 내뱉어지던 주문도 조금씩 안정적으로 잦아들고 있었다. 향로에서 피어오르던 향이 한순간 향을 뿜질 않았다. 그와 동시에 청상 진인이 주춤 뒤로 물러서며 겨우 중심을 잡고 있었다.

“괜찮으십니까… 사부님…….”

한쪽에서 비틀거리던 종령이 재빨리 청상 진인의 곁으로 와 부축했다. 청상 진인은 고개를 끄덕이며 죽은 듯 누워 있는 철웅을 바라보았다.

“이제 남은 것은… 그가 스스로 깨어나는 일뿐이다.”

청상 진인은 철웅에게 다가가 준비되어 있던 포단을 들어 덮어주었다.

“무슨 아픔이 그리도 많은가…….”

철웅과 공유하던 감정의 소용돌이가 청상 진인의 내부를 진탕시켜 버린 듯했다. 비록 그의 마음을 꿰뚫어 볼 수는 없으나 그가 느꼈던 감정들은 그녀의 뇌리에 쉽게 지워지지 않을 흔적을 남겨놓았다.

“…이렇듯 고약한 인생은 나로서도 처음… 하마터면 태상노군을 원망할 뻔했느니…….”

청상 진인은 한발 물러나며 고개를 저었다.

“이제는 스스로 일어나시게. 그 고통과 슬픔 속에서도 꿋꿋하였으니… 되찾은 기억 앞에서도… 그렇듯 당당하시게…….”

청상 진인은 안타까운 시선을 보낸 후에야, 제자들을 이끌고 대전을 나왔다. 그들이 나간 대전 안에는 정적만이 흐르고 있었다. 유등으로 밝혀져 있던 제단. 그 위에 누워 있는 철웅의 몸에서 움직임이 일어난 것은 청상 진인이 사라지고 난 한참 뒤였다. 손가락 끝의 움직임을 시

작으로, 그의 가슴 위로 보이는 기복이 조금씩 거칠어지고 있었다. 그
리고 거칠어진 숨소리를 따라 흐느낌과 같은 목소리가 흘러나오고 있
었다.

"…이것이었는가……."

철웅의 가슴이 불규칙하게 들썩이고 있었다.

"지워야 했던 기억이란 것이… 바로 이것이었는가……."

북받친 느낌의 목소리. 한 자 한 자 띄엄띄엄 말하는 철웅의 목소리
가 대전의 바닥으로 낮게 깔리고 있었다.

"내 아비가… 역적이었다고?"

흐느낌과는 어울리지 않는 미소. 격해진 감정 속에서 철웅은 웃고
있었다.

"내 아비가… 백련교도였다고?"

입가의 미소가 점점 짙어지고 있었고, 그와 함께 그의 심장 박동도
점차 빨라지고 있었다.

"…북평대장군은 내 아비의 거짓된 탈. 백련의 우사… 그것이 내 아
비의 진정한 이름… 그리고 나를 살려준 너희는… 내 아비를 따르던
무격……."

철웅의 눈이 한순간 크게 떠졌다. 핏빛으로 물든 그의 눈동자에 분
노가 그려지고 있었다.

"나는… 마교도의 자식… 역적의 핏줄……."

부릅떠진 철웅의 눈에서 한줄기 눈물이 흘러내리고 있었다. 피처럼
붉은 눈물. 그는 혈루를 흘리고 있었다. 그때와… 마찬가지로…….

시간이 흐르며 그의 전신에 휘몰아치는 떨림이 거세어지고 있었다.

현실에 대한 부정, 과거에 대한 후회, 모든 것이 가져다 준 허망함이 그의 전신을 짓누르고 있었다. 그 무게를 견디지 못한 철웅은… 폭주하고 있었다.

"으아아아아아!!"

철웅의 입에서 터져 나온 괴성에 대전의 공기가 진동하기 시작했다. 그의 전신에서 폭사된 무시무시한 기세에, 대전을 밝히던 유등들이 거칠게 휘둘리다 결국 죽어버리고 말았다. 대기의 요동에 대전의 벽이 울고 있었고, 갈피를 잡지 못한 공기가 미친 듯이 날뛰고 있었다. 그 끝을 알 수 없는 폭주가 대전 전체를 뒤흔들고 있었다.

"이… 이게 무슨 일인가?!"

대전에서 들려온 괴성에 상현 진인이 놀라 뒤돌아섰다. 재희 역시 놀라 뛰는 가슴을 부여잡으며 대전으로 뛰어들었다. 하나 그녀는 남천궁 안으로 들지 못했다.

"…기다리거라."

문을 열고 나오던 청상 진인이 재희의 앞을 가로막으며 말했다. 재희의 간절한 눈이 사부의 눈을 좇고 있었지만, 청상 진인은 가만히 고개를 내저을 뿐이었다. 대전의 외침은 한동안 멈추질 않고 있었다. 남천궁에서 뿜어지는 기운을 감지한 것인지, 그들의 뒤로 무현 진인과 목현 진인 등이 당도해 있었다.

"이게 도대체……."

목현 진인은 남천궁 안에서 느껴지는 광포한 기세에 놀라고 있었다. 무현 진인은 굳어진 표정으로 남천궁을 쏘아보고 있었지만, 그 눈에 이는 놀람까지 숨길 수는 없었다.

'이 정도였는가?'

무현 진인은 한 사람의 무인으로서 놀라워하고 있었다. 내력이 없었던 이전과는 비교 자체가 되지 않았지만, 육 개월 만의 변화라고는 믿어지지 않는 변화였다. 기연을 얻었다는 말로는 설명이 안 되는 상황. 무현 진인이 판단한 철웅의 수준은…….

'…절정에 근접해 있다……. 어쩌면… 절정으로 들어서는 중일지도 모른다…….'

일전에 겨루었던 검절이나 자신과 비교하기에는 무리가 있었지만, 적어도 당금 강호에서 이 정도 수준의 무인을 꼽으라면 그리 오래 걸리지 않을 듯싶었다. 직접 상대해 보기 전에는 누구도 승패를 장담할 수 없는 것이 무인의 세계였지만, 천하제일장이라 불리는 자신이 판단하기로는 충분히 자신과도 일전이 가능하다 여겨지는 상태였다.

무현 진인이 무인으로서 그를 바라보고 있는 동안, 재희와 상현 진인, 그리고 철웅을 따라온 아홉 명의 수하는 그의 안위를 걱정하며 애태우고 있었다.

'이겨내셔야 합니다. 반드시 이겨내셔야 합니다…….'

양청의 간절함이 다가서기엔 남천궁의 폭풍이 너무나 거세게 느껴졌지만, 철웅을 걱정하는 사람들의 염원은 그런 광포한 기세의 틈을 비집고 철웅에게 다가가려 애쓰고 있었다.

'제발… 제발…….'

감고 있던 재희의 두 눈에선 어느덧 굵은 눈물방울이 흘러 면사를 적시고 있었다.

하염없이 흐르는 눈물과 조용히 내리던 가랑비가 남천궁의 광란을
진정시키려는 듯, 미친 듯이 요동치던 남천궁을 조심스레 보듬고 있었
다. 그리고 그러한 손길에 반응한 것이었는지, 남천궁을 울리던 진동
이 어느샌가 조금씩 잦아들고 있었다.

"허억… 허억……."

가쁜 숨을 토해내고 있던 철웅은 제단에서 일어나 앉아 있는 모습이
었다. 두 눈의 혈광도 사라져 있었고, 몸에서 뿜어지던 기세도 이미 사
라져 있었다. 유등이 꺼진 대전은 어두웠고, 철웅의 가쁜 숨소리만이
그 어두운 대전 안에 울려 퍼지고 있었다.

"……."

철웅은 자신의 손을 내려다보고 있었다. 땀에 흠뻑 젖은 두 손. 그의
두 손이 천천히 쥐어지고 있었다.

"내 아버지는 역적이었다. 그리고 지금도 천하를 유린하려 하는 백
련의 우사였다……."

철웅은 깊은 한숨을 토해내고 있었다. 이미 어느 정도 진정된 그의
마음이었지만, 간혹 어떠한 사실은 환기시킬 때마다 가슴을 울리기도
한다. 미치도록 부정하고 싶거나… 죽을 만큼 잊어버리고 싶은 기억일
때는…….

"하나 시간은 돌이킬 수 없다. 진실을 부정한다 해서 그것이 바뀌거
나 지워지지 않음을……."

철웅은 자신의 쥐어진 두 주먹에 힘을 주고 있었다. 주먹을 파고든
손톱 사이로 붉은 피가 떨어지고 있었지만, 철웅의 눈빛은 그런 고통에

개의치 않았다.

"이제는… 되었다. 분노는… 이것으로 충분하다. 내가 누구인지, 내 자신이 무엇인지 깨달은 이상, 더는 내 아비를 부끄러워하지 않을 것이다. 그분이 그 길을 걸어야 했다면… 그것은 그분의 의지로 걸어가신 길. 그 길의 옳고 그름을 따지기엔, 나는 너무나 보잘것없는 자식이 아닌가."

철웅은 천천히 제단에서 일어서고 있었다.

"그분에겐 그분의 길이 있듯… 나에겐 나의 길이 있는 것. 그분은 그분이고… 나는 나일 뿐이다. 그분을 부정하는 것은 아니나, 그분으로 인해 나를 부정하진 않을 것이다."

제단에서 내려온 두 발이 천천히 움직이고 있었다.

"지금은 그것만 생각하자. 내가 가야 할 길… 그것만 생각하자……."

철웅의 걸음이 대전으로 나 있던 문으로 향하고 있었다.

"내가… 마교도의 핏줄임을, 역적의 자식임을 부정하지 않을 것이다. 내가 역적의 자식이라 하여 옳지 않을 수 없고, 마교도의 핏줄이라 하여 올곧은 길을 가지 못할 이유가 없다. 나는… 나의 길을 가는 것뿐이다."

철웅은 손을 뻗어 대전의 문을 활짝 열었다. 비 오는 날의 습한 공기가 철웅의 폐부에 가득히 들어왔다. 울분을 삭이기엔… 더없이 좋은 날씨였다. 대전을 빠져나가려던 철웅의 발걸음이 잠시 멈췄다. 그리고 가만히 고개를 돌려 자신이 누워 있던 제단을 바라보았다.

"아버지… 당신을 원망하지 않습니다. 칠 년 전… 어리석었던 저의 선택을 원망할 뿐입니다."

철웅은 당당히 걸음을 옮기고 있었다. 사람들이 그를 기다리고 있었지만, 그들의 시선을 받으면서도 철웅은 고개를 숙이거나 시선을 회피하지 않았다. 그의 걸음은 당당하기 이를 데 없었고, 그의 눈빛은 그 어떤 것에도 흔들리지 않을 굳건함을 지니고 있었다.

그는… 변하였고… 변하지 않았다.

第七十二章
난세도래(亂世到來)

그 봉화들은 황제의 붕어를 알리는 신호이면서,
난세의 도래를 알리는 신호이기도 하였다

"정말 괜찮은가?"

"정말 괜찮습니다. 누가 보면 제가 무슨 환자인 줄 알겠습니다."

상현 진인이 거푸 물어보자 철웅은 너털웃음까지 지어 보이며 고개를 흔들었다. 그가 남천궁에서 일으킨 사건(?)을 목도한 사람들이라면 이러한 철웅의 변화에 내심 안도하면서도, 한편으로는 걱정스러운 마음을 지우지 못하고 있었다. 그를 평소와 다름없이 대하는 사람은, 말 없이 어깨를 두드려 주고 간 무현 진인과 지금 철웅의 옆에서 조용히 찻물을 올리고 있는 재희뿐이었다. 내실에는 철웅과 재희, 상현 진인과 양청, 이 네 사람이 자리하고 있었다. 차를 내오는 재희의 손길을 바라보던 철웅이 조용히 말했다.

"당신도 이리 앉으시오."

당신이라는 칭호에 또다시 얼굴이 벌게진 재희가 조심스레 자리에 앉았다. 이미 재희의 어머니와 같은 청상 진인으로부터 허락을 받은 상태였으니, 철웅으로선 이전보다 더욱 편하게 재희를 대할 수 있었다. 사람들 역시 철웅을 이전보다도 더욱 편하게 대하고 있었다. 그가 되찾은 기억이 무엇인지 궁금하기도 하련만, 그를 생각한 까닭인지 그것을 물어오는 이는 없었다.

"아마 내일쯤 장문인이 자네를 부를 것이네."

"예상하고 있습니다."

"어떻게 할 생각인가?"

상현 진인은 제법 고민스러운 표정으로 철웅에게 묻고 있었다. 처음 철웅을 천거한 사람이 자신이었으니, 내심 철웅이 그 자리를 맡아주었으면 하는 바람이 있었다. 물론 사형인 옥현 진인처럼 화산의 이름을 알리기 위한 이유가 아닌, 마교와의 일전을 대비한 충정에서.

"아무래도 제 자리가 아닌 것 같습니다. 그리고 지금은 그것보다 더욱 중요한 일이 있고요."

"음? 더욱 중요한 일?"

철웅의 말에 상현 진인이 고개를 갸웃거렸다. 마교를 상대하는 것보다 더욱 중요한 일이 무엇이 있다는 뜻인지 알 수가 없었기 때문이다. 하나 철웅은 그 이상의 답은 가르쳐 주지 않았다. 오히려 사람들이 생각지 못한 이야기로 놀라게 하고 있었다.

"우리 혼례는… 눈앞의 큰일을 마치고 올리도록 합시다."

"예? 아… 예……."

요즘 들어 철웅의 목소리에 자주 놀라는 재희였다. 아직도 그와 이루어짐을 허락받았다는 것이 믿기지 않는 이유도 있었고, 매일 청상 진인에게 불려가 아녀자의 도리를 배우는 것도 그런 이유 중 하나였다. 청상 진인은 여느 어머니 못지않게 재희를 가르치고 있었다.

"주모를 모시게 되는 게 즐겁기는 합니다만… 조금 섭섭합니다."

"자네가 섭섭할 것이 뭐 있는가. 왜? 내가 중신이라도 서줄까?"

양청의 말에 철웅이 웃으며 말했다. 양청은 철웅의 엉뚱한 말에 오히려 당황해하고 있었다. 한동안 느끼지 못했던 감정. 기억을 되찾으며 이전의 모습들까지도 조금씩 되찾아가는 것만 같았다.

'이것이 제가 기억하는 당신의 모습입니다. 때론 아버지 같고, 때론 형님 같고, 친우 같은……'

생사고락을 함께하던 때의 감정이 되살아나는 듯했다. 그리고 그때와 마찬가지로 철웅은 과감하고 단호하게 일을 추진해 나가고 있었다.

"조만간 화산을 떠나야 할 것 같습니다."

"뭐? 화산을 떠나? 어디로?"

"급히 찾아야 할 물건이 있습니다."

철웅의 말에는 단호함이 깃들어 있었다. 아까 이야기하다 만 중요한 일과 관련된 것이 분명했다.

"자네가 없는 사이 마교가 발호하기라도 한다면……."

"저는 그저 일개 무부일 뿐입니다. 저 하나 없다고 어찌 될 강호가 아니지 않습니까? 또… 제가 찾아야 하는 물건은 마교와도 무관하지 않습니다."

"뭐?"

"그저 그렇게만 아십시오. 지금의 저에겐 그것이 가장 중요한 일입니다.”

상현 진인은 철웅이 자신에게 무엇인가를 숨기고 있다는 느낌을 받았지만, 단호한 철웅의 음성에 더 묻지도 못했다.

“당신은… 내가 돌아올 때까지 이곳에서 기다려 주시오.”

“예.”

재희는 철웅의 말에 다소곳이 대답했다. 어디 내놔도 손색없는 예비 신부의 모습이었다.

“청이는 아이들 준비 단단히 시키도록 해라. 제법 먼 길이 될 터이니.”

“목적지가 어딥니까?”

“…남경.”

철웅의 말에 양청이 고개를 끄덕였다. 먼 길임이 분명했고… 위험한 길이 될 것이란 느낌이 짙게 느껴지고 있었다. 상현 진인은 그들의 대화에 고개를 가로저었다. 지금 당장 철웅의 걸음을 막을 사람이 누가 있겠는가. 행여 그의 발목을 붙잡는다면, 매화조령을 내던지고서라도 떠날 것이 분명한 기세였다.

“출발은 언제쯤……?”

“음… 장문인을 만나뵙고 바로 떠나도록 하자.”

철웅은 찻잔을 입으로 가져가며 말했다. 상현 진인과 양청 역시 차를 마시며 생각에 잠기고 있었다.

철웅이 화산파 장문인인 옥현 진인을 만난 것은 예상보다 조금 빠른 그날 저녁이었다. 상청궁의 내실로 들어선 철웅을 맞이한 사람은 옥현 진인 혼자뿐이었다.

"무량수불. 남천궁의 의식이 잘된 모양이더군. 다행이야."

"장문인의 보살핌 덕분입니다."

간단한 인사와 함께 안부가 오간 후, 옥현 진인은 그리 시간을 끌지 않고 철웅에게 물었다.

"그래. 내가 일전에 이야기했던 것은 생각해 보았는가?"

"역시나 제가 드릴 수 있는 답은 하나뿐입니다."

"재고의 여지는 없는가?"

"죄송합니다."

옥현 진인의 표정이 조금 굳어지고 있었다. 하나 일전처럼 크게 노하지는 않는 모습이었다. 오히려 철웅은 그가 노기를 드러내지 않고 있음을 이상히 여기고 있었다.

"자네가 도움을 주었다면, 화산의 위명이 오 년은 빨리 천하에 퍼질 수 있었을 것을……."

"장문인의 도력이 높으시니, 오 년의 세월 정도는 문제 되지 않을 것입니다."

옥현 진인 역시 철웅의 말에 조금 놀라고 있었다. 처음 보았을 때와 별반 달라진 것이 없다 느꼈으나 이제 보니 아주 많은 부분 달라져 있었다.

"많은 것을 얻으셨구먼."

"잊었던 것을 되찾았을 뿐입니다."

철웅의 대답은 담담하기 그지없었다. 옥현 진인은 자신의 수염을 쓰다듬으며 말했다.

“자네도 상현 사제처럼 내 생각이 틀렸다고 생각하는가?”

옥현 진인의 물음에 철웅이 담담히 고개를 저으며 말했다.

“옳고 그름을 따지기엔 제 배움이 너무나 짧습니다. 단지… 서로 가는 길이 다르다 하여, 그것을 배척하는 것은 어리석은 일이라 생각합니다.”

“어리… 석다?”

옥현 진인의 인상이 조금 굳어졌다. 감히 대화산파의 장문인을 면전에 두고 어리석다라는 말을 꺼내다니.

“장문인과 상현 진인 모두 화산을 아끼고 도문을 위하는 마음을 가지신 분들입니다. 서로 다른 길을 가지만, 가고자 하는 곳은 다르지 않다고 생각합니다.”

“…계속해 보게.”

“저는 태생이 병졸인지라 도문의 가르침은 그 깊이를 헤아리지 못합니다. 하나 상생과 상극이 무엇을 말하는 것인지는 알 것도 같습니다.”

“상생이라……..”

옥현 진인은 철웅을 바라보며 눈을 반쯤 감았다. 큰 이치도 아니고, 어려운 가르침도 아니다. 그저 서로 함께 살아가는 것을 뜻하는 말일 뿐이었다. 하나 옥현 진인은 그의 말속에 담긴 비수를 잡아내고 있었다.

“장 장로는 내가 상현 진인과 상극이라 생각하는가?”

“허허, 상극이라면 벌써 사단이 났겠지요. 그저 가는 길이 다른 동반자라 생각합니다.”

“동반자라……..”

철웅을 바라보던 옥현 진인의 시선에는 초점이 없었다. 흐릿한 그의 노안이 무엇을 보고 있는지는 철웅도 짐작할 수 없었다.

"고맙군."

옥현 진인이 덤덤히 말했다. 철웅도 가만히 고개를 끄덕여 주었다. 특별한 감응도 별다른 느낌도 없었지만, 옥현 진인과 철웅은 한 걸음 가까워진 듯 보였다.

"사실 아침에 무현이 다녀갔었네."

"……?"

"자네를 선봉에 세우는 일은 집어치우라고 하더군."

아마 옥현 진인의 집어치우라는 말은 무현 진인이 한 말을 그대로 옮긴 것이리라. 하나 말을 잇는 옥현 진인의 얼굴에선 불쾌해하는 감정을 찾을 수가 없었다. 무현 진인이 원래 그런 투로 말해서인지, 옥현 진인이 별 상관 하지 않는 것인지…….

"그가 말하길… 자네를 선봉으로 세우겠다는 것은, 자기를 선봉으로 세우는 것과 마찬가지라고 하더군. 기분이 나쁘다나?"

"……?!"

"무현 사제는… 자네를 아주 높이 사고 있네."

"…과분한 말씀이군요."

"나도… 이제는 그렇게 생각하고 있고."

민망한 듯 고개를 젓던 철웅이 옥현 진인의 말에 고개를 들었다.

"자네… 많이 부드러워졌어."

"……."

"이유극강(以柔克剛)이라는 말이 있네. 결국 부드러움이 강함을 이긴다는 뜻이지. 물극필반(物極必反)하고 세강필약(勢强必弱)하는 것은 불변의 진리. 지나침은 모자람만 못하고, 강한 것은 언젠가 약해지기 마련. 상선약수(上善若水)의 진리를 깨우친 자가 진정한 강함을 얻었다 말할 수 있는 것이네."

상선약수란 노자의 도덕경에 나오는 말로, 지고한 선은 바로 물과 같은 것이라는 가르침이다. 흐르고 흘러 막힘이 없고, 다다르고 다다라 가지 못할 곳이 없는 물이야말로, 진정한 선과 가장 가까운 것이라는 말이었다.

"일전의 자네는 버려진 칼. 내가 자네보다 강하니 그것을 부러뜨리는 것은 어렵지 않았네. 하나 이제는 버려진 칼에 낭창하게 휘어질 부드러움까지 겸한 듯하니, 어찌 자네를 나보다 낮은 자리에 있다 말할 수 있을까."

단순히 강함을 이르는 말이 아니었다. 무공의 고하로 따지자면야, 어찌 천하제일장이라는 무현 진인에 비할 것이고, 어찌 완벽한 자하신공을 터득한 대화산파의 장문인에 비할 것인가. 옥현 진인은 그의 변화됨을 높이 사고 있는 것이었다.

"자네가 가고 싶은 길을 가시게. 더 이상 자네의 길을 흐트러뜨리지 않겠네."

"…감사합니다."

철웅은 무언가 깊은 생각에 잠긴 듯 무겁게 고개를 숙였다. 그리고 이내 자리에서 일어나 회의실의 문을 나서려 했다.

"아, 그리고……."

철웅의 뒤에서 옥현 진인의 목소리가 들렸다. 철웅이 뒤를 돌아보니 부드러운 미소와 함께 옥현 진인의 목소리가 들렸다.

"매화조령은 세상에 하나밖에 없는 물건이니 잊어버리지 않게 잘 챙기시게."

철웅의 눈에 작은 파랑이 일었으나 깊이 인사하는 것으로 그것을 대신했다. 철웅이 나가자 다른 한쪽 문이 열리며 목현 진인이 들어왔다.

"잘하셨습니다, 사형."

"……."

"이런 대범한 모습으로 그를 다루는 것이……."

"그만, 되었네."

목현 진인은 자신의 말을 자른 사형을 바라보며 의아해하고 있었다. 그를 만나기 전만 해도 못내 껄끄러워하며 못마땅해하던 사형이었건만…….

"사람을 다루는 것이 얼마나 힘든 일인지… 이제야 깨닫게 되었어."

"예?"

옥현 진인은 노구를 일으켜 세우며 방을 벗어나고 있었다.

"이제는… 함께 걸어야겠네. 혼자 걸어가는 길은 너무 외로우이……."

허허로운 발걸음으로 내실을 나서는 옥현 진인과 그를 바라보며 의아해하던 목현 진인.

어지러운 바람의 얽힘이 풀리니, 화산에 부는 바람은 청량하기만 하였다.

*   *   *

언상이 있던 곳은 운하를 타고 오르는 배 위였다. 너무나 은밀히, 그리고 서둘러 길을 나선 까닭에 걱정하고 있을 마양수에게도 서찰 하나를 남겨둔 것이 전부였다.

'서둘러 연왕을 만나야 한다.'

빠르게 운하를 거스르던 배가 그렇게 느리게 느껴질 수가 없었다. 깊은 방갓으로 얼굴을 가리고 있던 그의 옆에는, 비슷한 차림의 공유유와 호덕영이 시립해 있었다.

"대인, 그래도 좌도어사께는 말씀드릴 것을 그랬습니다."

"뭐가?"

"나중에 이 사실을 아신다면… 많이 섭섭해하실 것 같아서……."

호덕영의 말에 언상이 피식 웃음을 지어 보였다. 한동안 보이지 않았던 그의 진짜 웃음이었다. 마교와 병부의 꼬리를 잡기 위해 사방팔방으로 뛰어다녔지만, 결국 아무것도 알아낸 것이 없었다. 그의 느낌은 시간이 얼마 남지 않았음을 경고하고 있었기에, 더욱 조급해질 수밖에 없었다. 그때 꾀를 낸 것이 호덕영과 공유유였다. 처음에는 어이가 없었지만, 듣고 보니 제법 가능성이 있어 보였다. 물론 지금처럼 지푸라기도 없는 상태였으니 가능성을 논할 이야기지, 실상은 실패할 확률이 훨씬 많은 무모한 계책이었다. 하지만 언상은 그 짧은 지푸라기라도 잡아야만 했다.

"다행히 대인을 감시하던 금의위의 첩자가 발빠르게 움직였기에 망정이지……."

공유유는 그때만 생각하면 아직도 영 미덥지 않았는지 연신 투덜거리고 있었다. 천하의 권절이 술에 만취된다는 상황도 우스웠지만, 그것을 믿고 언상의 술에 천일취를 섞은 그 첩자도 우스운 놈이었다. 결국 언상은 자의 반 타의 반으로 정신을 잃었고, 금의위의 비밀 금옥으로 옮겨지게 되었다.

"그것만 다행한가? 다행히 그곳에서 가까운 금의위의 비밀 안가로 옮긴 것도 정말 다행한 일이지. 만에 하나 금의위의 본각으로라도 호송되었어봐? 휴… 상상만 해도 머리가 아프네."

결국 천우신조라 할 만큼 일이 수월하게 풀렸다. 위일운도 제법 일 처리가 깔끔한 편이었는지, 언상이 죽었다는 것을 의심하는 이도 없었다. 해약을 받고 남경을 떠나 도망치려던 위일운을 다시 제압해, 이번에는 아예 고독(蠱毒)을 심어버렸다. 물론 이번에도 위일운은 죽을 표정을 하고는 금의위로 돌아갈 수밖에 없었다. 자신이 먹은 극약이 사실은 보심환(保心丸)이고, 강제로 삼켜야 했던 작은 벌레가 풀숲에서 잡은 이름 모를 벌레라는 것을 알면 어떤 표정을 지을지가 궁금하긴 했지만, 호덕영과 공유유는 근질거리는 입을 달랠 수밖에 없었다.

"그놈도 참 어지간히 멍청해. 명색이 금의위 참장까지 올라선 자가 이런 얕은 수에 넘어가다니……."

"그게 그놈이 멍청한 탓인가? 우리가 연기를 잘한 탓이지."

두 사람은 죽이 잘 맞는 친구처럼 키득거렸다. 옆에 있던 언상은 그 모습을 보며 고개를 흔들고 있을 뿐이었다. 자신이 술에 절어 금의위의 손에 잡혔었다는 이야기를 발설하면, 둘 다 아주 요절을 내겠다 다짐하면서. 운하를 거슬러 오르던 배가 멈추어 선 것은 바로 그때였다. 조금씩 속도를 줄이던 배가 운하의 한쪽으로 가더니 이내 돛을 내리고 완전히 멈추어 버렸다.

"무슨 일이오?"

"뭐야? 왜 배를 세우는 거야?"

몇몇 승객이 성을 내며 선주를 찾았다. 하나 선두에 있던 선주가 외친 한마디에 머리를 조아리며 엎드릴 수밖에 없었다.

"황제 폐하가 붕어(崩御)하셨소! 모두 남쪽으로 엎드려 예를 올리시오!"

호덕영과 공유유가 서둘러 바닥에 오체투지하며 군례를 올렸다. 하지만 언상은 선 자세 그대로 미동도 하지 않고 있었다.

"대… 대인?"

호덕영이 급히 그를 불렀지만, 언상의 주먹만이 잘게 경련하고 있을 뿐이었다. 호덕영의 부름을 외면하던 언상이, 이내 다급히 발을 굴러 배에서 뛰어내렸다. 호덕영과 공유유도 서로 얼굴을 한번 쳐다보고는 신형을 날리며 언상의 뒤를 따랐다. 질풍처럼 내달리는 언상의 얼굴은 딱딱히 굳어져 있었다.

'…반역이… 시작되었다……'

언상의 다급한 신형이 저자를 향했다. 말을 타고 갈 심산이었는지는 모르겠지만, 멀리 산봉우리에서 피어오르던 세 줄기의 봉화보다 빠를 것이라고는 장담하기 어려웠다.

산봉우리에서 피어오른 봉화들이 빠른 속도로 이어지고 있었다. 봉화의 줄기는 북평으로도 이어지고 있었고, 철웅이 일행과 함께 남경으로 출발하려던 화산으로도 이어지고 있었다. 그 봉화들은 황제의 붕어를 알리는 신호이면서, 난세의 도래를 알리는 신호이기도 하였다.

『노병귀환』 8권에 계속…

청어람 신무협 판타지소설

2005년 고무판(WWW.GOMUFAN.COM)
「장르문학 대상」 최고의 영예, 대상(大賞) 수상작!

좌검우도전(左劍右刀傳) / 이령 지음

한칼에 세상이 갈라지고,
한걸음에 무림이 격동친다!

『좌검우도전』
(左劍右刀傳)

**강한 자(强漢者)가 뿜어내는 거대한 힘과
강인한 매력에 빠져든다!**

"너는 반드시 힘을 가져야 한다. 네 의지로… 세상을 뒤엎어 버려라."

"강자를 약자로 만들고, 명예를 뭉칠하고, 돈을 빼앗아라.
협의도(俠義道)가, 마도(魔道)가 얼마나 더러운 것인지 알려주어라."

"오냐, 아무것에도 얽매이지 말고 네 마음대로 세상을 휘저어라.
너의 이름은 수강호(雙江湖)가 아니더냐? 강호를 향해 마음껏 복수하거라!
유오독존(唯吾獨尊)! 그것이 나의 소원이다."